U1075041

双调夜行船 Shuangdiao Yexing Chuan

时代出版传媒股份有限公司
安徽文艺出版社

徐坤，女，1965年3月出生于沈阳。作家，文学博士。现任中国作家协会《小说选刊》杂志主编，中国作家协会全委会委员。曾任北京作家协会副主席。享受国务院特殊津贴专家，全国宣传文化系统“四个一批”人才。主要从事小说、文学批评及舞台剧创作。已经发表各类文体作品500多万字。代表作有《八月狂想曲》《先锋》《厨房》《狗日的足球》《午夜广场最后的探戈》《春天的二十二个夜晚》《爱你两周半》等。话剧《性情男女》2006年由北京人民艺术剧院上演。

曾获鲁迅文学奖、老舍文学奖、中宣部“五个一工程”优秀长篇小说奖、庄重文文学奖以及《人民文学》《小说月报》等文学期刊优秀作品奖30 余次。长篇小说《野草根》被香港《亚洲周刊》评为“2007年十大中文好书”。部分作品被翻译成英、德、法、俄、韩、日、西班牙语。

徐坤文集

Xu Kun Wenji

双调夜行船

Shuangdiao Yexing Chuan

徐坤 / 著

时代出版传媒股份有限公司
安徽文艺出版社

图书在版编目（CIP）数据

双调夜行船/徐坤著.--合肥：安徽文艺出版社，2021.10
（徐坤文集）
ISBN 978-7-5396-7322-6

Ⅰ．①双… Ⅱ．①徐… Ⅲ．①中国文学－当代文学－文学评论－文集 Ⅳ．①I206.7-53

中国版本图书馆CIP数据核字(2021)第217424号

出 版 人：姚 巍
丛书策划：朱寒冬　　丛书统筹：姚 巍　刘姗姗
责任编辑：姜婧婧　　装帧设计：丁 明

出版发行：时代出版传媒股份有限公司　www.press-mart.com
　　　　　安徽文艺出版社　www.awpub.com
地　　址：合肥市翡翠路1118号　邮政编码：230071
营 销 部：(0551)63533889
印　　制：安徽新华印刷股份有限公司 (0551)65859551

开本：880×1230　1/32　印张：9.125　字数：260千字
版次：2021年10月第1版
印次：2021年10月第1次印刷
定价：62.00元(精装)

（如发现印装质量问题，影响阅读，请与出版社联系调换）

版权所有，侵权必究

序

年轻时最爱马致远的《双调夜行船·秋思》:“百岁光阴如梦蝶,重回首往事堪嗟”,甫一开头,便如一壶醇酒,直直浇透胸臆。及至末段,“爱秋来时那些:和露摘黄花,带霜烹紫蟹,煮酒烧红叶。想人生有限杯,浑几个重阳节?人问我顽童记者:便北海探吾来,道东篱醉了也”,更是令人击节赞叹,仿佛写的就是自古文人骚客应当过的一种生活。其实那时我才二十来岁,活动半径没超出过校园,羞谈老庄,遑论儒佛,懂得什么兴亡之叹,又有过多少人生遭际呢?

某种无缘无故的喜欢就这样一直伴随着我,十几年的日月穿梭,导致我竟将自己的第一部文学评论著作也命名为《双调夜行船》,副题是“九十年代的女性写作”,由山西教育出版社于1999年3月出版。那时我已在中国社会科学院文学研究所工作,该书纳入杨匡汉先生主编的“九十年代文学观察丛书”之中。这是我的第一本,也是国内第一本研究九十年代女性主义文学的理论著作。丛书的作者还有楼肇明、陈晓明、李洁非、张志忠、王绯、周政保、贺桂梅等社科院文学所和北大中文系的批评家同人。那会儿,20世纪90年代还没有结束,新的21世纪如天际雷声还在遥远处轰鸣。批评家们先行了一步,开始总结旧世纪,迎接新千年。因为动手早,也因为这支队伍人员的权威性，这套丛书，后来成为新世纪的研究者们综述90年代文学现象时绕不过去的必读书。

写作这本书时，我的身份虽属社科院的青年学者，同时，却也正活跃在文坛上当一名青年女作家。因而，与丛书队伍中其他专家学者不同，我是属于双调、双重身份的“在场”写作：在着手创作时，心中暗藏着一层女性主义理论的指引；在进行批评时，又多了一层对于女性文学作品肌理、脉络的切肤体会和深切共鸣。至于“夜行船”，其形状跟当时女性主义理论在中国传播的状态很贴切。那时候说起女性主义理论来还是闪闪烁烁，比较边缘化，随风潜入夜，润物细无声，远没有登堂入室成为一门学科，国内除了北大教授戴锦华和孟悦等几个女学者曾经在80年代末时进行过理论引进和宣传之外，还没有人大张旗鼓为其正名，甚至一些女性作家书写私人生活的作品还被指斥为“准黄色”。形势看起来非常险峻。我的这本书，来得正当其时，是一本为女性作家作品“正名”之作。这也是第一本通过大量详尽的文本分析，来阐释中国女性主义文学思潮的著作，诸如当时流行的女性身体写作、私人写作、杀夫情结、游戏与解构等等，都一一做了分析，梳理其产生的背景渊源，从理论上为其找到了创作依据。故而，这本贴近文本的批评，出版之后很受欢迎。尤其是新世纪到来以后，女性主义文学批评几乎成为高校里的一门显学，女博士女硕士人数大量增多，来索书讨要资料的人源源不断，初印的几千本很快不够用了。紧接着就是看到孔夫子旧书网上的各种高价叫卖。

当这些后来的文学女英雄风起云涌掀起女性主义批评热潮

时，我的女性主义文学批评生涯却已告一段落，新世纪的黎明业已降临，我的写作激情又疯狂转向创作中去了。

如今回想，二十多年前，纯粹由于职业使然，我随波逐流成为一个女性主义文学理论和实践的始作俑者之一。今天，回过头去审视我们的女性主义理论和实践，其价值体系、文学审美谱系、躯体修辞学体系实际上充满矛盾困惑和不确定性。一方面，它必须要颠覆和破开，确立自己的坚固理论平台和话语体系；另一方面，处于多变的不断发展的现实情境中，它又时刻想校正自己，达到跟传统文化精神和当代生活的和解，因而它自身总是处于不适和悖论中。我自己也同样受过蛊惑，女性主义理论一度给我的创作带来很大影响，在20世纪90年代我写过一些比较好看的女性主义作品，像《厨房》《狗日的足球》等，同时也写过一些刻意的“女性主义”作品，类似于《相聚梁山泊》《爱人同志》之类，羞于提起。但是，也不要忘了，任何一种文学反抗和实践，一开始都是新鲜的、蓬勃的、有生机的，都必须给它时间，让它完成标榜和检验自己的过程，直至走完困顿和无望的全境，才能真正有效地验证出其价值，而不是要一味地硬性扼杀。

正如写作《影响的焦虑》和《西方正典》的美国批评家布鲁姆所说，类似女性主义批评、拉康的心理分析、解构主义和符号学等当代一些流行批评理论，难免要以颠覆以往的文学经典为代价，并特别重视社会文化问题。中国当代女性主义研究和写作所面临的，正是这样一个困境，当我们用十几年时间走完了第一步，也就是对传统的打碎和颠覆阶段以后，却不知道下面该怎么走，打碎以后，我们却并没有能力重建。所以，我自己努力不再为性别问题所扰，希望自己变回那个初出茅庐时的热情有理想的、满怀正义的文学青年，从《鸟粪》《白话》《先锋》那种高难度的歌唱开始，绕过《春天的二十二个夜晚》《午夜广场最后的探戈》的低回婉转，重新走回了《野草根》的关注底层苦难与《八月狂想曲》的标高炫技的意气风发正路，关注现实，回归经典，回归正统的文化价值观。

借本书重新出版之机，特在书后附录笔者近些年来发表在报章杂志上的零散短评与随笔，皆与女性主义有关，以记录二十年来身为女性作家与研究者所走过的心路历程，亦为当代中国女性主义思潮的发展普及立此存照。

“爱秋来时那些：和露摘黄花，带霜烹紫蟹，煮酒烧红叶。想人生有限杯，浑几个重阳节？”人生如白驹过隙，沧海桑田，如今再读这些词句，已能满满地品出其中味了。

是以为序。

徐　坤

2021年3月21日于北京以北

目录

下部

因为沉默太久

因为沉默太久

三八节有感

上部

双调夜行船

——90 年代的女性写作

第一章　绪论:双调夜行船

——90 年代的女性写作

毋庸讳言,20 世纪 90 年代的中国文坛上最突出的文学现象之一,就是"女性写作"命名的突起。笔者指的是对这样一种现象的"命名",而非女性作家的写作本身。因为女性作家并非从 90 年代才开始写作,历史上自从有了文学这门关于语言文字的艺术那天起,女性就已投身其中,为建立这门艺术的规范而效力,并已取得骄人的成绩。只是,一部男权文明史极力将她们排斥于历史之外,轻描淡写,使她们在历史的景框上淡出。女性写作"作为一种特殊的写作实践",在以往的文学史中,一直被归在其他诸种文学潮流之下予以论述,因而它的特殊部分,它对一部公有的男性文明的别一份性别体验就被压抑在历史地表之下,不得尽情凸显。实际上在各个历史阶段,在各种文学态势中,女性都以她们卓越的艺术才华和深刻的思想而走在时代创作的前列,独领一代风骚。仅就 20 世纪的小说领域而言,从老一代的冰心、丁玲、卢隐、萧红、张爱玲起,到中年的张洁、谌容、宗璞,再到青年的王安忆、铁凝、刘索拉、残雪、池莉、蒋子丹、徐小斌、毕淑敏、张欣及至更年轻的迟子建、陈染、林白、海男等不可尽数的女作家们,都以自己的创作实绩表明女性作家与男性作家同样具有卓尔不群的力度,并且在某些关于人性本质描写的优美细腻方面令男性作家稍逊一筹。只是,没人愿意就她们的性别为“女”而发表看法，她们迫于外在的文化压力以及内在的文化忧惧，或许也以被当成无性别或准男性的“中性”作家解析而引以为荣。

自80年代后期至90年代以来，情形有了微妙变化。随着中国改革开放程度的进一步加深，中国的女性对自己的性别有了更深一层的自觉。女作家们对自己的“女性”不再采取回护姿态，无论是在写作观念上，还是更深一层的艺术处理上，较以前都有了显著变化。女作家们以女性视角直面人生的书写更有力度，直抒胸臆时更加直白大胆，对商业化社会“游戏规则”的把握也更有穿透力；女性个人与历史对话的姿态更加孤独也更为执着；商业视阈下的女性写作有了更为自由广阔的空间；一些女作家则将女性的性别体验以一种执拗的“私语”化方式描绘出来，渐渐形成一股新的女性写作态势。这些，都构成了对90年代女性写作加以专题研究的基点。

女性写作在90年代的中国当代文学创作中已成为一道颇为亮丽的景观。它的深度理论根源承系于西方的女权主义运动，而它的高潮迸发却是借于90年代中期第四次世界妇女大会在中国的召开。90年代中国计划经济与市场经济并存的整体格局，也给女性写作提供了机遇与挑战并存的外部环境。女性之私与个性化写作，女性躯体对于反抗男权文明的执着与迷失、细语与呼喊，空白之页上一部女性史的开掘，女性对于商业化社会中男权游戏规则的颠覆与反判……这一切都使得90年代的女性写作变得迷乱而纷杂。本书旨在通过大量详尽的文本分析，探讨女性写作的实践意义，并概括和梳理出诸种现象表层之后的背景渊源及女性写作在90年代的基本脉络走向和特点。

一、尴尬与自由

要想给女性主义及女性写作下一个明确和完整的定义极其困难，几乎在每一次有关女性问题的研讨会上都能看到对这个问题的无休无止的争讨，最后结果往往是以各说各话而告终。女智者们在面临"主义"这一重大历史命题时往往不能够达成共识，这与几十年来女权主义在西方的普遍境遇很有些相似。按西方女权主义者的观点，"女性主义"是永远不能够下定义的，一旦定义以后，它便失去了意义。不可言说的言说，必然紧跟着歧义、歪曲、误读和误解。要给女性的写作实践"下定义"是不可能的，因为女性写作"这种实践永远不可能被理论化、被封闭起来、被规范化——而这并不意味着它不存在。然而它总会胜过那种控制调节菲勒斯中心体系的话语。它正在而且还将在那些从属于哲学理论统治之外的领域中产生。它将只能由潜意识行为的破坏者来构思，由任何权威都无法制伏的边缘人物来构思。"①理论的模糊和不可言说一方面给创作带来无法遏制的混乱和犹疑，另一方面，却也正好给创作实践提供了最大程度的自由。有多少个女性，便会有多少种关于女性写作的解说，便会有多少种关于女性作品的实际创作。若

---

① ［法］埃莱娜·西苏：《美杜莎的笑声》，《当代女性主义文学批评》，张京媛主编，北京大学出版社，1992年1月。

将“女性写作”简单地定义为凡是性别为“女”的女性自然人的写作，那么，女性写作“作为一种特殊的写作实践”的意义也就无从凸显，它就仍将遮蔽于菲勒斯机制观念传统之下，关于它的种种批评分析就会容易堕入既定的男权话语里，其反叛意义及性别特质也就无形之中遭到忽略。如若我们再简单地强调其“性别立场”，将“女性写作”限定为只是“女”性作者书写其与外部大的社会历史背景相疏离的一己之私生活，那么整个当代文学史上能够提供给我们解析的女性作品少而又少，或许只有90年代的部分女性私小说才能进入这个批评视域，而绝大多数女性作家的作品就要被排斥在“女性写作”的范畴之外，这样一来就如例行的男权文化当道一样，女性主义批评者也有陷入女性“性别本质主义”的危险。

并且，由此所言的“女性立场”也大可值得怀疑。当整个社会的价值坐标和审美体系都是一个，或说是千百年来由男权所规定的那一个时，属于女性自己的这一个话语规范又如何确立？或者，它只是一个大系统中的子目录？如此，它相对于“总目录”的意义又何在？当女性没有建立起来自己的一套价值体系（实际上也不可能独立于社会整体价值形态之外去另立）时，那么，她的话语形态，她的思考方式，都是借助于男权既已定好的那些规范，最多是在其中以不再对性别回护的姿态和眼光进行与他们同样的思考。当哲学命题一样，生存困境一样，是非道德标准一样，宗教情境、幽闭途径，及其肉身厌世自我割裂撕碎的方式都没有什么超出“被允许”的程度之外时，女性的“自视”实际上仍旧等同于“他窥”，女性的“自我”实际上还是“他我”。女性陷进了自我设计的思维之障。

究其根本原因，是女人没有自己的语言。而人类，正是借着语言来进行思考的。

这就是女性在男权统治中的文化宿命。要突破这种两难的文化处境，就必须找到女人表达自己的语言，从而加速建立起女性自己的诗学。

因此，在考察女性写作实践时，强调其“文化立场”而非“性别立场”就显得尤为重要。作为一种“文化立场”的女性主义，“是以女性的独特体验、独特视点去反观男权文化”①。它期冀着在一系列的女性话语的颠覆、反抗过程中，赢得女性在历史中言说的权利，建立起平等的男女文化关系，进而建构女性主义自己的诗学规范。不管是在既定的男权话语内部，还是游离于主流话语的边缘之处，女性或不惮于冒对整个菲勒斯机制忤逆的危险，从文字的游戏和喧哗之中呈现自己的精神反叛，或踽踽独行，于无声处书写沉默千年的女性生命体验，所有这些或许都不失为一种机智的女性文化策略，所有的书写文本或许都不失为是“女性”的。

在对于“女性写作”的认定上，笔者赞同女性主义批评家戴锦华教授的观点，她认为在女性写作当中，“实践”的意义尤为重要，她说：“我自己不太喜欢用‘女性文学’‘女性诗歌’这样的字眼……我自己更喜欢用‘女性写作’这个概念来谈所有关于女性的文化事件、文学事件。在女性写作中，我非常强调实践的意义。女性写作是一种包含了很多可能性的、具有无限空间的、文化的尝试，可以叫作一种文化的探险。这种体现的意义在于，把长期以来

① 戴锦华：《女性主义是什么》，《北京青年报》，1996 年 1 月 16 日。

没有机会得到表达的女性的经验、视点、对社会的加入、对生活的观察，书写出来。而且我相信这种女性写作还能包涵某些传统男性写作所不能达到的空间，具有更多样的可能性。所以我觉得女性写作具有更广阔的空间，具有更多样的可能性，而不是一个特殊的事件，特殊的可以进行界定的文学现象。”[①]暂且，在我们所处的90年代的当下，在它所被认定和接纳的初期，“女性写作”在中国的文学发展史上还不失为一个“事件”，一个重要的或者还蔚为壮观的“事件”。显在的事实是，女性的自我性别意识一经确立后，其文化地位便有了与以往大不相同的改观。性别之于女性书写者来说，可能会是一把双刃匕首，它可以合理运用成为一种文化身份上的“僭越”，同时又是其攻守进退时的护身甲胄。无论是在性/政治的颠覆策略上，还是女性性别书写/文化反叛的格局中，抑或是在迷宫/镜像的反讽架构上，女性文本以其美学及其诗意上的巨大而鲜明的隐喻性，能动地穿透了当下的生活，仿佛是在明处，又仿佛是在暗中，在90年代的历史文化长河中形成一幅“双调夜行船”的迷人图景。女性文本既在人们的视野之中，又在人们的言说之外，破译或说解这份图景，既是“我们”的一份自由自愿，间或又是“我们”的一种责无旁贷。

---

① 戴锦华:《诗歌的女性视野——关于〈中国女性诗歌文库〉的多边对话》,《中华读书报》,1997年12月17日。

二、断裂与接合

1995年在中国女性的记忆中应该永远被记取。1995年既是中国女性写作的狂欢之年,同时也是反思之年。本年度,在世界妇女运动史上具有重要意义的联合国第四次世界妇女大会在中国北京隆重召开。借此春风吹助,中国女性与世界各国妇女姐妹联手,在亿万世人瞩目之下经历了一次空前绝后的女性集体狂欢,中国的女性写作同时也经历了一次前所未有的体验。1995年的中国女性创作、研究和女性作品出版真可谓异彩纷呈、热闹非凡。各种专题妇女国际研讨会不断举行,女作家个人作品的研讨会接连召开,文学期刊上陆续推出女性文学创作专号,论述女性写作的学术著作竞相在这一年出版,女作家文集、丛书一批又一批大规模集束性问世,女性生活大众性读物成批涌现……所有这一切,似乎标示着一个空前喧闹、纷繁的女性写作新时代的到来。

回溯之一:女性主义代表作异彩纷呈。本年度对女性文学创作影响最大的事件就是四套女性文学丛书的出版。按时间顺序,它们分别是:四川人民出版社出版的“红辣椒文丛”,主编陈骏涛,内收有斯妤、蒋子丹、唐敏等非常有创作实力的女作家的代表作;北京华艺出版社出版的“风头正健才女书”丛书,主编陈晓明、王朔,内收有王安忆、徐小斌、林白、张欣等七人的作品;河北教育出版社出版的“红罂粟”丛书,主编王蒙,这是一套规模最大、收得最齐全的丛书,共收入了全国二十二位活跃于文坛的中青年女作家,从陈祖芬、叶文玲到池莉、迟子建等的小说集；云南人民出版社出版的“她们文学丛书”，主编程志方、刘存沛，内收有海男、陈染、林白、赵玫等十二人的作品。

这四套丛书的共同特点：主编挂帅者均为男性。

河北教育出版社在推出“红罂粟”丛书的同时，又推出了“蓝袜子”外国女作家丛书以及“金蜘蛛”海外华人女作家丛书，每套丛书都有二十本左右。与此同时，各文学期刊也借此机会纷纷推出女性文学创作专号，影响较大的有：中国作家协会所属机关刊物《中国作家》和《人民文学》杂志，分别在9月份世妇会召开之际推出女作家作品专号；甘肃省的《飞天》与云南的《大家》杂志也分别于世妇会召开前期刊出女作家专号；北京作协的机关刊物《北京文学》也刊出海外华人女作家散文专号。

同年，女性大众文化杂志热销。冠以“女性”名称的通俗读物在街头巷尾的书摊上到处都可以见到。陕西的《女友》杂志与北京的《女性研究》杂志，都以其文化品位高、视角新颖而赢得众多读者，在销售量上名列各女性杂志榜首。此前，中国的文学刊物，尤其是正宗的纯文学刊物几乎很少为女性专门出一个特刊，出版社也很少会如此大规模集束性推出女性文学作品，除了一些纯粹为商业设计的时装、发型、汽车、挂历等品种的杂志常拿女性做装饰外，很难看见有谁会将“女性”这一话语作为一个十分严肃的话题提出。此次人们对于女性问题关注热情之高，有史以来十分罕见。“阴盛阳衰”一时成为文化界纷纷议论的话题。

回溯之二：女性研究方兴未艾。遮蔽于阳刚历史之下的女性写作得到挖掘和整理。与女性文学创作从书风起云涌大规模面世相伴的，是有关女性写作研究专著的积极出版以及各种旗号下的女性写作研讨会的召开。中国直到80年代中后期，才有学者率先把西方女性主义理论运用于批论中国的女性文学实践。先期的女性主义文学评论著作有：李小江的《女性审美意识探索》（河南人民出版社，1989年），孟悦、戴锦华的《浮出历史地表》（河南人民出版社，1989年）。它们在将西方理论与国内实践结合方面具有成功的示范意义。但当时这种文学批评方法并没有获得更大范围的认可和反响。直至1995年，女性写作业已成为一种大趋势时，几位女学者的率先垂范意义才得以真正凸显。从京城到外省，许多此专题的学术研究著作都在这一年里如雨后春笋般大量问世，其中可以做出索引记录的有：刘慧英的《走出男权传统的藩篱》（北京三联书店，1995年），陈顺馨的《中国当代文学的叙事和性别》（北京大学出版社，1995年），任一鸣的《女性文学与美学》（新疆人民出版社，1995年），王春荣的《新女性文学论纲》（辽宁大学出版社，1995年），林丹娅的《当代中国女性文学史论》（厦门大学出版社，1995年），林树明（男）的《女性主义文学批评在中国》（贵州人民出版社，1995年），王绯、孙郁（男）主编"莱曼女性文化书系"（作家出版社，1995年），其中关于女性写作的著作有王绯的《睁着眼睛的梦——中国女性文学书写之召唤》，戴锦华的《镜城突围——女性·电影·文学》，鲍小兰主编的《西方女性主义研究评介》（北京三联书店，1995年），张京媛主编的《当代女性主义文学批评》（北京大学出版社，1992年）。

除了后两种著作是西方女性主义理论的专门译介之外，前几种专著都侧重于女性理论在评介具体文学作品时的操作实践。它们紧随李小江、孟悦、戴锦华的著述之后，在其研究基础上都把问题的探讨向前推进了一步。几本著作对中国从古至今的文学史、中国现当代文学中的著名篇章、中国新时期以来的电影等等都进行了一次女性视角下的重新梳理和审视，得出了与以往男性编撰的文学史和男性视域下的评论截然不同的结论，对以男权为中心的社会审美机制进行无畏的诘问和挑战。后两种著作中对西方女性主义理论的全面译介，其工作其实早在80年代中期就已零星开始，只不过在经过十余年的艰苦努力后，在世妇会于中国召开的1995年，整个女性问题研究已经或多或少成为一种共识时，这种劳作的意义才被烘托得更为明显。

本年度召开的学术研讨会有：天津社科院主持召开的“女性文学国际学术研讨会”；北京大学比较文学研究会主办的“女性文学国际研讨会”；中国当代文学研究会与河北《女子文学》杂志社联合在首都师范大学举办的“中国当代女性文学研讨会”；河北教育出版社召开的“红罂粟丛书”首发式暨作品研讨会；作家出版社在北京召开的“莱曼女性文化书系”研讨会。

同期，各杂志社、出版社纷纷为女作家召开个人作品研讨会，对她们的个人创作经验进行研究和总结。这些人都是当时中国文坛上相当有实力且非常活跃的作家。一方面，她们的创作实绩为严肃文学评论界所首肯和认可；另一方面，她们的作品在大众读者群中也非常热销。从她们的作品中能了解到中国当代女性文学创作的概貌。1995 年召开的大陆女作家个人作品研讨会有:徐小斌《敦煌遗梦》研讨会(《中国作家》杂志社主办);林白《守望空心岁月》研讨会(《花城》杂志社主办);王安忆《长恨歌》研讨会(《钟山》杂志社主办);陈染《私人生活》研讨会(《花城》杂志社与作家出版社合办);赵玫作品研讨会(天津文联主办),叶文玲《秋瑾》研讨会(浙江文联主办)。

简单的事实回溯之后,不难看出这一年度女性写作(包括创作与评论)的繁荣景观,且先不论这“繁荣”背后究竟是什么样的从性别歧视、压抑到浮出水面的事实隐含。

1995 年以来中国女性文学创作、出版和评论表面上的繁荣并没能掩盖它背后所掩藏的深深的矛盾。这样一种完全是外来的、以性别为基准来划分写作类型的趋向,在中国国内的文学视域内份额究竟能占几何?包括女性主义批评家在内的女学者、女作家和女诗人们,她们是否情愿自己所从事的写作活动仅仅被视为一种“女性写作”?在中国这样一个有着悠久的男权传统的国度里,偏离了中心话语(父权审美机制)的女性写作理论和实践,其意义和价值又应该如何判断?对于中国所有从事写作的女性来说,这些问题并未随着世妇会的幕揭幕落而得到具体解决,问题的实质也并未因此而显得清晰。相反,女性写作整体与菲勒斯中心主义批评机制的分裂,女性集团内部对于“女性写作”这一问题认识的纷杂不一,每个女性个体内心体验与外在现实之间存有的裂隙,等等,这一切都给世纪末的中国女性写作罩上了重重的焦虑与疑惑。尽管许多有识之士(男士)一直不停地在为女性写作的定位与意义而竭力地鼓与呼，但这种呼吁有时却往往不自觉地陷入“他们”看“我们”的窠臼，其实质仍旧是站在中心话语上发言的巨大的“男人”，在对边缘状态细语的纤小的“女人”放送着启蒙与提携的犹犹疑疑的目光。并且，少数智者的认同和肯定，仍旧不能够扭转绝大多数评论者与读者对女性写作持有的一贯偏见。而当换成由女性自己来为她们的写作进行伸张与辩护时，情形也未显出太大的乐观。绝大多数的女性写作者又会因循起教化的传统，“犹抱琵琶半遮面”，不愿意或不敢承认自己是女性主义者，不愿意或不敢承认自己的写作是“女性写作”。至少，她们是不甘心自己的写作仅仅被归入“女性写作”名下的。

90年代的女作家们一直十分忌讳或者说惧怕自己的女性性别被人特地提起。对她们来说，只要能以无性别的“作家”这一面目出现就已经足够了。任何一种多余的定语尤其是“女”作家这等性别标号，肯定会在她们心里引起强烈的焦虑和不安，对女性性别的刻意强调，不但不会给她们自身带来任何益处，相反，还会惹出一些麻烦。张扬女性写作的最大障碍恰恰来自女性写作者本身；将一个女作家的作品划分到“女性写作”名下时，最先招致的反对将会来自女作家本人。事实上，在相当长的历史阶段内，“花木兰”范式是中国女性写作的唯一版本。绝大多数的中国女作家登场出演时都披挂着这千篇一律的行头。造成这种状况的原因，一方面要归于长期以来男权社会的经久教化之功，完全是她们被迫坚持模拟男性文学大师和崇拜父系英雄神话的水到渠成的自然结果；另一方面是她们虽已意识到自己的“第二性”归属，期望有所表达，但却小心翼翼地对自己的性别采取规避和回护的姿态。因为在一个大环境不具备的条件下，任何一种孤军奋战的女性抒写方式，其结果，要么是文章不得见天日，要么是作品发表以后遭受冷遇或中伤，最好的结局，也不过是落得个自生自灭的下场。

在当代中国文学长廊上，涌现出一批又一批出类拔萃、独领风骚的女性作家，当代中国文学史上一次次大的思潮波动都可以看到她们奔跑在前的矫健身影。可是，一旦要将她们的作品归入严格的女性主义理论下来解读时，便显得有些牵强附会，理论和实践互相为彼此制造出诸多的麻烦和障碍（姑且不论她们中的大多数人迄今为止是否认同“女性写作”这种说法，也姑且不论她们在创作中是否故意对自己的性别予以回避，已穿上一层有效保护自身不受伤害的“中性”或“无性”铠甲或干脆就是“男性”盔甲）。有时能在某位女作家的篇章中不期然解读出一些带有女性意味的因素，但很快作者就迅速地将自己的性别遮饰住，那个“女性”如惊弓之鸟一般慌忙远遁，剩下的全是合乎一般“中性”审美规律的文字表达。在通读女作家的作品时，总能让人感觉到，有一个强大的、作为道德坐标的“中性”或是“仿男性”的作者，一个“他者”在窥视、挑唆和审判着一切，女作家们常常会自觉或不自觉地进入这种男权视域下的写作模式。比方说一些女作家笔下的三角恋爱故事，无不是两个女人为争一个男人而打得头破血流非死即伤，而引起祸端夹在中间的那位男人，除了象征性地受一点良心的谴责之外，几乎就没有什么损失。这种典型的男权社会对于妇女“出位”的惩戒模式，如今已被女作家自觉运用，且屡试不爽了。

如此一来，女性写作与女性主义——这样一种新型的对写作进行区分和判定的话语，在其一开始被正规引入中国时便陷入一种尴尬的境地。要消除男权文化强加给女性的忧惧，还要靠全体女性写作从业人员的共同努力。拂掉假面上的化妆油彩，探视一下女性作家们的真正脸孔，正是90年代的女性研究者们所要精心去做的有意义的工作。

三、颠覆与皈依

在试图对90年代的女性写作进行评说总结时，我们不能不回想起80年代那些让我们心灵和肉体共同产生震颤的名篇：张洁的《爱，是不能忘记的》《沉重的翅膀》和《方舟》，王安忆的《雨，沙沙沙》《小鲍庄》和“三恋”，铁凝的《玫瑰门》和“三垛”（最后一垛《青草垛》完成于80年代，却发表于1996年的《钟山》杂志），池莉的《烦恼人生》系列……那些作品曾经带给我们如许的清新和靓丽，如许的沉重和悲哀，如许无奈的叹息和感慨。当80年代女性写作不甘于被遮蔽在阳刚的历史之下，正在奋勇奔突，既成一股特别激情的力量而即将抽离于“他们”的写作之时，90年代这时却以一种令人无法预想的方式降临到中国的历史之上。政治经济和社会文化的剧烈嬗变，都促使了中国作家对前途命运的思考和对自己写作位置的调整。一些作家沉入了历史，一些作家疏离了现实；一些作家倾泻着自我，一些作家拆解着游戏。80年代的光荣化作了90年代的梦想。光荣与梦想之间，却奇异地托浮出了女性作家在90

年代创作的坚韧与执着。

在经历了90年代初期的动荡、中期的狂欢以及随之而来的沉寂这些如火如荼的时代变幻考验后,20世纪末的大陆女性写作,则完全是以女性成熟的个性化姿态出现并展现魅力。纷争多义的“个性化写作”命题借此女性写作得到了良好的诠释。无论是池莉、铁凝的《云破处》《午后悬崖》式的基于女性获救之路描画的性/政治文本的双重策略,还是张洁、王安忆、徐小斌、须兰、斯妤等人的《梦当好处成乌有》《长恨歌》《双鱼星座》《宋朝故事》《浴室》等等对历史的诠释及女性迷宫/镜像式写作,抑或是迟子建、张欣、毕淑敏的《雾月牛栏》《伴你到黎明》《女人之约》等“现实一种”的书写,还有陈染、林白、海男的《私人生活》《一个人的战争》《私奔者》等个人自传体的女性生存经验描述,以及何玉茹、叶弥、周洁茹的《四孩儿和大琴》《成长如蜕》《熄灯做伴》等关于“成长”的小说,女作家们都将笔触进一步逼向人性的本质,在实施尖利的质问和无望的叩询中,执意寻找一丝审慎的爱意和自我获救的温暖。其间不乏惨淡,不乏壮烈,而更多的则是悲悯和忧怀。在90年代频繁迭起的“现实主义冲击波”以及“晚生代”创作的雾瘴喧嚣声中,女作家们的创作独立于各种公众传媒和理论评说之外,沿着一条边缘的路径潜心行走,并进而向文化的中心地带迂曲徐缓渗透,执拗揭秘解说着一部人性的或说是女性的心灵史。

在肯定90年代取得如许业绩之时,也不能不注意到90年代的女性写作的另一种“趋时”:伴随着女性自我意识的确立,女性的“性别”不再是一个避讳,没有人再谈“女”色变,90年代女作家公开打出的口号是:“作家还是女作家。”随着女性主义的渐进发展,至90年代中后期时,言明自己是一个“女性主义者”,不但成为女作家、女学者们之间群体呼应的一种简明暗号,而且成为她们彼此间进入女性文本和话语范畴、在同一基准上展开对话的“入围”资格和资历。甚至,矫枉过正,90年代中后期的“女性主义”,业已成为某种“时尚”和一种新的时髦。

例如在最为惹人注目的90年代出现的女性自传或准自传方式的“躯体写作”趋向而言,90年代后期女性私人写作泛化热潮中已是夹杂了大众传媒和商业炒作因素,在一哄而起书写女性私人生活的母题下隐含了题材上的投机与风格上的彼此模仿。女性躯体叙事学的兴起源自西方女性主义的观念,“以血代墨”的女性书写定义得自埃莱娜·西苏以及玛丽·伊格尔顿的理论。批评家南帆在借用它来论述内地女性主义创作时说:“女性的躯体呈现为女性写作的一个醒目主题。在这个方面,男性话语的封锁圈被粉碎,以往,文学的男性手腕,诞生于这些手腕之下的女性形象不过是男性为自己的欲望所设计出来的模特儿。在这个意义上,文学同样是男性役使女性的意识形态。女性占领文学的目的之一即通过写作放纵躯体生命,冲破传统女性躯体修辞学的种种枷锁,用自己的血肉之躯充当写作所依循的逻辑。”①中国女性对于自己的身体有过三次解放,第一次是五四时期争得男女平等的解放,那是借助思想解放运动,欲从长期的封建专制压迫下将自己的身体从被役使中解脱出来,争得自由支配的权利。无疑,女性的这种性别意义上

① 南帆:《躯体修辞学:肖像与性》,《文艺争鸣》,1996年第4期。

的抗争，当时被遮蔽和划归在“民主”“平等”“个性解放”等等社会启蒙宏大的历史主题下，“娜拉出走”只在思想意识上进行了一番搏斗和抗争，而并没有顾及解决“身体”这一问题。第二次的解放是在新中国成立以后，靠政府机制和行政律令强制执行的男女平等，在“时代不同了，男女都一样，男同志能办到的事情，女同志也照样能办得到”之口号下，男女的性别差异被刻意泯灭，挑泥担担、开河挖山的“铁姑娘”“女英雄”成了这种模式下的身体受害者。在低下的生产力水平之中，女人柔弱的身体，不得不承受家庭和职业的双重劳役，身体的解放根本无从谈起。第三次解放，即90年代女性对自己身体的解放，一个相对平等、进步的社会机制和相对发达的电脑信息化网络的建立，使女性有权利更加自主地选择自己的生存方式，无论是选择婚姻、独居还是离异，也无论是出外做工还是选择滞留家里，不会有体制上的压力和公共道德舆论上的指涉。只有在这个时候，“身体”的问题才会被提到认识层面上来，遭受泯灭的性别才得以复苏，女人对自己身体的认知欲望于是格外强烈。她们不必再如以往一样借男权之眼为镜，在那面哈哈镜中反观自己，而是力图通过女人自己的目光，自己认识自己的躯体，正视并以新奇的目光重新发现和鉴赏自己的身体，重新发现和找回女性丢失和被湮灭的自我。在林白、陈染、徐小斌、海男等等90年代新一批女作家的作品《一个人的战争》《私人生活》《双鱼星座》《我的情人们》当中，常常可以看到女性揽镜自窥的躯体描述，其间也不乏自恋以及自慰的描写。她们从母辈和祖母辈的记忆里得出结论，在千百年来动荡不定的存在中，一切都是靠不住的，灵魂的驻所不在天堂，天堂里由男性上帝把持着，它虚无缥缈，不肯接收也承载不起女性灵魂的重负；也不能把灵魂归附在俗世的男人身上。灵魂的驻所只能在躯体之内，珍藏于我们自己的肉身。只有这一具躯体才归属于我们个人。由此，她们便怀着对自己身体的认知，格外爱恋和珍惜自己。

这些具有自传性或准自传性的女性“私小说”形态，都是在以男性为对手、以男人为对立面的情形下出现的，女性视角的展现给她们的写作带来空前的自由和文体上的舒展。

这种超出传统意义上的、以女人之眼来关照打量自己、直接描述自己躯体欲望形态的作品，对于整个菲勒斯机制都构成了挑战。一方面这种作品提供了女性“私人化”写作的可能和现实，另一方面也显露出，当女性以一个庞大的男权文化为作战对手，将其当成挑战的把柄和颠覆的目标时，女性并没有显现出快乐，相反却显出忧伤、孤独，以及失望以后的悲愤与绝望。“以血代墨”的代价是极其沉重的。

然而在这之后，当其成为女性书写的一个“群体特征”时，一个庞大芜杂的女子自传写作“症候群”不期然出现了。女性准自传性产品以丛书或套书方式大批量制作生产出笼，其“私人性”和“个性”都因其写作内容上的盲目复制（自我复制或复制他人）而显得贫血而失色，同时也使得刚刚提到认识层面上的女性私人化写作，在类型化的集体狂欢中，面临又一次失去审美独立性的可能。大众传媒的炒作和商业的庸俗以致恶俗包装，某些不怀善意的“窥阴”操纵及个别书写者内在的迎合，也使女性私人写作反而变成对女性性别的一种亵渎和玷污。所有这些都极有可能断送女性写作及写作着的女性们的前程，使她们的颠覆成为变相的献媚或皈依，“逃脱”或“突围”之处再一次成为“落网”①，女性的“第二性”命运又一次在劫难逃。

作为对世界范围内女权主义思潮在中国之回应的女性写作，能够发展出今日之成绩颇为不易。唯愿业内人士尤其是女性写作者能对自己的奋斗成果特别珍惜。对这一写作趋势的研究整理，不仅能为我们研究90年代的整体中国社会文化提供一个参照，而且也提供了一个探讨关于文化的一元与多元、边缘与中心的极好视角。

① 王干、戴锦华：《女性文学与个人化写作》，《大家》，1996年第1期。

第二章 母亲谱系的梳理和母女关系的重新书写

一、空白之页

90年代女性写作的一个突出特点是母亲谱系的梳理和母女关系的重新书写。女性主义批评家运用理想化的母性隐喻来寻找明显的文学谱系,反对批评话语中的男性方式。在美国女性主义批评家的一种前俄狄浦斯的"溯源女性诗学"(a pre-Oedipal "female poetics of affiliation")之中,她们依赖女儿同母亲之间的系结,代与代之间的冲突由女性文学中的亲密性、宽宏大量和延续性所取代。"在男性文化里有一个被分裂和被驱散的女性文化,是过去几年里女性主义思想中难以摆脱的一个尝试性主题。我们依赖男人而把自己相互间隔起来——在家庭里、在宗族里、在庇护人和机构的世界里,因此我们现在首先要承认并反对这些间隔物,其次要开始探讨我们在这个星球上作为妇女所共同分享的一切。"(艾德里安娜·里奇)①无论在独立于男性文化之外是否真正存在着一个女性文化,母亲血脉链条在历史上的被割断毕竟是一个事实。过往的历史,都是以男性为中心的、阳刚谱系的书写史。短暂的母系社会

① 《当代女性主义文学批评》,张京媛主编,北京大学出版社,1992年1月。

过去以后，女性的生命血脉延续史就被割断了，不再见诸记录。女人的生命链条无以追踪和接续。天地人神，宇宙万物，无论是神话的谱系、帝王的谱系，还是民间宗族、宗法谱系，无不是在记录和书写一部男性的血缘血脉史，女性谱系的书写之页呈现为一片空白。女性作为人女、人妻、人母，虽然拥有自己的姓氏和名字，然则那种依傍于父亲或丈夫的名姓，隐匿在一个庞大家谱当中的角落里，看似有名，实则处于“无名”状态，其实是一部男权的文明史使然。在一个强大的阳刚菲勒斯审美机制的垄断之中，母性的历史无从展现。在母亲形象的书写中，除了一个源自神话传说之中的“地母”原型在千百年来陈陈相因，余者多是统一于男人视域之下，在两性关系中作为男人之对象化关系而存在的女性。这种“作为对象化关系之存在的女性”，不需要有什么独立人格和独到见解，女性的一切，在男性主体叙事人的解说之中。

随着一个“女人写女人”时代的到来，女性除了重新审视、重新认识自己外，母亲谱系的梳理和母女关系的重新书写也逐渐成为必然。母与女的关系是近几年来海外女华人反复书写的母题之一，无论是谭恩美的《喜福会》还是张戎的《鸿》等等，都是选择了母与女生命链条接续的视角，在几代母女之间展开故事，从清理母亲系族的纵向和横向关系过程中，展现“女人”这一非历史主体在时代演变当中本性的再生与还原。在那些主角作为“女性”的生命被迫选择或自主抉择过程中，“时代”从来都是一条无形的枷锁。逆来顺受或是挣扎冲破，成为一代又一代女人逃不脱的命数。挣扎反叛的痛楚烙在一辈又一辈女人的身体发肤上，比之男人们对时局动荡遭受的惨烈还要为甚。而历史却一直缺乏这方面的记录或说是不予记录。女人在一部人类历史当中悄无声息地湮灭，现在轮到她们自己出面索引钩沉。

且不论五四新文学运动以来的关乎女性的写作以及新中国成立后十七年间的文学当中千篇一律的“女英雄”模式，仅就新时期以来的大陆女性写作领域而言，涉猎最多的还是爱情当中女性的生存，或是追问一份“文化革命”年代下饱受压抑摧残的男女之恋。以母系链条来架构一部小说叙事的仍很鲜见。而自觉追踪一份母系血缘关系的作品更几乎难得。进入 90 年代以后，伴随着多元文化时期的到来及女性自我意识的张扬，一批这样的作品相继走入人们的视域，构成又一道纷姿多彩的景观。王安忆的《纪实与虚构》《长恨歌》，张洁的纪实长篇《世界上最疼我的那个人去了》，陈染的《私人生活》及一系列中短篇中对两代自觉摈弃了婚姻纽链的母女寡妇的描写……姐妹情人、母性女儿、母性姐妹之关系存在都相继进入了女性书写。王安忆以其巨大的历史覆盖性，通过对母系血脉渊源的追溯梳理，完成了一次女性个人与历史对话的过程。张洁则满怀激情和忧伤，描写了现实生存中母女血脉相通相濡以沫的深切情义，它胜过人间父子关系。陈染的作品中“姐妈”形象的出现，“母亲”和“女儿”频频作为两个离异的单身女人相互关联，她们血脉之中有相同的遗传基因，对于建筑在以依附男人为基础的婚姻都感到失望，逃离成了她们的唯一选择。她们最后不约而同地走到了一起，相依为命，既是母女，又是姊妹，有时又仿佛是一对难扯难缠的情人。女性作家们正是通过对母女关系的重新书写，通过对女性血缘的重新清理，轻微撼动了以男性为中心的历史神话链条，找寻出属于“我们”自己“女性”的历史，为真正建立起女性主义的诗学而努力。

二、玫瑰门——通向母亲之路

以母亲的或说是女性的血缘为主脉来构建小说框架的作品，铁凝写于80年代末期的长篇小说《玫瑰门》，可以说是从多方位观照和解读一部中国当代女性史的文本。这是一部对于母系族谱的纵向涉及，同时也是“仿男性争斗”式的女人关系的逼真描述。《玫瑰门》是关于三代女人：祖系（外婆）——母系（舅妈）——孙系（苏眉），在一个“文化革命”专制年代下的性别罹难、人格异化而最终难以获救的故事。它既是性别的，也是政治的，是极其生动的性/政治的书写实践。是它架起了八九十年代母性谱系书写的桥梁。

从旧时代过来的地主出身的婆婆（外婆）司猗纹，与儿媳竹西，以及外孙女苏眉，在那个如火如荼的“文化革命”年代既相依为命，又相互为仇。这一家的男人全部缺席，非死即病或亡，肩负起生存重任、支撑家庭门面的就是婆媳外孙女等几个老中青女性。老一代的当权人婆婆和青春少壮的媳妇之间，在共同对付外来的压力时尚可以携起手来，反抗一切对于她们这个没有男人之家的欺侮。而一旦关起门后，在争夺家事的主持权时，婆媳之间又展开一番坚苦卓绝的明争暗斗。婆婆司猗纹是经历过荣华，也饱遭过践踏的女性，有过富贵的生活，但这一切背后却隐藏着不为人知的苦衷。

她脑门儿上留下的被丈夫毒打后的疤痕可以作为见证。她有着历经世事的巨大的生存本领，一边怀念着旧社会的吃馆子、用法国进口化妆品的荣华，一边也能屈能伸，随机应变，能在新社会到来、成为改造对象时摧眉折腰，曲意相迎，在家里的老太爷和丈夫去世后，她能够靠糊纸盒做零工来度日，还要在艰难情境中养活姑爸——她的小姑子。在红卫兵的抄家运动即将到来之时，司猗纹简直是大义凛然，抢先主动捐出房产和珍贵的红木家具，以表明自己投身革命、拥护群众运动的真心。这一切费尽心机的招数，才使她在艰难时世中勉强生存。

儿媳竹西更是一个命运多舛、历经沧桑的女性。这样一个知识分子家庭出身、教养良好、个性充分发达、生命力旺盛的女性，在那个时代里不幸下嫁给一个体格和性情都极其孱弱的男子，充沛的生命力不得尽情释放。婆媳间的第一场争斗就产生在对待儿子/丈夫的态度上。对于儿子在房事中的无能，婆婆的体恤儿子与媳妇的不能原谅之间构成矛盾。中国传统戏曲中惯有的“婆媳斗”模式在这里又一次上演。

街道居委会主任、贫农罗大妈接受了她们捐出的房产，进驻她们这个朱门大院，让各种争斗几乎达到白热化阶段。女与女之间的关系，阶级与阶级之间的关系，纠缠搅杂在一起，一个时代的斗争，都集中凝缩于此了。富农婆婆司猗纹与贫农主任罗大妈两个同龄老太太的斗争你死我活。自知是阶级成分上的弱势分子的司猗纹婆婆使出浑身解数，运用女人的天才本领，能够将一次次灭顶的危机化解，同时也不断伺时反戈一击，给与她作对的女人以致命的打击。媳妇竹西守寡之后，与同院罗大妈年轻力壮的儿子大旗私下交欢，婆婆看在眼里，记在心上，终于设计出一场“捉奸”戏，给贫农主任罗老太婆和不把她放眼里的儿媳以一石双鸟的打击。

面对这一切的受害者不是别人，却是十四岁的寄养在外婆家的苏眉小姑娘。苏眉的受害是极其无辜的，那是一份对女性脆弱心灵的戕害，是女性自我意识的一次次重创。苏眉童贞的眼里不得不收录了这一份残酷的女性人生。外婆的冷酷与坚硬，竹西的丰腴与骁勇，罗大妈的低贱卑琐与无事生非，还有血缘之亲的斤斤计较，幸福欢愉却尽遭耻辱……这一切对她纯洁幼小的心灵施与了一次又一次毁灭性的打击。苏眉在外婆的唆使下，无意地也是故意地撞见了正在床上的竹西和大旗偷欢的场面。她十四岁的眼睛里再也装不下这许多在她看来是见不得人的“羞辱”，当即她便拖着不懂事的妹妹仓皇逃离外婆家，在口袋里一分钱没有的情况下，悲愤地爬上了去乡下的干校寻找父母的火车。少女的初潮就在悲愤绝望的逃离时刻莅临了。这究竟是她身为女人的庆幸？抑或是悲喜?!

粗粝的“文化革命”的生活，你争我斗你死我活的粗砺的残忍的生存，将一丝丝女性的优雅情怀、羞涩之心，全都无情无妄地打烂，磨钝，撕扯掉。苏眉对于女性身体的认识，就是从看见小表妹的肛门开始。竹西的女儿宝妹婴儿时代起就一直便秘，竹西在把着孩子拉屎时，经常让苏眉帮忙扒着表妹的肛门，粗陋地往里面塞上一粒痔疮栓，接着就是粪便从那个窄小的开口处喷涌。作为医生的竹西将一切的人体部位都职业性地仅仅看成是某一个器官，然而她根本不曾想到，对于她的才七八岁的小外甥女苏眉来说，童稚时代对器官这样的丑陋的赤裸目视，将会对她往后的女性心理产生怎样的影响。厌恶和作呕是她最初的心理体验。之后，少女时代那次不经意地撞见竹西与大旗“鱼在水中游”的男女偷情场面，更将她的全部感知中的有关“爱”与“美”的意念全部轰毁了。童年时毁灭的一切，再难以在成年之后重建起来。

作者用“玫瑰门”这一书名隐喻女人的生殖产道，也是隐喻女人的逃离和再生之路。文本中处处流露出对于生殖的巨大厌恶，对于自己与外婆这一母性链条丝丝相扣、紧紧相互缠绕的仇恨，对于外婆畸形之爱的恐惧与挣脱。苏眉成年后发现自己越来越像外婆，从姿势到神态，遗传基因在神秘地发生着作用；而外婆也对她越来越纠缠得紧，拼命想把她打造成又一个自己。苏眉讨厌这种关系，想泯灭少女时代的种种不愉快记忆，想开始属于自己的，而非来自遗传的人生。

小说结局意味深长。成年后的苏眉在分娩时，“女婴和产钳配合着撞开了母体，把苏眉毁坏得不轻，把她撞开了一个放射般的大洞，缝了四十针。”①在她艰难生产的同时，有两个情节伴随着她：竹西家鼠害成灾，她到处寻找灭鼠方法。有人发明两种奇特鼠药：“鼠得乐”——专药“男鼠”；“乐得鼠”——专药“女鼠”。为了使鼠们丧失繁殖能力，也为证实这报道的真实性，竹西决定找药，先药死鼠的一方，但拿不定主意先找哪一方。在给苏眉接生后，竹西先找了“乐得鼠”（即先药死女鼠）。另一个情节是：苏眉在美国的妹

---

① 《铁凝自选集·玫瑰门》，作家出版社，北京，1996 年 12 月。

妹苏玮买了条德国纯种狗，是母狗，取名叫狗狗。一进门，她便找宠物医生为狗做了绝育手术。苏眉接到妹妹的信后，想给女儿取名“狗狗”。（潜意识里是否想让她也绝育？）狗狗额角上一弯新月形疤痕（接生时的器械碰伤）与司猗纹头上被丈夫毒打的疤痕相似。创伤再现，俨然是一份残酷与冰冷的女性历史的循环。

苏眉想通过“绝育”来达到这样一种虚妄历史的终结，然而却又无力排除它的自然接续。她始终处于一种希望与绝望相交织的矛盾里。而作为勇敢追求新生活的竹西的结局也不甚美妙，竹西跟大旗生米煮成熟饭后勇敢地嫁了过去，并生下儿子欢子。肉体的激情过后，那个荒诞的年月业已终结。冷静过来后的竹西认识到她跟大旗不是一个阶级或说不是一个阶层，作为贫民的大旗跟出身于知识分子家庭的她趣味差别太大，终于决定离婚，过起单身女人的生活。“在三代女性人生之路的悲剧中，她（作家）交织起女人的清醒与迷惘，背负与绝望，逃脱与落网。”①

三、母性女儿

如果说，铁凝的《玫瑰门》还是严格按照小说形式来操作的、属于严格意义上的虚构类文体，它所摹写的是以时代背景为衬托的几代女性的残酷人生，在三代女人的关系中间还跳跃了血缘相袭的因素，间或有传统的“婆媳斗”“小姑贤”模式（“小姑”的角色此间由外甥女所代替），那么 90 年代的几部清理母系血缘关系的作

① 戴锦华：《时报·开卷》，1993 年 3 月 12 日。

品，则都不约而同地带上了自传性或准自传性的因素，具有非虚构的性质。并且，在书写母女之情的过程中，时代背景渐渐隐到人生舞台的幕布之后，逐渐虚化而至朦胧模糊，清晰聚焦的却是母女之间拉不掉扯不断的现实情意。女性对于母系生命链条的书写，正是从生存最切近处，从清理自身的血缘基因开始。

若是把《玫瑰门》看作是女性残酷人生的一段演绎，张洁的《世界上最疼我的那个人去了》则是一份忧伤欲绝的“母性女儿”真实书写。张洁是唯一一个宣布自己的祖籍随母亲而不是随父亲的女性作家。在她的文集中的作者自传中她这样宣称：“张洁，女，1937年生于北京。随母亲而不是随父亲祖籍辽宁抚顺章党区下哈达村。”①父亲的那条生命纽带对她来说，在她跟随母亲一起生活之日起就已基本上隐没了，很少在作品中提及。只有母亲和作为女儿的她，以及她自己的女儿，祖孙三代女性构成一个相依为命的生命血缘纽链 。

写作于1991年11月至1993年7月间的这部《世界上最疼我的那个人去了》，比起我们分析的诸种小说来说，它应该严格限定为一篇非虚构类(no fiction)文字。与此相伴而生的书写对母亲怀念的文字还有《潇洒稀粥》(1992年7月)、《一扇关闭了的门》(1992年9月)、《坐在石头上等姥姥的小松鼠》(1992年10月)、《母亲的厨房》(1992年11月)、《又挂新年历》(1993年1月)、《太阳的启示》(1993年4月)、《不忍舍弃》(1993年9月)、《这时候你才算长大》(1994年2月)、《无字我心》(1994年4月)等等。

---

① 《张洁文集》四卷本，作家出版社，1997年10月。

这是一次惨痛的追忆凭吊，是失掉母爱之后的一份彻底的伤心无助和迷惘，也是基于无法获救的女性人生的一次最终了悟。这是用眼泪和心血砌成的文字，一次毫无遮掩的反复咏沓和追忆。在“宣告了男性拯救之虚妄”后，张洁在母亲的怀抱里划出的最后一块栖息地，一片没有橄榄枝与和平鸽的方舟，它满载着两代女人的伤疤和痛楚、奋斗与挣扎，颠簸不定，飘摇无着，拖着沉重的翅膀，向着负载她们的大地悲伤地坠落。

这篇文章以追忆展开叙事的基调，按时间顺序，从发现母亲的得病，母亲的脑手术，手术后的谵妄症，到烦琐的救治护理，直至写到母亲去世后为止。张洁故意让她的行文叙事不加以节制，任由眼泪在每一个字缝里自由流淌。写作在这里变成她巨大悲伤的出口，任由压抑和节制的情感喷薄。整个作品的写作过程也颇为艰辛。“据张洁说，在她所有的文字中，《世界上最疼我的那个人去了》是付出最多的文字，初始写几个字就难以自持，不得不停机歇息，后来已经写好的八万字在电脑里莫名其妙地丢失又使她遭到母亲去世后最沉重的打击，不得不在重病中苦撑着，振作精神日夜兼程地重写。”①

有一个细节十分引人注意，在这个由母—女—外孙女三代女人相牵组成的血缘链条里，当母亲听到女儿和外孙女都是 O 型血时，感到无比欣慰，仿佛这下更彻底证明了母系血缘生命链的紧密。母亲称自己生了“两个”“值得骄傲的女儿”。母女牵手过活的

---

① 王绯：《睁着眼睛的梦——中国女性文学书写召唤之景》，作家出版社，1995 年 8 月。

人生是艰辛也是快乐的，她们所希望拥有的一间自己的屋子，归根到底却是一处“没有屋顶的房间”。缺乏强有力的男者的庇护，使她们在负担起家庭生存重担时都要充当父亲和母亲的双性角色。而来临的男性他者，又往往不是她们心中所想象的，因而就只有或被弃或弃绝。只有母亲给她以爱，平等，希望，全心付出，无所诉求。她作为另一代人的母亲，再将这平等无私的爱返还于自己的母亲和女儿。这是一个母亲—母亲、母亲—女儿、女儿—母亲的生生不息的爱的链条。她接受了这爱，又往下传递，然后又接受下一代人乌鸦反哺的爱的偿还。“在妇女身上一直保留着那种产生别人同时产自别人的力量（尤其是别的妇女）。在她身上，有母体和抚育者；她自己既像母亲又像孩子一样，是给予者；她是她自己的姐妹加女儿。”①

在张洁的不加节制的泪水里，我们跟作者一起得出一份奇特的感受：在那个由相依为命的两代母女苦苦撑起的一份狭窄、低矮的女性天空里，所有的男人都是“外人”——这其中也包括她自己的丈夫——只有妈妈是自己的亲人，只有在母亲面前可以尽情尽意，毫不遮掩。“爱人是可以更换的，而母亲却是唯一的。”在对母亲的护理中，她深深体会到，幼时，母亲牵着她，庇护着她，成人后，她牵着母亲，庇护着母亲，她变成了妈的妈，而妈成了她的女儿。母与女之间的亲情，在这里转换成文化学意义上的“妇女与妇女”之间的关系，“一旦妇女将妇女给予其他妇女，一切都会改变的。

---

① ［法］埃莱娜·西苏：《美杜莎的笑声》，《当代女性主义批评》，张京媛主编，北京大学出版社，1992 年 1 月。

在妇女身上一直隐藏着随时都会涌出的源泉；那个为了他人的所在。母亲也是一个隐喻。她把自己的精华由别的妇女给予妇女，这使她能够爱自己并用爱来回报那‘生’于她的身体，而这对于她是必要的也是足够的了。就欢乐与暴烈的强度来说，与‘母亲’的关系并不比与童年的关系有所减弱（那个曾经是，现在还是儿童，那个一再造就，然而又毁灭的儿童，在此种意义上，这个儿童也就成了自己的母亲）。”①文本中男人的缺席，既可以看成是生活的真实，也是她的心理感受的真实。“父亲”的先导性缺席，已经注定了她们母女的生存结局和生活结构；“丈夫”的在场缺席，在将其视作“赘物”一般的过程里，细心的读者不难感受出几丝怨怼，几丝难以说清的懊悔。“母亲是自己人，而先生是外人”，有脾气能对母亲发，而不能对先生发；在对先生及母亲关系的处理上，总觉得与先生一起生活是对母亲的一种“愧疚”，忙着照顾先生而减少了陪伴母亲的时间。尤其是母亲在家中客厅沙发上去世的时刻，“我”因那时陪先生在卧房睡，在那一刻竟不在母亲跟前而生出永久永久的悔！

这哪里还是《爱，是不能忘记的》中的张洁，那个对男女世俗之爱抱着巨大迷情的张洁！如果将“爱”衍化成“母爱”，倒是能成为这句话的最好的诠释。通过篇中隐约透露出的信息，似乎她提出了这样一个诘问：窥破人生、了悟世事之后，男与女，其肉体及其精神上的情爱，到头来，比得上母亲与女儿之间的血脉之情更深厚绵

---

① ［法］埃莱娜·西苏：《美杜莎的笑声》，《当代女性主义批评》，张京媛主编，北京大学出版社，1992 年 1 月。

长吗?

我们无法回答这个问题。任何一个缺乏张洁那种人生遭际的人都无法准确地回答出这个问题。她在这里也并没有试图去表明什么,她只是在哭,用文字恸哭,在她已过知天命年纪的女性真情哭诉中,任何一个女性读者的心里都会跟着隐隐作痛进而涕泪长流!那是有别于男女情爱的妇女跟妇女、女性与女性之间的血缘之爱。"文本:我的身体——充满了一连串的歌。我指的不是那个傲慢专横、把你紧抓在手心不放的'母亲',而是那触动你的、感动你的平等声音,它使你胸中充满了用语言表达的冲动,并且激发你的力量;我指的是那以笑声打动你的韵律;是那一切使隐喻都成为可望可及的内在的亲密的接受者。"①母亲之于女儿的爱,已经超越了传统意义上的"伟大无私",她是世间另一种血缘的相续相接,是"我们"身体的源泉,亦是"我们"身体未来归处的指向。

母亲的去世,是方舟倾覆了的感觉,世界又将她投入一片汪洋的颠簸之中,投入"已然没有了妈的空巢",她无处着陆,无处系锚,从此无岸。她把自己既作为女儿又作为母亲身上所蕴积的巨大能量,重新倾注于写作当中。我们惊奇地发现,自此张洁的写作风格与以往疏离了,她以往所关注的那些男女情事、那些性/政治问题逐步被驱离出她的视野,对女性自身生命的关注成为她重新要考虑的问题。"在妇女身上,总是多多少少有那母亲的影子,她让万事如意,她哺育儿女,她起来反对分离。这是一种无法被切断却能击败

---

① [法]埃莱娜·西苏:《美杜莎的笑声》,《当代女性主义批评》,张京媛主编,北京大学出版社,1992 年 1 月。

清规戒律的力量。我们将重新思考妇女,从她身体的每一种形式和每一个阶段开始思考。”①是母亲的去世,让她重新发现和认识自己,重新认识她既往的生活。正如其后她所创作的《梦当好处成乌有》等篇章一样,对妇女的主体性认识已上升到她的观念形态上来。

四、“纪实与虚构”的母性史

在对母系历史的追溯进程里,一向擅长写实的王安忆以一部“记虚”的《纪实与虚构》构成了一个独特的存在。《纪实与虚构》在两个层面上完成了女性历史的游历:奇数章节是追溯母亲的家族历史;偶数的章节用来记述“我”这个“打着腰鼓扭着秧歌进入上海的‘同志’的后代”的成长经历。母系家族历史的追溯从两千年前开始,“茹”姓来自逐水草而居的游牧民族,经历了入主中原然后定居发迹繁荣直至衰落的过程,直至外公弃家出走,才中断了家族的历史;“我”的经历从出生时跟解放大军进入上海开始,及至上海里弄里寂寞长大的童年,“文革”时期休学无所事事的惶惑,至后来的“上山下乡”,至成人后的爱情。它们按着奇偶的顺序各自生长,各讲各的历史,在“我”跟母亲的关系这一点上偶有交叉相接,包括母亲对我的教育,母亲那一代人跟“我”这一代人在思想观念和行为方式上的差异等。

在谈到追踪母系家族史的缘由时,作者这样辩白说:

---

① [法]埃莱娜·西苏:《美杜莎的笑声》,《当代女性主义批评》,张京媛主编,北京大学出版社,1992 年 1 月。

父亲来自遥远的地方，为我与这城市的认同帮不上一点忙，希望就寄托在母亲身上，……减少一些在上海这座城市里的孤独感。

我父母的意志主要由我母亲来体现并执行。因此，长期以来，我一直把母亲作为我们家正宗传代的代表，这其实已经说明我的追根溯源走上了歧路，是在旁枝错节上追溯，找的却是人家的历史。这是混乱不堪的地方，不过也可证明在上海这城市里，妇女的地位上升，父权观念下降。①

要感谢王安忆的“走上歧路”，多亏了她的“歧路”，才给女性文学史提供了一个有意义的文本。但是比其文本更有意思的是，她在追踪母亲的血缘时，自觉或不自觉地追踪的仍是一部母亲的父系的历史，是母亲的父亲——母亲的祖父一直上溯……母亲从那里继承来她的“茹”姓姓氏的那一家的历史，而非母亲的母亲的母亲的母系家族历史。这样一来就更加混乱，在严格的女性史研究者看来，这样的历史追溯混淆了“父系”与“母系”的界限。

如果说母亲的母亲家族的那一段历史根本就无从查寻，其实也不尽然。从文本以及作者在篇末所续写的跋来看，王安忆在追溯母亲的父亲，也就是王安忆外公一家的家族史时，所花费的史料工夫，所用的虚构的艺术技巧处理，用在追寻母亲的母亲亦即她的外婆一家的家族史时，时间和技术以及体力上也显得绰绰有余，以

① 《王安忆自选集之五·长篇小说卷·米尼》，作家出版社，1996 年 2 月。

她那样一个超然无惧的大脑,也一样能够把文本操练得煌煌辉辉。然而,横亘在其间的问题却是:

1. 作者的女性自觉意识。如王安忆自己所说,追寻一部母亲家的历史,“已经说明我的追根溯源走上了歧路,是在旁枝错节上追溯,找的却是人家的历史。这是混乱不堪的地方”,就她当时写作此篇时所能认识到的意义,也不过是“也可证明在上海这城市里,妇女的地位上升,父权观念下降”,如此而已。可见在作家90年代初写作这部作品时,“父系历史乃为正统”的思想仍主宰着女作家的头脑,完全不像她在这之后写的《长恨歌》那样大张旗鼓为女性立传。

2. 这后一个可能是,几千年来的男性文明史,根本没有一个按母亲姓氏排列的族谱顺序,追寻起来实在是困难重重。在她想到追寻母亲家族的历史时,一个显而易见的母亲的“茹”姓姓氏,很容易便成了王安忆追寻的起点和终点。母亲的父姓姓氏成了一道贯穿文本的纽链。但撇开姓氏锁链后,追踪起来是否真的有如许困难?由于后一种操作没有具体进入王安忆的实践过程,因而结局不好妄断。

作为一个女性写作研究者,笔者本来欲从最富有头脑和女性先锋意识的王安忆这里打开关于“女性史”的突破口,现在看起来也不禁对自己哑然失笑。希望落空了。空白之页上的女性史的梳理,仍旧是一页空白。

空白之后的追溯对于研究女性书写已经变得无足轻重。在笔者看来《纪实与虚构》除了完成一次脑力操练,也可以看成是一次接续秉承于 80 年代寻根文学余韵的“夕阳晚唱”，一次 90 年代再度热潮的“家族史”的积极加盟。将其陈列在包括陈忠实的《白鹿原》、张炜的《家族》、赵本夫的《地母》系列、莫言的《丰乳肥臀》、赵德发《缱绻与决绝》等等一系列男性作者的“家族史”类小说中，都能见出其考据能力的出类拔萃，其思维脉象的博大精深。

研究王安忆对于母性史的追溯缘由，以及她在涉及“母系史”这个问题时在观念上的矛盾，比起研究《纪实与虚构》的文本更有意义。当其后女性主义思潮在中国大陆大规模地着陆时，王安忆对于女性问题的意义又重新进行了一番思索整理，其思考结果，便是终于设立《长恨歌》这样一个纯粹关于女性史的选题，从而将她百写不厌的上海一座城、上海滩的风物人情都换了一个角度重新演绎，以女性的隐喻，经由一对母女的生存经历来导演上海半个多世纪来的沧桑变迁。

五、母性姐妹

与张洁的母女之情追忆悲悼式写作不同，同是追随母亲姓氏的陈染，对于母女之情的书写纯粹是现在时的，表露出女性生存现状的某种真实和惶惑。母爱既是抵御外界之门的坚强屏障，同时也是无法摆脱的负累。这样一种纠结不清的母女关系反复咏沓于她的那些长长短短的故事里。《无处告别》《另一只耳朵的敲击声》中，一对相依为命的同是寡妇的母女既相亲相爱又彼此敌视，互相憎恨。愉悦之时，她们是一座女性“城堡”里的温暖的互相体恤之躯,互相汲取生命热量的心理倚仗。她们既像一对平等互助的姐妹、一对款款相依深情恋恋的情人;又像一对冤家和对手,日常的生存就是在不断的监控/反监控、占有/反占有过程中循环往复。

母亲是一个“矛盾、怪癖和绝望”的“出色”寡妇和“出色”侦探,她用她的专断的爱无休止地妄图占有女儿,时常窥探女儿的一切秘密,能从家里啤酒瓶子空掉的数量来推测出女儿今天又领男友上门,从烟蒂上的口红印推断出家里又来了抽烟的女友,并随时追踪、窥视女儿在家和在外的行迹;而女儿在母亲眼里也永远是一个问题儿童,孤僻、乖戾,“行为稀奇古怪”,充满背叛和逃离愿望,不好控制,无法理喻。母女关系是在背离了外界时代背景之下,在一个由两人搭起的封闭女性“城堡”里展开的。那里幽暗、闭塞,莫测高深,然而又随时可能受到外界侵扰和强行介入,负荷累累,摇摇欲坠,纤弱而薄脆,“凡墙都是门”。构成母亲这样行为的心理依据是她的“残垣自语”:母亲从对自己一生深刻的总结中得出她自己活得并不是很成功,“我倚靠着一堵摇晃得近乎坍塌的残垣,喘息不安地活过来大半生”。但是,为了女儿,她却要咬紧牙关,“在生活的冥河里溯流而上。我心甘情愿在浪尖峰谷,用身体用生命抵住随时可能轰然掉落到我们相依为命的生活面前的罹患之灾”,“我必须守住大门”。

然而当这些“心甘情愿”的关怀,变成一些举止乖戾的行动强行降临到作为女儿的黛二身上时,黛二的感受却大不一样,被“监视”和“控制”成了青春、壮年的黛二对此的形容:

我的母亲就在隔壁的房间，目光盯住我火一样灼热忧虑。我四周的墙壁永远惊醒着站立，被她的某种担心和提防，焦虑得无法睡去。墙壁是眼睛，凝视我的目光是爱情般穿刺心脏的利剑，它阻挡我迈向外面的世界。我自身心灵的厚茧与她帝王般森严的爱，是阻隔我向外界诱惑探出身去的城堡，这城堡被我和母亲日积月累的相依为命，一笔一笔涂染成晃眼的黄色，像运动场上裁判员的黄牌警告，贴近城堡走近我的犯规者，必定要罚出"场外"。我在城堡里是一只珍贵的名牌狗，我浑身涂满同样沉默的麦黄色——拒绝的颜色。

黛二在她母亲爱的窥视下生活已久，那窥视的目光通过被小风拂卷的窗帘角、被岁月的侵蚀而变形裂开的门缝以及电话在她母亲房间里的分机听筒，阴森恐怖地射向她，那无所不在、无所不能、无孔不入的窥探，使她窒息。

随着岁月的流逝，这种不声不响、秘而不宣的"侦探"与"反侦探"的活动，在她们身边蔓延，越来越成为一张巨大而无形的网，笼罩着她们每分钟的日常生活。她的每一个毛孔都充满了紧迫，她必须在每个毛孔处都安置一个门卫，以提防随时而来的窥探。①

黛二像一个陌生的旁观者一样审视着这个跟她搭伴过日子的女人，既有无法沟通和对话的痛楚，又有心理上的亲情相恤的顽强需要。这样的一种母女关系，对于写作者陈染来说，几乎是宿命般

① 陈染：《另一只耳朵的敲击声》，《"她们"文学丛书·小说卷·站在无人的风口》，云南人民出版社，1995 年 8 月。

的，从她开始写作起就强劲地浸染和逼近着她，直至最终成为她一种生存的现实。“我亲爱的母亲，一个出色的寡妇……我秉承并发展了我母亲。现在，是最新一代的年轻寡妇。我承袭了她的一部分美貌、忠诚的古典情感方式和顽强不息的奋斗精神；也发展了她的乖僻矛盾、病态和绝望……”①难得的是女儿尽管频频遭受母爱的蹂躏，但仍能清醒道出对母亲的一份理解和一份血脉相承的无奈，透过母亲更清醒地认识了自己，明晓了命运的归途而又心有不甘地一次次逃离，最终却仍然是回到了“母亲的屋里”。被血缘链条扭结到一起的两代母女的爱，终生难以挣脱。母亲以为“黛二她活着是我的，死了也是我的”；女儿以为母亲“一定要活到一百岁，那时我八十岁，到那时我们就不是母女，而是真正的姐妹了”。②

母系血脉链条中的占有与疏离、“姐妹”或“情人”般的关系，也曾被其他的女性作家触及。《玫瑰门》当中的外婆司纹猗对于外孙女苏眉处心积虑的占有欲，从苏眉十四岁时外婆用外国进口化妆品将她游戏般地装扮，之后在镜中逼真地体会到外孙女如此酷肖年轻时的司纹猗自己，从那一刻起，司纹猗对外孙女苏眉的改造和占有就开始了，直至苏眉长大成人，成为一名女诗人后，司纹猗对她不断骚扰、窥探和跟踪盯梢，苏眉被这份爱折磨得痛苦不堪又无以言表。那是一个母（祖）辈极力借血缘遗传基因想再找回一个自己、复制一个自己的愿望，在外孙女这面“血缘之镜”中照见了自己

① 陈染：《另一只耳朵的敲击声》，《“她们”文学丛书·小说卷·站在无人的风口》，云南人民出版社，1995 年 8 月。

② 陈燕慈（陈染之母）：《等待立秋》，《香港作家报》，1997 年 10 月 1 日。

的过去和来世。因而她要拼命地将这根生命的纽链揪紧，再揪紧。而这层爱加到苏眉身上的反响，那就是厌烦、恐惧和逃离。母（祖）辈的人生已经让她心怀忧惧，她想斩断这一条绳索，过一种新的属于自己的生活。当现实的对于一种“生命复制”的恐惧和逃离已经是逃脱无处之后（纵然是跟男友爬到香山那么高的山顶上去，外婆依然能以七十四岁高龄盯梢攀爬而上），就只剩下恐惧、厌恶，对于生命链、生殖的厌恶，对于生命循环的深恶痛绝！因而才有小说结局中一系列有关“绝育”的期盼和描写。

占有/反抗，背叛/认同，逃离/回归……一系列纷乱的情绪侵扰也沁浸着母女/姊妹这种关系，使其既紧张又倦怠，既愤懑又无奈，这样的“姐妹母女”几乎成为血缘之网上不幸粘住的两只小蚁，在相依为命的亲情相恤中共同在庞大的生存网架上挣扎。或许正如戴锦华所说，这样一种“女性文化的症候”，“一边是血缘、性别、命运间的深刻认同，一边是因性别命运的不公而拒绝认同的张力。……制造痛苦的不光是下意识地对父子秩序的仿同：权力、控制、代沟与反抗；而更多的，是不再‘归属’于男人的女性深刻的自疑与自危感的盲目转移。无法为自己独自生存建立合‘法’性与安全感的女人，其生命压力的出口，便可能富于侵犯性与危险的爱”。它间或是女性在男性社会中摆脱不掉的文化“宿命”。①

① 戴锦华：《陈染：个人和女性的书写》，《当代作家评论》，1996年第3期。

第三章　女性私语与个性化写作

一、作为女性写作的一般性概念梳理

将女性写作中的某些女性自叙传性作品称为“女性隐私文学”，最早见于1994年的《作家报》，由文学界资深记者韩小蕙女士撰写了一篇特约报道《女性隐私文学悄然涌动，文学界对此贬多褒少》。文中综合了一些编辑、读者和批评家的意见，对于“一段时期以来，文坛出现了一批暴露个人隐私、发泄个人失态情绪的‘女子隐私文学’”予以批评。她认为那些“女子隐私文学”中大部分是“叙述她们以情人的身份，与妻子们争夺男人的心历和身历，其体验之真切，暴露之大胆，其反传统之激烈态度，令人瞠目结舌”。文章最后说，“对于出版社、杂志社和书商来说，有些出于发行量的考虑，对这类作品往往采取放行甚至欢迎的态度，似乎只要能卖钱，就可以把社会责任、道德规范、精神文明等等，统统抛诸脑后。联想到在全国各地大街小巷的书摊上，那些庸俗、低俗、色情的书刊大摇大摆地占据着最好的位置，那些令人不堪入目的色情广告花花绿绿地迎风招徕，文明的文学事业到底应该如何发展，凡有社会良心和责任心的文学工作者、各级领导者们，应该认真严肃地加以对待了！”文章从公共道德的意义上对“女子隐私文学”进行了谴责。

在同一期的报纸上，还刊登了王春林撰写的评论，题目是：《以私语的方式追问存在——林白〈一个人的战争〉印象》。文章并非从写作者的性别上，而是从作品叙事形式上来认定，《一个人的战争》的引人注目之处，在于鲜明的“自我指涉”的私语性特征。“所谓‘自我指涉’的‘私语性’，乃指作家所操作应用的话语系统的意义所指已经不再指向群体性的公众经验层面，而是指向个体性的个人经验层面。”这种“私语性”包含三方面内容：第一，是“自我分身”的叙述方式；第二，是追忆逝水年华的“忆旧”的方法；第三，是文本的“诗意”特点。仅就评论者归纳的这些特点而言，还不足以有说服力地论证其提出的“私语性”概念。在那些“公共话语”的写作里，这些手法也频频被运用着，照其说法，《一个人的战争》仍旧是一部性别意义含混、个人特征模糊的作品。至少，没能把女性的“私语”，从那些普遍的男性哲学与美学的范畴里区分开来，没能凸现其巨大的、对男权菲勒斯机制的解构和颠覆意义。

在尹昌龙、沈芸芸的《记忆与写作：我们时代的个人方式》一文里，作者借对《一个人的战争》的批评，提出了“个人写作”这个概念，认为《一个人的战争》这部小说的命名本身就指涉了一种“私人经验”。个人与自我的战争则构成了私人事件，它成了个人写作对象，它“表明了一种个人方式的纯粹性”。“个人经验从主流历史中分延出来，产生了独立的品格。”文中特别提到《一个人的战争》的女性经验的问题，作者认为主流叙事以其父权性的特征充斥着男权的话语，在这种男权的话语中，女性经验尤其是女性性经验始终是被主流叙事排除的。女性身体一直被作为“看”的对象，被客体化，成为“他者”，而偶露或仅存的有关性的叙事，大都是以男性的性经验为参照，女性的性话语始终被埋没着。“而林白从一个女性的经验出发，对个人记忆的书写更多出了一层意义，那就是在恢复个人写作的概念的同时，恢复女性写作的概念，而女性写作无疑又拓宽了个人写作的空间。由女性承担的个人写作，更加强化了一种稗史写作的含义。”作者对于《一个人的战争》中“女性个人经验”的点明是颇具慧眼的，却进而又将其意义仅仅上升为“一种稗史的写作”，则表明了其传统的和鲜明的男权立场。上述两文因其仍然沿用德里达或巴赫金的男性理论权威的话语和逻辑来解释女性写作现象，因而文中遍布着对女性文本解说的疑虑和困难。缺少一个强有力的女性主义理论的支撑，女性“私语”或“个人化写作”的意义，是无法正确而有效地凸显的。

1996 年第 1 期《大家》上登载的王干与戴锦华的对话《女性文学与个人化写作》，则对女性写作的“个人化”问题进行了积极而有效的澄清和梳理。戴锦华认为写作的“个人化”至少可以从三个层面上给予界定：一是个性风格，比如鲁迅是一个在风格意义上相当个人化的作家；二是只从个人的视点、角度去切入历史。“一个从颇为个人的视点切入的叙事，可能构成对权威话语和主流叙事的消解、颠覆，至少可能成为一道完整的想象图景上的裂隙。比如从王朔的《动物凶猛》到姜文的《阳光灿烂的日子》。”三是针对女作家的，个人化写作有着自传的意义。“在我们当前的语境中，它具体体现为女作家写作个人生活、披露个人隐私，以构成对男性社会、道德话语的攻击，取得惊世骇俗的效果。因为女性个人生活的直接书写，可能构成对男权社会的权威话语、男权规范和男性渴望的女性形象的颠覆。”可以看出，作为女性主义的代表者戴锦华与作为男权观点的代言人王干之间的对话，并不是在同一个层面上进行。作为提问者的男性批评家以一贯的男权思维形态急于对泛起的女性写作进行判断和总结，但因其没有充分的女性主义思想思潮脉络体系的梳理研究，在仓促登场争夺新一轮文学批评领域里话语霸权的出演中，在个人形象和知识结构上都做了一次温良恭俭的牺牲，让自己作为女性主义者反诘和清算的对象出现，并在其殷殷地对老中青几代女作家断语命名“老三巫”“中三巫”“新三巫”的排定座次之中，显现出为某种新形态的女性写作的凸起铺就道路的拳拳之心。其诚挚之情着实令女知识分子感动。男性批评家身上表现了一种传统男权思想的既想匆忙介入又略显女性主义理论准备不足的普遍困境，进而使这种频频的男/女对话不能在同一话语层面上有效地展开。

林白与陶东风的对话也颇有意味。以《对话：私人化写作与女性作家》为题，两人的对话主要就“私人化写作”“私人化写作与性别”“如何提升私人化写作”三个层面展开。作为一贯的男性话语代言人或说是习惯性的言语霸权者，批评家陶东风先生首先抢占了话语制高点，将以《一个人的战争》为代表的一系列女性作品置于自己的视域之下，在循循善诱的提问过程中将对女性文本的分析逐渐纳入自己的理论轨道，并最后开出“合理”的药方，颇为类似心理医生在诊断自己的病人。在首先对“私人化写作”进行界定之后，陶东风先生提出的问题是：“根据以上界定，你是否承认，你的写作属于私人化写作？”留给女性对话者回答的空间只剩下“是”或“否”。第二个问题是：“我觉得私人化写作多数见于女作家。我的问题是：私人化写作与性别有没有关系？”留给女性对话者回答的空间只剩下“有”或“没有”。第三个问题是：“我认为在私人化写作中存在着如何把经验对象化，使之从生活经验上升为审美经验的问题。就我看的一些比较私人化的作品，很多作家在这点上比较欠缺，有一种被个人经验所束缚的倾向，从而写出的作品不够从容、空灵。你在你的小说，尤其是《一个人似的战争》里，力图把私人经验作为一种审视对象……第四章的叙述显得匆促、急躁，视点变化不多。你是不是同意我的看法？”留给女性对话者回答的空间仍然是“是”或“否”。陶先生最后开出的“诊断药方”是将私人化写作“提升”，让“大我”和“小我”融为一体，“把自己的个人经验提升为具有极大普遍性与哲理象征意味的人类经验”。在解析《私人生活》时陶东风先生亦采用了同样的策略和逻辑，初衷本是欲对弱势性别群体进行扶助，不期然之中却露出一副长着钢针般胡须的男性面孔。

其间比较容易让女人接受的是那些借由精细分析女性文本而得出一己之“个性化”思考的批评文论。诸如陈晓明将对女性文本的分析，纳入自己广阔的后现代谱系之中；南帆基于“躯体叙事学”立论上对于女性私人化写作的梳理；李洁非对于建立起女性主义诗学之必然性的考证；孟繁华、吴义勤、王光东等等在现实主义命题下对于女性私人化写作的再认识和思索；陈思和、张新颖对于女性私人化写作边缘性的认定，等等。这对于我们善待并如实分析文学领域里出现的“女性”及其“私人性”问题大有裨益。另外一些年轻的学院派女性主义批评家，如戴锦华、王绯、林丹娅、荒林、刘慧英、艾晓明等等，则是在中国女性写作文本同西方女权理论的接榫中毫不费力地找到了属于“我们”自己的话语言说方式，在这些女作家的文本出现的同时，女性主义批评家们几乎是如鱼得水，表现得活跃积极，在不断的文本解析与理论驳撞中拓展出更大的话语空间并逐渐求得女智者们的共识。

在走过如许对于“女性”与“私人写作”问题的从最初的惊奇、惊诧、道德审判到极力赞许，再到如实的客观理性梳理分析过程后，女性的“私人化”或说是“个性化”写作作为一种存在，它的合理性已经得到认定，没有人会在《一个人的战争》初版五年后的今天再去探讨女性的私人化写作“应不应该”存在的问题。相反，倒是能够看见类同或雷同的女性“自叙传”作品一批又一批的，几乎是以“丛书式”的批量制造和复制的生产方式在市场上纷纷亮相。其间的“私人性”存量多少已经大大地惹人生疑。笔者尤其赞同吴亮先生在《私人写作的社会性》中的观点，他一针见血地指出了遍布于我们今天市场上的“私人写作”中的一个痛切的现实：“令人难以置信的是，对私人写作的批评一再地停留在通行的道德指责上；而那些无力的辩护，也只是打出了性别保护的挡箭牌。这便使得私人写作中真正存在的问题并没有得到揭示。……我认为，那些一度处在争议中的私人写作，最主要的缺点并非是与社会脱节，也不是所谓的自我暴露过度，而是——那些被仔细描述的私人生活缺乏令人耳目一新（更不要说令人震惊了）的殊异性，呈现在我们眼前的仅仅是某种由一般经验和一般回忆构成的‘类型’，却不是一个不可被替换的‘私人’。”一旦“私人”写作进入广泛的流通领域，就有造成一种新型的“公共”流行趋势的可能，“个人”的意义也便因此而失去了；并且，今天越来越多的所谓“私人”写作，极有可能是商业化市场与写作者的一种合谋，尤其是当它加上“女性”的前缀词后，不光是营造出一批批同流合污的文化垃圾，或许还会变成满足个别人“窥阴癖”的意淫之物。“我们”奋力争取来的说话权利，即会面临在一夜之间重又失去的可能。为此，作为女性写作者的“我们”只能是警惕和自重。

附注：有关女性私人化（个人化）写作的文章索引如下（按发表的时间顺序）：

1.《女性隐私文学悄然涌动，文学界对此贬多褒少》，韩小蕙，《作家报》，1994年9月17日。

2.《以私语的方式追问存在——林白〈一个人的战争〉印象》，王春林，《作家报》，1994年9月17日。

3.《记忆与写作：我们时代的个人方式》，尹昌龙，沈芸芸，《小说评论》，1995年第3期。

4.《女性文学与个人化写作》，王干，戴锦华，《大家》，1996年第1期。

5.《陈染：个人和女性的书写》，戴锦华，《当代作家评论》，1996年第3期。

6.《对话：私人化写作与女性作家》，林白，陶东风，《为您服务报》，1996年8月22日。

7.《女性私人小说是否昙花一现》，杨颖，《中华读书报》，1996年8月28日。

8.《私人化写作：意义与误区》，陶东风，《花城》，1997年第1期。

9.《私人写作的社会性》,吴亮,《文学报》,1997 年 5 月 8 日。
10.《〈女性私人化写作〉之忧》,吴下,《文艺报》,1997 年 5 月 10 日。
11.《私人写作》,张新颖,《齐鲁晚报》,1997 年 6 月 18 日。

二、话语背景

以上问题的提出和讨论,基本上是针对这样几部女性自传或准自传作品的集束性出版:林白《一个人的战争》(花城出版社,1994 年)、《守望空心岁月》(花城出版社,1995 年),海男《我的情人们》(中国文联出版公司,1994 年),陈染《私人生活》(作家出版社,1996 年)。其实,在这几部长篇出笼之前,几位女性作者已经先期写下了大量的关于女性现实生存的中短篇作品,如陈染的《与往事干杯》《无处告别》《巫女与她的梦中之门》《饥饿的口袋》《潜性逸事》《与假象心爱者在禁中守望》,林白的《同心爱者不能分手》《子弹穿过苹果》《随风闪烁》《回廊之椅》《瓶中之水》,海男的《人间消息》《圆面上跑遍》《理想主义者》《疯狂的石榴树》《外省的爱情》《罪恶》《鼓手与罂粟》等等(这些作品都发表在 1994 年以前)。汇聚起来,虽已是不小的数量,但因其发表在不同年份的不同杂志上,散布零星,且叙事母题又在主流话语之外,暂且还构不成对中心话语的冲击。那些作品,因此便一直在远离中心的边缘位置上默然存活,一直未能进入权威话语的阅读视域或讨论范畴。当《一个人的战争》和《我的情人们》不约而同在 1994 年以震惊人的力量闯入人们的视野之中时,舆论无论如何也不能再对之视而不见。适时,正逢第四次世界妇女大会在中国召开的前夜,“女性”话题经由政府以及传媒的合力倡议提出后，几乎已成为街谈巷议的公众话题。如此一来，这两本表达女性欲望的文学著作的出版，不能不说是当年女性“公共话语”中的“大事件”。除了以上列举出的传媒批评和研究者的谈论之外，也还有更加严苛的“坏书”“准黄色”一类的攻击批判言辞出现（关于这个问题，笔者在第四章里有专门记述，此处不再赘言）。至1996年陈染的名为《私人生活》的长篇出版后，关于“女性私人化写作”的问题基本上已尘埃落定。这种写法本身不但得到认可，且已被普遍认为它已成为当代文学一个极其有意味的存在。

三、传记与风俗

对于女性自传性写作的研究和检索，历来为女性主义研究者所注重，她们认为在男权历史的遮蔽之后，隐藏着一部“女性的历史”，一个herstory。而由于千百年来的男权历史的垄断，那个历史才被隐匿不复现了。女人必须写她们自己，必须积极成为历史言说的主体，如若不能即刻对男权的统治进行颠覆，那么至少也要努力，从男权话语的裂隙中展现不为人知的女性经验，并将其作为颠覆菲勒斯机制，夺取妇女话语权利的重要一步。而在实践中，情形则比较复杂。“纪实与虚构”杂糅的几本女性传记或准传记文学作品出现后的最初际遇很能说明问题。商业炒作的介入，舆论谴责的蜂起，大众传媒的歪曲……这一切都在很大程度上诋毁了女性自传本文书写的意义。商业之眼除了把读者的目光引向“窥私”之外，根本不计其余；一些严肃的评论也仅就其“暴露”女性“隐私”之处加以道德谴责，似乎人们的兴奋点全都集中在文中女性“春光乍泄”上，作品之中其余的女性生命体验全都化作虚无，其对公共话语的消解、反抗作用就更无从得到应有的认识。

三部自传性或准自传性作品《一个人的战争》《我的情人们》《私人生活》，在题材设定上有其相同之处，它们都是叙述一个女子的成长经历，但采取的叙事角度和思考侧重有所不同。《一个人的战争》从女性欲望的大胆揭秘开始，描写一个叫多米的女孩子，由于其女性自我认知的基础是幼时的“自慰”，因而她万分迷恋自我镜像，成年后本能地拒斥被改造成男人眼中的“第二性”，从而与这个主流社会格格不入。她曾有过数次加入“公共话语”的努力，按社会化对人的要求改造自己，包括“抄袭新诗”发表、寻找“傻瓜爱情”等等，均以失败而告终。最后终于幽闭于家庭，回归自己爱自己的“一个人的战争”。林白以奇异的女性语言精心组织起来的女性欲望揭密的文本，无异于带着镣铐跳舞，看似曼妙，实则充满撕裂的疼痛，充满了沉重和忧伤，以及某种愤怒的决绝。

《我的情人们》则是一个叫苏修的女子迷乱地逃离游走于虚幻的及真实的男人们之间，并进而一天天心灵丰富和成长。这并不是人们所认定的通常意义上的“小说”作品，而是由各种碎片——诗，散文，歌词，日记，情书，信件，梦境，真实，英语，汉语，随时出现又消失的人物……拼贴而成的意念混合物。由于它包装上的恶俗（封面正是女作家本人的照片“坐”在书的一角，其上方悬置着几个粗大的男人下半身腿脚，其中一个男人的糙手中还捏着施暴的铁棍和绳子)，书的品位被先入为主地降低了，以至于凡自认为是正经的文学批评工作者都避免再将它谈起。这也是女性“私小说”最开始一脚就失足跌入或说被动卷入商业泥潭而造成的可悲命运。若非如此，小说也许会获得更公正的评价及更有价值的文本精细分析。书中弥漫着混乱及迷茫的心理体验，触及肉体事实之处并非很多，仅凭封面的包装及书名便担了“准黄色”的罪名，值得女性写作者悲哀。作品里充满的是梦境的真实与虚幻的自由。扯不开的梦境织成一面虚无的网，冲不破，割不开。其混乱和乖戾的感觉与体验，对应苏修与一个个“情人”的爱情发生地——如果是作为“风俗展”的话，这部作品的所谓“私人性”就可以忽略不计。作者也曾多次试图用诗意焊接想象，用各种排列成行的句子将生活的断裂之处刻意地拼贴接合上，结果得到的却仍然是生存的支离破碎。对于作者以及她作品中的那些主人公来说，现世的生存是模糊的、不确定的、缥缈的、迷乱的，充满虚化与呓语的，除了梦，还是梦。这样，她作为一个女性的位置究竟在哪里就成了一个问题。并且，置身于无数男性目光的窥视之下，对女性自身位置的诘问相反倒显得十分可疑了。

四、私人生活：女性内心生活与外在生存景况的断裂

在此，笔者着重要讨论的是另一部女性私人写作的文本：陈染的《私人生活》。虽然它的出版要远远迟于前两部书，初版于 1996 年 3 月的北京，是在女性私人写作已经引起喧哗进而风波落定，女

性私人写作化思潮早已被认可且成定局之后。然而就陈染思维走向及一贯的创作姿态上来说，作为女性私人化写作的代表，陈染不仅在时间上是最早的，而且也是最具个性化姿态的一位。她的关于自我生存境况的书写，已经成为当代女性写作中的一桩“个案”①，不可复制也无法替代。

在这部由作家出版社出版时，索性直接命名为《私人生活》的长篇作品里，能够见出陈染对于女性“私人”这个问题的精心思考。从80年代中后期开始步入文坛的陈染，始终踽踽独行于一条“绳索式”的边缘小道上。在她十几年如一日的女性写作中，一直执拗而孤独地“在禁中守望”，从《嘴唇里的阳光》《纸片儿》，到《与往事干杯》《无处告别》《另一只耳朵的敲击声》《破开》等等，不断地从自在而入自觉，文本中处处弥散着女性迷乱而清幽的个人体验，飘动着女性思想与智慧的凄美光环，使小说的女性表意方式有了大胆的隐秘性和极强的前卫性。然而在她自己初期的一系列创作谈里，与批评家们想要攫取的信息正好相反，陈染时时处处都在提倡和弘扬一种“超性别”意识，公开嫌弃别人只把她的创作当作“女性写作”的来看待，不断对批评家对她的归类进行反驳：“……伍尔夫在《一间自己的屋子》里，曾借用柯勒瑞治的话说：‘伟大的脑子是半雌半雄的。’我以为，这话的意思不仅仅指一个作家只有把男性和女性两股力量融洽地在精神上结合在一起，才能毫无隔膜地把情感与思想传达得炉火纯青的完整。此外，我以为还有另外一层意思：一个具有伟大人格力量的人，往往首先是脱离了性别来看待

① 戴锦华：《陈染：个人和女性的书写》，《当代作家评论》，1996年第3期。

他人的本质的。欣赏一个人的时候,往往是无性的。单纯地只看到那是一个女性或那是一个男性,未免肤浅……”①在北京高校的某次国际女性文学研讨会上,她也在反复宣称:妇女不仅仅要用敏感的皮肤,更要用思维着的大脑,以深邃的思想来写作。迄今为止我们还不能够完全探清她的这种“嫌弃”或叫“规避”的真正缘由,但从中至少可以得到这样一点信息:像她那种以“独语人”方式执着地走到今天的女性写作者,其间定是遭受过重重误读及无谓的歪曲。用她自己的话说,她的道路“是一条绳索”。这是一条布满荆棘的、着了火的绳索,也是悬垂横亘于大地和天堂之间的一条无望的绳索。她一直在用其女性柔韧的笔尖和纤巧的脚踝,跳着一段段精灵和镣铐的舞蹈。陈染以极其美丽而柔韧的女性先锋姿态,孤独而坚定地在一片众语喧嚣中执拗书写着个人体验。她那略显疲惫而带几分年轻沧桑的“不合作”态度,不仅使女性主义批评家们陷入尴尬,同时也暴露出了在最优秀的女性写作者自身内部所存在的祛除不掉的深深忧惧,以及由此而导致的她们的创作主张与个人创作实践之间裂隙的不可接合。

十余年之后,当属于女性个人的“私语”化写作真的能够见之于白日并有些许泛化之势时,陈染对此问题也不再讳言,并且终得能够借此机会,对自己的生活和创作进行一番细致的梳理和总结。“十余年来,我在中国文学主流之外的边缘小道上吃力行走,孤独是自然而然的。应该说,我不算是一个更多地为时代的脉搏和场

① 陈染:《超性别意识与我的创作》,《断片残章》,云南人民出版社,1995 年 8 月。

景的变更所袭扰、所侵蚀的作家类型。我努力使自己沉静，保持着内省的姿势，思悟作为一个个人自身的价值，寻索着人类精神的家园。但是，今天我终于感到周身不能自已地浮起些许的躁动，无论我如何保持冷漠静观，都不得不感到我正面临一种从未有过的困惑。这使我再一次在心中默默印证弗兰茨·卡夫卡说过的那句话——真正的道路是在一根绳索上，它不是绷紧在高处，而是贴近地面。与其说是供人行走的，毋宁说是用来绊人的。”①

不管她自己承认与否，陈染始终是一个潜在的女性主义者。她给自己的创作寻找到的理论立足点，就是直接承袭于弗吉尼亚·伍尔芙的诸如“私人房间”和“两性同体”观念，将“一间自己的屋子”与“超性别”观点作为自己女性主义思想的最基本原则。陈染对于那些理论有着个人化的理解和应用，在实践中，她并不像伍尔芙那样刻意掩饰和回避个人经验，她的作品中的女主角黛二、水水、雨子、倪拗拗等，其人物身上都倾注了大量她自己个体生命的独特体验；在理论上，她欲将伍尔芙生物学前提下的“两性同体”概念衍变为纯粹心灵意义上的，基本上摒弃肉体的一种新说。她所指的“超性别”，其意义在于“伟大的脑子通常都是半雌半雄”，一个真正优秀的作家在心灵和性情上汇聚了男女的一切优点。而她所认为的私人生活，“私”意指作为单个人的个性之私，一个优秀个体有别于他人的生存独特性，而非单纯的女性之私，女人的个人隐私。但一部权威话语，却极力藐视或故意忽视她所强调的个体独

① 陈染：《我的道路是一条绳索》，《潜性逸事·代跋》，河北教育出版社，1995年4月。

特性,而只是从字缝里寻找女性之“性”字。女性私语几乎变成了“性私语”,这样一种误读无论如何也不能不说是故意歪曲。

通读陈染作品,给人感觉最深的是她的内心生活与外在生存境况的断裂。从80年代中期一直到90年代,她的创作风格和理性思考是一以贯之的,并不曾有年代的断裂或叙事上的演变,而那种内心与外在的难以协调也一直贯穿于她作品的始终。如《无处告别》《凡墙都是门》《与假想心爱者在禁中守望》《破开》等等。她创作于90年代的长篇《私人生活》,更是她个人创作的一个阶段性总结。在引起了沸沸扬扬的争论后,笔者以为,对她很多观念的曲解是没有必要的。实际上,他们也并非是对她艺术观念的曲解,而更大一部分是对她所呈现的女性生存方式细节的无法把握。那基本上是一个没有男人在场或拒绝男人在场的地方,幽闭,孤寂,馨美凄艳,理念纷杂。在她作品的谋篇布局上,在对于整个形而上问题的思考和处理上,陈染并没有超出常规的地方,并非如她自己所言:在父辈停止思索的地方,她将继续思考。而是她的思考从来就是跟他们并行不悖的,并非离经叛道,而是在同一价值体系内部的思索,在某些关于自身生存问题上的思考甚至比他们还要更深入痛切一些。这是因为,作为女性,她不在,也很难在男权社会的功利之中,而是自觉侧身其外。置身度外的思考,方能更纯粹,更无忌,更彻底。当然这从中也就必然带了些“隔”——女性性别跟男权社会的那些通用实利准则的“隔”,这也是作品容易造成误读、被误解以至于被歪曲的原因。

而一个男权社会是不会允许一个女人在暗处思考并得出结

论，却又偏偏拒绝到明处跟他们过招的。他们要千方百计拒绝这种思考的存在，并且更加巧妙地利用话语的权威把人们关注的焦点引向她作品之中的“私”，女性之“性私”，拐向“窥阴”，而对她的思考故意视而不见，让她在哲学层面上的自我梳理的“自视”转而成为“他窥”，一切理性的努力都付诸东流。这样他们就轻巧地将女性置于自己的视点之下，显得跟他们不在一个层次上，非但构不成敌对抗衡的力量，就连简单平等的对话、对象化关系也够不上。这就是一个男权社会将有智慧的女性屏除在外的最好伎俩。

难怪陈染要愤懑地自认“残缺”。这并非是她个人身体和性灵方面的残缺，而是这个文化的先天缺失，他们并没有给“我们”提供有效解决作为一个女性在生存境遇中所遭受的双重困扰的途径，甚至于连为自己解说的语言都没有。并没有一个现存的可靠理论能够帮助“我们”来解释今天生存意义断裂的事实。“修身、齐家、治国、平天下”中何曾有过女性的文化位置？一个尽人皆知的事实是历史上但凡出现一两个掌握话语权的女性，不是被后世史学家指斥为“妖后”就是“祸水”。而那些英雄帝王千百年来杀戮的业绩以及和亲之中被选为牺牲的女子却在被千古不息地传诵。当女性想用那些既定的教条极力将自身作为“女性”的处境概括解释得明白时，结果却往往是越说越陷入失语状态，越说误读和曲解越多，越说越遭受白眼和挫折。尤其是，当女性的私人生活一旦进入公共流通领域后，女性面临的就将不仅仅是“无处告别”，而且是无处逃遁了。世俗以及我们的现存文化法律并没有建立起一道保护私人生活不受干扰的屏障，并没有一道能够将自己有效疏离于俗世的安全网。相反,越是将自己幽闭,就越是成为网中之鱼,挣扎到最后也不过是涸辙之鲋而已。这就是女性在固有文化中的进退维谷的两难困境。

究其根本,陈染是一位用头脑写作而非用形体描画书写世界的作家。实际上她的肢体被她自己的心灵囚禁着,肢体和心灵都内敛得很紧。这是由于长期的男权文化的教化使然,也是内部丰饶的女性姿态对外在文化忧惧的一种妥协。如果说是“镜子”使她对自我的认知丰富了,那么“写作”就是使她丰满的感知处于“犹抱琵琶半遮面”的小心翼翼的情感和生命宣泄状态。她只是在思考,用语言和行动孜孜不倦又很是执拗地思考。要想在她的书中找到一些肉体的恣肆和灵魂的奔放是很困难的。自身生活的幽闭来源于厌倦外界的喧嚣,同时也是独立思考的需要。对同性的依恋来源于对异性的失望,以及无数次受伤后的重创。考察陈染的创作,对于探究一部人类文明史,一部女人生存于其中但总不得其要领的男权文化史都是极其有意义的。

五、智者心语

陈染的长篇《私人生活》仍是一部“智者的心语”。这个世界上,没有比脑力劳动和艺术活动更适合妇女们去从事的了。当男性不断地在各种场境里疯狂较量他们的膂力,并在一切有女观众列席的场合不停地运用他们所学到的书本知识进行“主义”与“易主”的斗嘴论争的时候,对人类精神沉思冥想的读书写作活动真的就只成为“三两个女人的事了”。女性以其边缘人的旁观者姿态，于现世的躁动与喧嚣之外，用其理性的警醒和智慧的清冽，不断地给竞技场上表演的人们投以冷眼与热哄，同时也更加执着、深沉地考究有关这个世界人类生存的形而上之谜。只有极少数如陈染这样自认“残缺”的女智者才会对此思索得孤独而痛楚，坚定而又偏执。

陈染的长篇新作《私人生活》抒写的是一部独特的女性成长史。它不仅仅是女性肉体的、生理的成长史，同时也是女性心灵的成长秘史。它讲述了倪拗拗这个小女孩从幼年到成年的成长过程。倪拗拗与邻居禾寡妇若即若离的同性之间相吸又相斥的关系，倪拗拗与她的男教师 T 之间的互相敌视又相互需求的紧张矛盾，倪拗拗与母亲之间相互依恋以及相互间的隔阂……这一切构成了整部小说的主体故事框架。作者从一个女性的视点出发，来为人类的一些基本的关系，诸如爱情与友情以及亲情，女性与女性，女性与男性，个人与集体，个性与共性之间的一些关系揭秘，同时也力图对人类的生存状态进行最基本的哲学性的把握。

用倪拗拗的话讲，“再也没有比经常地回头看看往昔的生活，更能够体验人类生存的玄妙，更能够发现我们今天生存的世界所进行的物质的与精神的变迁”。正因如此，所以她要经常退回到她早年的那些故事中，拾起她成长的各个阶段中那些奇妙的浮光片影，进行理性的观照与反思。

对于熟读陈染作品的人来说，小说当中的叙事风格并不会令他们感到疑惑与惊奇。陈染仍在以她一贯的方式，承接着她在《嘴唇里的阳光》《纸片儿》《与假想心爱者在禁中守望》《无处告别》《麦穗女与守寡人》《另一只耳朵的敲击声》，以及《破开》等作品中的一贯主旨，精心构筑着她的“禁中”世界，执拗地以一个女智者的姿态倾诉着她的人生感悟。对于不熟悉陈染的人来说，她的这些写在人生边上的故事，以及大段大段的梦境、呓语、独白、对话的组接，对一个精神病患者的调查，病历、档案、漫画、妄语等等的拼贴、装置，仍会令他们那传统的、习惯了男权审美标准的视网膜受到一次不小的冲击。“杀父”的心理与“寻父”的期待，“恋母”情结以及虚无缥缈、若隐若现的“累斯嫔”情意，少女成年期的性期待与性恐惧……这些从女性强烈的个体生命体验出发的、一直被绝大多数的“我们”所精心规避的事实（当然是慑于男权审美机制的压力才不得不规避），陈染却以一个智者的心态从容将其袒露、展示，并运用其女性卓越的智慧进行重新梳理和逐一思考。

在外人看来，倪拗拗似乎是一个患了“幽闭症”的女子，与这个纷攘喧嚣的世界很有些格格不入。殊不知，她只是因为对世界、对人的关系看得太透彻、太明晰，因而才对外界采取了一种主动“隔绝”的姿态，不愿身陷于各种利害纷争之中，只为了保持自己的个人化才转而“退守”，才拒绝将生命中的普遍化向公众彻底敞开。这样做的结果，一方面她可以充分保持和享有心灵的宁静和最大程度上的思索的自由，同时，她也将自己在这个尘世生存的方便之门无形之中闭锁上了。最后的结局将会是怎样？是变成卢梭那样的一个孤独漫游、哲思着的人类先知（抑或是精神病患者）？或是变成卡夫卡笔下格利高里式的大甲虫或 K 似的幽居于城堡或地洞里的精神受虐狂？

人类生存的荒诞性往往是我们的理性自身所无法把握的。这是永远都互为悖论的两个主题。

可贵之处在于，生存的这些荒诞体验的阐述，不再是出自男性的个体生命感悟，而是发自女性的内在心语。千百年来大部分时间缄口沉默着的女性开始说话了。世界不再单一充斥雪莱、济慈等男性经典大师笔下构筑的阴沉幽暗的男性“画室”之隐喻（他们可以在其“画室”之中将世界任意着色、涂抹和修改，画面上的一切他物均出自男性眼中对现世物体的变形折射），同时也有女性“更衣室”的喻象与之相对应、匹敌。就像禾寡妇的房间，始终给人以一种“更衣室”的感觉：“四壁镶满了无形的镜子，你一进入这样的房间，就会陷入一种层见叠出、左右旁通的迷宫感。”女人们在更衣室的镜前无休止地穿衣服和脱衣服，整个过程中没有言语，只有一些形体动作在保持着她们彼此间的沟通。她们既对镜中的自我之像产生迷恋，同时又对那些无形的镜子后面躲藏着男人们的窥望的眼睛感到窒息。女性的“自我之像，永远映照于‘他人’之镜”①。她们借着更衣室之镜倾诉着自我认知与镜城突围的强烈愿望。一个女性精神孤独者最后的避难所将不再是卡夫卡式的城堡和地洞，而是鲜花环绕的，以不稳定的水作为承载质的洁白的浴缸。她将长久地浸于其中思索、守望，并凭借着想象，自觉而圆满地于此“禁中”完成女性精神的自恋与肉体的自慰。

看上去几近匪夷所思的构想，实际上也许是无数个“我们”的

---

① 戴锦华：《镜城突围——女性 · 电影 · 文学》，作家出版社，1995 年。

共有生存经验的一种最具个性，也是最普泛化的表达。倘若你可以接受“他们”的那些“脏手”，可以接受那些毛茸茸的“甲虫”，可以接受那些个肆意膨胀的“恶之花”，可以接受那些个乖僻的“荒原”，可以接受那些个阴森的“画室”，那么你为什么不试着学会接受并欣赏一下“我们”的这些个“更衣室”，这些个“阿丽斯之镜”，这些布满鲜花、充满诗意和美感的“浴缸”呢？

大凡思想者注定都要饱尝孤独之苦。在这一点上男女智者的境遇是基本一致的。为了获取一份廉价的安定，许多人宁愿鹦鹉学舌，不断捡拾别人的话音。还有谁能够做到为了纯洁自己的内心而坚守？“时光流逝了，可是女人依然在这里”，唯有女人依然在这里，精心守护着个体生命中的一份纯洁和本真。

思想者对这个世界发言的方式是有多种多样可选择的路径的。陈染以“独语”作为她最终对思考的语言落实。以陈染的智慧和聪明，定是明了她自己执拗的前卫姿态，将不会有很多的和者应答。然而这又何妨？漫漫精神独游之旅中，只要有一两个有识之士（男士）于路边激赏，有天下无数女智者在遥远处共谋，那么，心头的一盏灯就将永远是温暖而明亮的。

第四章　女人书写自己

——身体的忧郁

一、身体叙事

“身体叙事”是90年代女性写作中一个独特的景观。妇女争取自己权利的斗争，初始正是通过反封建反压迫争取妇女人身自由的斗争，将身体从他人手中、从他者的控制中夺回，以期对自己身体有自由支配的权利。这是妇女解放的物质阶段。发展到精神的反判和抗争时，亦是从女性躯体上开始突破，从女人书写自己的身体开始，着眼于“女性自我”的重新发现和认识，争取躯体觉醒以后的在历史上“说话”的文化权利。如果说80年代的女性写作是伴随着拨乱反正的思想解放运动而起，女性作家与男性同行们一道，将被“文革”禁锢了的源于五四时期的个性解放、人对自我的发现重新点燃和接续上了的话，那么90年代，则是随着多元文化历史现实的到来，有更多的一直在文化的边缘上默默行走着的女作家，更注重挖掘遮蔽在“人”的解放旗帜下的“女人”的自我发现。“身体的叙事”成为这一时期的女性写作现实。经由一系列的反抗斗争，女性的物质之躯虽然被从他人手中夺回，女性初步赢得对自己身体的支配，然而她的精神之躯，却一直被层层束缚在衣物的包裹里，禁锢在文化的贬抑中，不得见诸人世，不得显露于历史。在男权菲勒斯机制的严密控制之下，女性对自己躯体的书写成为不可能，即便是有些微的不经意的流露，也会立即遭轻贱，被蔑视，它几乎就是"没脑子""没文化"的同义语，是她还不够书写水平的一种隐喻。这样书写出来的作品根本不配进入人们的阅读视域，至少，不配进入权威话语的视域。新时期以来，有一大批新锐女学者首先在对历史的反思及对西方女权主义的研究过程中找到了自身作为女性的话语切入点，是她们率先从理性上将中国的女性主义成功地"浮出历史地表"。之后，便是多元文化时期一批女性作家在创作上的集体跟进，她们从对身体的感性认知出发，转而向文化的其他层面突围。"身体的语言"形式不再仅限于那些舞蹈、美术、歌唱领域，也不仅仅表现于体育竞技过程中，而是进入了语言叙事范畴，女性"通过身体将自己的想法物质化了，她用自己的肉体表达自己的思想"。[①]身体从重重遮蔽和桎梏中凸现了出来，在明媚的自我书写中熠熠生辉。女性写作"这一行为将不但实现妇女结束对其性特征和女性存在的抑制关系，从而使她得以接近其原本力量；这行为还将归还她的能力与资格、她的欢乐、她的喉舌以及她那一直被封锁着的巨大的身体领域"。[②]

一些精致的女性主义文本如《一个人的战争》《私人生活》、《双鱼星座》等等由此而诞生。女性作家们以其枝繁叶茂的语言，

---

① ［法］埃莱娜·西苏：《美杜莎的笑声》，《当代女性主义文学批评》，张京媛主编，北京大学出版社，1992 年 1 月。

② 同上。

用一种打破男性单一线性逻辑的女性发散性思维的表现形式，描述出经由身体而感知的隐秘的女性生命体验。文学史上女性的躯体返归到女性主义诗学本身，不再完全受控和受制于男性叙事主体。这必将带来不光是审美的，同时亦是整个文化上的具有革命意义的变化。

二、一个人的战争

在90年代的中国女性书写史中，林白的长篇小说《一个人的战争》无疑是一个具有革命意义的女性文本。不光是由于它的奇特的文本生成方式，它的关于女人成长史、关于女性隐秘心理及其性感体验的大胆书写，还由于它所引起的巨大的争议及对整个菲勒斯审美体系的极大“破坏性作用”（埃莱娜·西苏在《美杜莎的笑声》中所指）。在作为书写者本人的林白，及为其辩护的女性批评家遭受詈骂和诘难的日子都转瞬成为往事之时，论争的参与者们才深切地明白并且也是由衷地体味出，《一个人的战争》的出现，确是已经标示着一个“浮出历史地表”以后的，更坚决、更自由、更加富有创意和坚定的不妥协精神的女性书写时代的到来。

林白的完全按照埃莱娜·西苏所指“返归女性躯体写作”理论主旨来操作的《一个人的战争》，其写作实践的结果，又恰好，几乎可以说是完整无缺地使西苏理论预测的后果得以实现：“女性的文本必将具有极大的破坏性。它像火山般暴烈，一旦写成它就引起旧性质外壳的大动荡，那外壳就是男性投资的载体。别无他路可走。假如她不是一个她，就没有她的位置。假如她是她的她，那就是为了粉碎一切，为了击碎惯例的框架，为了炸碎法律，为了用笑声打破那‘真理’。”①

发表于《花城》杂志1994年第2期上的《一个人的战争》，一经问世后，几乎可以说是激起了90年代大陆文坛的一场激烈辩论和动荡。它几乎已是无关乎文学的审美内涵，而是被更多地在传统道德意义上加以质问和讨论。《一个人的战争》得到了潜心于西方女权主义理论研究与引介的学院派女性批评家的赞许，同时也得到具有完全独立女性自我意识的女读者和女作家的拥趸。然而它也是当然的、在意料之中的要受到持传统社会学观念的批评者的攻击。就是在看似表示宽容和理解的一般的批评者当中，其模棱两可的话语仍时时掩盖不住他们对于文学当中女性如此大胆表现自己的不适和厌恶。更有甚者，竟可以以措辞激烈的言论，判定这部书为“准黄色”，是一部“坏书”，并从庸俗社会学角度和对弱势群体的关怀的意义着眼，不由分说地指责这部书一定会对青少年产生不良的影响。

就在这些攻击和责难纷起之时，无独有偶，商业上的热情促销也给这本书的定位帮了一个大倒忙。在当年7月由甘肃人民出版社发行的单行本当中，由于其封面采用了一幅看起来使人产生色情联想的类似春宫图的摄影作品，而后又通过各种发行渠道将书大面积地发行上架，致使“某些人身攻击和恶意诋毁以及误解”纷

① ［法］埃莱娜·西苏：《美杜莎的笑声》，《当代女性主义文学批评》，张京媛主编，北京大学出版社，1992年1月。

至沓来。1995年底,批评家戴锦华教授在北大的一次关于女性写作的演讲中,称赞了这部书构成90年代女性写作的一道重要景观,话音甫落,当即遭到在场听众的诘问和异议。下一期的《中华读书报》上即刊出了一篇声讨文字,这也就是林白在《一个人的战争·后记》中所指的"一家有影响的报纸发表了一篇很不负责的批评文章,称《一个人的战争》为'准黄色',是'坏书'",对其的直接影响是"出版社领导看到了这篇文章,对是否出版该书拿不准,说最好能在同样的版面发一篇正面的文章,但没过多久我就收到了他们退回的书稿"。其后她又与某图书公司签约,授权该公司出版此书,又是由于"某些不负责任的批评,公司联系了七家出版社均被拒绝了"。①

笔者也是当年卷入有关这本书的争议之中的人员之一。当其时,笔者并不知这本书的发行所遭受的一系列幕后挫折,只是在《中华读书报》上看到一篇措辞激烈的责其为"准黄色"的文章后,才写下了一篇驳辩文字,希望发言者能对女性作家、批评家的精神人格及其文本负责。原文标题为"因为沉默太久":

> 我不知道这位丁来先生是男还是女,读了《女性文学及其他》(《中华读书报》1995年12月20日)一文后,我也感触颇深。借用丁先生诘问戴锦华教授的方式,我也很想问一问丁先生:假如你有一个儿子,已满十八周岁,你是否愿意让他看

① 林白:《一个人的战争·后记》,《林白文集》第二卷,江苏文艺出版社,1997年5月。

《废都》《白鹿原》《伏羲伏羲》《妻妾成群》《疼痛与抚摸》以及《丰乳肥臀》？再推远一点说，你是否愿意让他看《查泰莱夫人的情人》《感官世界》《北回归线》《红与黑》以及《游仙窟》和《金瓶梅》？

丁先生所谈到的女性意识觉醒的几点体现，我想，把它放在男性身上，也同样具有劝诫作用：男性也应该“意识到自身的养育天职和重要性，有真诚的爱与同情心，柔和宁静，朴素谦恭”等等。一旦男性也如女性一样，人人能够做到以上这些，那么我们这个社会真就几近完美了。“作为主动进取之主宰力量”的男人，掌握着这个社会前进大方向的性别群体在道德上和意识上完全自律和自觉了，那么，作为“被动温柔”之力的女性也就无需再做什么努力，只是顺其自然听天由命地承受一切便够了。按丁先生提出的观点，我们是否可以得出这样的推断呢？

作为一种边缘话语的女性文学，与其他诸种新潮文学样式，诸如先锋、后现代、后殖民等等一样，要借助外来语势才得以在国内生成和定位。其目的，无非是唤醒女性对自己性别意识的自觉和自省，以在男权话语一统天下的缝隙中求得一线女性话语和权利意识的生机。女性文学，说到底，无非就是争得一份说话的权利。当整个历史和现实都已变成了男性巨大的（实际上非常孱弱）菲勒斯的自由穿行场，未来的云层和地面上竟相布满了男性空洞的阉割焦虑的时候，女性以她们压抑已久的嘶哑之音，呼喊与细语出她们生命最本质的愤懑与渴望，她们不惜以自恋自虐甚至自戕自焚式的举动来争得一份属于她们自己的话语权利，表明她们心底的不甘和颠覆的决绝，这不啻是注入男性力比多浮躁中的一剂镇静败火的清凉。女性因为沉默太久，缄口的时间竟然可以以百年千年为单位计量，所以，不是在沉默中爆发，便是在沉默中灭亡。一旦铁树开花，哑巴说话，会招致一些惊异或怪异的目光，就显得十分正常了。譬如丁先生会用一些“准黄色”“助纣为虐”等带有道德审判的字眼，甚至于用“个别自命的女作家”这样的词句，连女性写作者的身份也要从根本上予以否认，这样就显得有欠公允。无论是读者还是批评者，都不应该把女性文学简单地等同为“性文学”，那样不光会挫伤女性作者一颗敏感而温良的自尊之心，也显得批评者的误读功夫有些太到家了。但愿人人都能够冷静下来，抛开先入为主的概念和偏见，认真从女性文学中读出她们那一份不同于男性的、深长而痛楚的生命体验，她们对于爱与善与美的呼唤的焦灼。唯其如此，才能让男性与女性同时意识到，这个世界不光是男性的世界，不光有男性粗犷、坚硬、喉结上下窜动翻滚的声音；这个世界也是男女共存的世界，还有女性那纤柔、细腻、充满弹性与质感的声音于无声处坚韧不拔地响着。①

---

① 徐坤：《因为沉默太久》，《中华读书报》，1996年1月10日。

我之所以不厌其烦地引附原文，是想在有可能的条件下，记录下在20世纪90年代中期，中国内地风起云涌的女性主义思潮泛起之时，那些具有先锋色彩的女性当事者所遭受的挫折和艰难，以及一场充满痛楚、欲说还休的，借由女作家的自传或准自传体的小说文本所引起的、界于边缘/中心，传统/现代，男性/女性，性别/政治，文学/道德之间的辩驳和讨论。有了这一幕女性主义出演的开场白，其后的一些女性言论和笔法似乎已经很容易被主流话语所接受了。在笔者于1998年重新梳理这些文字时，心态业已趋于平和，再也不像初卷入讨论时那样紧张酷烈。短短几年的时间过后，令人欣慰同时也令人惊奇地发现，即便是在多数权威男性批评家那里，林白以及林白的《一个人的战争》已经成为一个典型的有意义的女性作家的女性主义文本，无疑是可以作为一个从中国内地生发出来的、正面的、可以同国际女权主义理论和实践紧密接轨的文学范例。争议之声短短几年内就已经烟消云散，好评和赞誉源源而至。①

---

① 有关《一个人的战争》，有如下权威话语予以扶正（按编年顺序）：1. 陈晓明：《走进女性记忆的深处——简论林白》，《作家报》，1995年12月9日。2. 南帆：《躯体修辞学：肖像与性》，《文艺争鸣》，1996年第4期。3. 陈思和：《逼近世纪末小说选・序》，上海文艺出版社，1996年。4. 林白、陶东风：《私人写作与女性作家》，《为您服务报》，1996年8月22日。5. 张颐武：《来自边缘的反叛——关于〈一个人的战争〉的圆桌书评》，《中国图书商报》，1996年9月13日。6. 蒋原伦：《期待中的风景——关于〈一个人的战争〉的圆桌书评》，《中国图书商报》，1996年9月13日。7. 孟繁华：《女性的故事——林白的女性小说写作》，《作家》，1997年第3期。8. 李洁非：《"她们"的小说》，《当代作家评论》，1997年第5期。

三、文本

在梳理了关于它的“破坏性”及争议后，现在我们回到《一个人的战争》。假如还会有人对《一个人的战争》在 90 年代的文学领域的出现感到奇怪的话，那么现在我就要如实找出当初它得以生成的理论依据，一篇法国女权主义者埃莱娜·西苏的《美杜莎的笑声》，几乎就可以解释它生成的全部原因。我们也尽可以不必如以往对作家的研究那样，必须通过亲身采问作者是否读过某某方面的书，某某人的作品，然后才可以判断他是否受到过的影响，这是一个资讯密集且信息通路高度发达的时代，大量信息符码的侵入早已不以我们的接受程度为转移。受动者想要从一条条不同载体的信息的交错中捋清自己的思路是否受到这样或那样的影响实际上已变成了不容易的事情。过去的那种提问方法显然已经过时。对于一个写作者而言，其创作完成的文本完全可以单独告诉我们所要了解的一切。通过理论与文本的对读，进而阐释《一个人的战争》这部小说的重要意义，比直接询问林白本人更加显出本文上的可信性。尽管这样一来就不可避免地会带上研究者的主观臆断色彩。

《一个人的战争》是一部完全按照女性主义理论操作的精致的女性文本。林白以其巨大的艺术才能和深刻的理论感悟能力，用女性自传或准自传的记录形式写作而成了这样一部关于女人成长的小说。她在艺术上的卓绝的勇气，她的奇妙的女性语言生成方式，她所表现出来的女人对性的另一种不为人知更不能为人所道的隐秘体验，以及她的随意而散漫的小说架构——一种打破男性单一线性逻辑的女性发散性思维的表达，正是埃莱娜·西苏所认定的那种女性躯体写作的特征。“躯体是个人的物质组成。躯体的存在保证了自我拥有一个确定无疑的实体。任何人都存活于独一无二的躯体之中，不可替代。如果说，‘自我’概念的形成包括了一系列语言秩序内部的复杂定位，那么，躯体将成为‘自我’含义之中最为明确的部分。”①如果说80年代伴随着拨乱反正的思想解放运动，女性作家与男性同行们一道，将被“文革”所禁锢了的发源于五四时期的人的解放、个性的解放运动重新点燃和接续上了的话，在这个漫长的历史循环过程中，以戴锦华、孟悦、李小江、王绯等等为代表的一批新锐女学者，在对历史的反思及对西方女权主义的研究过程中找到了自身作为女性的话语切入点，是她们首先从理性上将中国的女性主义成功地“浮出了历史地表”，那么90年代，则是随着多元文化历史现实的到来，有更多的被男权的审美钳制以及一直在文化的边缘上行走着的女作家自觉地跻身“女性主义者”阵营，以她们的创作应和了女学者们的先声。此时妇女争取自己权利的斗争，也从初始阶段的反封建反压迫，争取对自己身体有自由支配的权利，发展到反文化反专断，争取女性在文化中的权利。这一次对男权文化的抗争和反叛，亦是从女性躯体开始突破，从女人书写自己的身体开始。女性对“自我”的重新发现和认识，也是从身体开始的。女人的书写，从一开始就是以血代墨的书写，

---

① 南帆：《躯体修辞学：肖像与性》，《文艺争鸣》，1996年第4期。

她们以纤弱柔韧的血肉之躯，在巨大的菲勒斯机制的合围中，泼墨突围挥洒出一道道殷红的创痕。世界与时代变化之巨，没有什么能够在一己把握之中，能够把握住的唯有自己的身体，只有这一具身体永远不会背叛她们自己的魂灵。因而她们越发对自己的身体充满自恋似的珍爱，间或也有自虐般的怜惜。她们想让身体“说话”，让它把对世界的感知诉诸“语言”表达。然而“文学史上男性叙事人的传统已经根深蒂固。他们联手创建了女性躯体修辞学……文学史上的女性肖像却完全同历史脱钩了。女性的躯体成为历史的局外人。‘历史人物’这样的解码器对于女性躯体形象无效。”[①]被逐出历史的女性躯体，连同她们对历史发言的权利一道被驱逐了。女性的躯体幽闭在男权话语的窥视之下，在千百年的沉默之中黯然神伤。

四、从自慰/自恋开始自我认知的女性躯体

从童年时代起她就暗暗地被这世界所萦绕。一个寻觅的世界，一个对某种知识苦心探索的世界。它以对身体功能的系统体验为基础，以对她自己的色情质热烈而精确的质问为基础。这种极丰富并有独创性的活动，尤其是有关手淫方面的，发展延伸了，或者伴随着各种形式的产生，一种真正的美学活动，每个令人狂喜的阶段记载着幻境，一部作品，美极了。

① 南帆：《躯体修辞学：肖像与性》，《文艺争鸣》，1996 年第 4 期。

美将不再遭禁止。①

是否就在埃莱娜·西苏的“美极了”的呼声中,林白的《一个人的战争》便因此而诞生？显然,林白正是从女性的躯体描写入手,从对性感及性感区域的精确描摹出发,来阐述一个女人成长过程中的自我意识。引导和贯穿作品始终的,正是埃莱娜·西苏提出的那种女性书写逻辑:女性躯体的写作—手淫—自慰—自恋—飞翔—文本引起破坏性—重新发现和找回女性自己。

小说的第一章“镜中之光”(始发杂志中题为“一个人的战争”,后经作者本人如此修改后收入文集),正是从女主人公童年在黑暗中艰难地探索自己的身体开始,从小女孩手淫这一节拉开了残酷的女性人生的帷幕。“小姑娘们和她们‘没有规矩’的身体被幽禁、被妥善保存着,完整如初地冷藏于她们自己的镜中。但是在底层她们仍然在沸腾！性辑察永无终止地奔忙,要费多大劲去阻止她们可怕的返回呵。这是一种何等的双方力量的较量呵,这场斗争几世纪以来竟在颤抖着的均衡僵局中一直停滞不动。”②

在那个处处讲究行动整齐划一,压抑、郁闷、单调的环境下,小女孩极力想躲避“集体”,开始懂得营造一方自己的小小的世界。那就是单独睡觉的小床上,在躲避了阿姨的监视和监护后,不断触摸、抚慰、探索的“自我”世界。既带有逃离、叛逆的惊恐,更带有疏

① [法] 埃莱娜·西苏:《美杜莎的笑声》,《当代女性主义文学批评》,张京媛主编,北京大学出版社,1992 年 1 月。

② [法] 埃莱娜·西苏:《美杜莎的笑声》,《当代女性主义文学批评》,张京媛主编,北京大学出版社,1992 年 1 月。

离以后的快乐、自由，既是她身体震颤着经历一次次陶醉般的“自我”检阅，也使她涉世不深的小脑瓜中各种奇思异想达到高峰。这种快感是源自身体的也是共发于艺术的，是女人作为“人”，而并没有被建造成“第二性”之前的原生的、初始的生命体验，也是快乐。这时的快乐还可以经由她自己的努力而夺得，仿佛她不需要凭借外力，只靠自己的认知，思想达到什么，就是什么。快乐不是靠外物的生硬“楔入”，而是靠自己，靠自己对自己的触碰，冥想，抗拒，顺从……靠自己的自然努力而完成。“蚊帐是大同谋。”“蚊帐”是小女孩人生第一块能获得安全感与自由想象的屏障物，是她不愿被格式化、不愿被修正的一块凭借物。而后是“镜子”。“镜子”是帮助她认知自己的对象，也是将她的身体从黑暗的快乐羞耻带到光明正大处的好帮手，“镜子”此时还是自然物质之镜，它还能客观描述小女孩身体的真实。小女孩此时也尚是“物质”之人，还没有被打造调教成“第二性”，也无需凭借男性之眼那面“镜子”来观视自身。小女孩通过蚊帐/镜子式的摸索与观照，对自己树立起了初步的感官的认知。在镜子里她进一步确认了自己的存在。女主人公沉迷于此，从中得到肉体的巨大欢欣和精神的无限自由。

身体的发现给她带来了什么意义？

> 我也激情洋溢，我的欲望创造了新的愿望，我的身体懂得前所未闻的歌。……那你为什么不写呢？写吧！因为写作是属于你的，你是属于你的，你的身体是属于你的，接受它吧。……或许是因为你无法抑制写作的愿望，就像我们会偷

偷摸摸手淫一样。并不是为了干下去，而是为了减弱一点紧张感，刚够收敛那渴望。……写吧，不要让任何人、任何事阻止你……也不要让你自己阻止自己。（重点符号为原文所加——笔者注）……我写妇女：妇女必须写妇女。①

妇女必须写妇女，妇女必须写她们自己，这即是女性写作的基本动机和原则。仿佛听到某种召唤，也仿佛是应和某种昭谕，一部关于“女人”的传记，一个被命名为“多米”的女子漫长而又短暂的成长过程的记录，从这个起点上出发，开始往前放飞了。一共四个章节的《一个人的战争》，分别用小标题连缀：镜中的光；飞翔与下坠；随意挑选的风景；傻瓜爱情。最后是简短的结局：逃离。

“女孩多米犹如一只青涩坚硬的番石榴缀在B镇岁月的枝头上，穿过我的记忆闪闪发光。”故事的场景分别发生在幼儿园、学校、乡村（知青岁月）；女孩多米写诗的年代，无目的的漫游，爱情的遭际，寻找生存之路的漂泊。追寻的结果：不接纳社会或被社会所不容，逃离成为女孩多米的惯常姿态。现实当中无处可逃，只好逃回写作，逃回艺术本身。

基于幼时的快感体验，确定了女孩多米未来性爱形式的走向，也定下了她未来艺术创作当中情感体验的基调。可以想见未来平常且必需的两性生活若能跟她这种童年快乐体验相吻合，那么她也许就会顺从接受，过完平凡人生；如果不一致，无法让她重返快

---

① ［法］埃莱娜·西苏：《美杜莎的笑声》，《当代女性主义文学批评》，张京媛主编，北京大学出版社，1992年1月。

乐，那么她理所当然地要摒弃那种被人类社会所规定好的男女情爱婚姻的绝对形式，最后结果只能是逃离，成为“一个被社会所不容的人”。当然，还有第三种妥协的路，那就是为了活着而忍受一切。

女主人公多米已经能够依靠自身来满足一切欲望，几乎不需要外物给予。在没有经历过男女之事之前，少女时期的多米也曾有过短暂的“渴望被强奸”过程，那基本上是女性于无知和幻想的某一生长阶段中，被到处漫布的荒诞暴戾的男性文化场景所灌注教唆而导致的共同迷思。大学校园里以及旅游途中的与陌生人交媾过程，使“强奸”情节得以喜剧性地实现，从而导致心理上的失望及生理上的痛楚，也使其对自己身体有了更为明确的认知。她拒绝成为那种样式的被男人洞穿的女人，拒绝被打造为作为男人的对象化物的女人。多米由于对自己的认识太强大，不能接受外物的楔入，不愿在心理上完成女性身体必有的蜕变过程。但多米没有顺利地完成这种女性人生固有的“格式化”，同时她又无法辨识成规的束缚，为自己的拒绝感到惊恐，害怕自己是同性恋，是性冷淡，害怕自己患上了“厌男症”。但是同异性的交合的确不能给她带来快感，她与男性的那种“傻瓜爱情”不过是为实现普通意义上的生存而不得已进行的一个生命步骤。“其实我跟他做爱从未达到过高潮，从未有过快感，有时甚至还会有一种生理上的难受。但我想他是男的，男的是一定要要的，我应该做出贡献。”“我离正常人类的康庄大道越来越远了。”多米很是自惭形秽而又黯然神伤地说。最后她就只有越发投入写作，投入“一个人的战争”：“一个人的战争意味着一个巴掌自己拍自己，一面墙自己挡住自己，一朵花自己毁灭自己。一个人的战争意味着一个女人自己嫁给自己。”

> 这个女人在镜子里看见自己，既充满自恋的爱意，又怀有隐隐的自虐之心。任何一个自己嫁给自己的女人都十足地拥有不可调和的两面性，就像一匹双头的怪兽。
>
> 冰凉的绸缎触摸着她灼热的皮肤，就像一个不可名状的硕大器官在她的全身往返。她觉得自己在水里游动，她的手在波浪形的身体上起伏，她体内深处的泉水源源不断地奔流，透明的液体渗透了她，她拼命挣扎，嘴唇半开着，发出致命的呻吟声。

正统的男权独断的文学史中，不会允许女人有这样的描写，也不会允许女人如此袒露自身隐秘的欲望。“这样的事实不难发现：传统躯体修辞学的代码表现出明显的男权中心立场。这就是说，躯体社会形象的创造权牢牢地把持在男性手中。在形象的设计上面，第一性与第二性的位置判然有别。”①男性对于自己躯体的审视可以尽情展示，他的身体的每一部分关节，肉体上的每一种细微的感官欲念都可以大言不惭毫无羞耻地示众，并且还可以获得人类文化学上的意义崇高的解读。作为民粹主义代言人的孤独的散步者卢梭，那个闯荡巴黎的流浪汉小子，那个敏感、自尊而又自卑的才子、诗人、思想家，直到三十一岁仍旧没有克服手淫的习惯，“就

① 南帆：《躯体修辞学：性与肖像》，《文艺争鸣》1996 年第 4 期。

是他那双脏手，写了多少纯洁的诗啊！”①一句漫不经意的评价，读来却让人多么悚然惊心！这个进军巴黎的穷孩子，他依傍着许多达官显贵情妇不断成长，而对旅馆女仆出身的、替他生养了一大堆儿女的“未婚妻”则足足拖了二十五年才肯正式与其结婚。对于巴黎这座城市的爱与恨、恐惧与期盼、臣服与占有欲狂乱地混杂交织着，他只能通过一次次的自慰来平衡和排遣。关于“自慰”的话语在大江健三郎的《性的人》、村上春树的《挪威的森林》中也频频出现。精神分析学的理论认为，男性的写作，正是与“手淫”排泄相关的身体能量释放。再简单检索一番中国当下文学史，在一系列男性文本里，“脏手”的意象也是唤之即来，拂之不去。从《古船》中年轻人在沙滩上自慰被人偷窥后的窘迫与压力，到晚生代男性作家如刁斗、李卫等等小说中关于此的零碎片段描写，难以一一例数。尽管方式和情境各不相同，唯其一点是相同的，其主角都是男性，体现了男性欲望的压抑和喷泄，代表了普泛的人类孤独状态下的绝望情感，因而显得合情合理，合乎伦常。然而人类之中的那一半人众——女性的生命欲望诸种形式的表达却体现为一片空白，人们无从知道女性面对生命压力的另一种自我体验。这便是文化中的不公平之处。亦如南帆先生所言，男性对于历史的统治甚至获得了生物学的支持，这些不同的男性肖像毋宁说是历史丰富层面的证明。但是，排除于历史描写之外的女性之躯，却仿佛只能在黑暗之中蒙昧，其实，其巨大的身体能量正在一个不为人知的文化地

① 《卢梭的生平和著作》，罗曼·罗兰选编，王子野译，三联书店，1993 年 1 月。

底层狂涌、奔突，一旦浮出历史地表上升于人们的视野，就会将现存男权文化赖以生存的根基惊震起剧烈的摇荡。女性的自慰体验不光是与青春成长的郁闷和躁动相联结，同时亦是与文化的窒息与反叛相联结的深层情感。她对自我的认知，从幼年时期墙上的那一面物质之镜，以及蚊帐庇护后边自己手指艰难的触抚来一一了解完成，而后又不得不转向努力地合乎这个世界的规范，成年后便要借助“男人之眼”这面世事的也是世俗的镜子，要借由男人的身体给予她以肉身快乐时，她这时只有两种选择：要么顺从，要么反抗。女人为适应男人而进行的身体改变，其深刻的文化心理缘由追踪起来亦很悲怆。这也是当初上帝在塑造男人和女人之躯时明显不公平的地方。多米的生存恰恰是犹疑于顺从和反抗两者之间，她不敢完全放逐对异性的情爱诉求，但又不愿舍弃将爱求诸、托付于自身的游戏。生存的极度迫压，和生理（身体）上的极度压抑，致使其自慰举动不断绵延下去。其间她不仅体味到了“美”，“反抗”与“飞翔”也能由此个人生命能量纾解之中得以诞生。

《一个人的战争》中女性躯体与欲望的写作引起如此爆炸性的轰动和极具震撼力的效果，在我们当下的文化景况中毫不显得奇怪。在90年代的女性欲望化处理的写作中，与此相关的，还有陈染《私人生活》以及徐小斌《双鱼星座》中基于自慰基础上的女性欲望的描写。这是三份仅存的此类女性欲望的大胆披露。《一个人的战争》是从女子的自慰开始，《私人生活》是以自慰而告结束；《双鱼星座》中的女性自慰则是生命反抗压抑中的一个过程，同时也是对男人及其所属的“阉割”文化的一份无比的失落和失望。

这个过程中，“镜子”是被女性书写者频频用来映视自己的一个不可或缺的道具。“浴缸的对面是一扇大镜子，从镜子中我看见一个年轻的女子正侧卧在一只摇荡的小白船上……我凝视着浴室中的镜子里的我，像打量另外一个女人一样。身后的白瓷砖拼接起来的缝隙，如同一张大网张开在我身体的后边，一种清寂冷漠的背景笼罩了我的内心。”（《私人生活》）卜零也正是通过“镜子”感受到了自己身体的需要和女性的奥妙。（《双鱼星座》）《一个人的战争》中“镜子”同样是女性认识自身的一条必然通道。它提供某种真实的陌生，提供女人对自我的初级认识以及对自身的再想象。它是一种物质的先天之镜，处于想象中的女性自我仍能在镜前保持童年时的本真，她在镜前对那个镜中人充满深情地说：“我爱你！”此时的她，还未像后天在男人眼里被照射、教唆成“女人”那样失真又失语。当一切快乐和解脱都在彼处男性的“哈哈镜”中求不得之后，女性只好又返回了“本真之镜”中的自身，极力将从前的自我指认。这时她又充满深情然而也满怀忧伤地对镜中人说：“你还爱我吗？”

紧接着，我们所要知道的问题是：在这个孤独的、艰苦卓绝的“一个人的战争”里，女人最大的感受是什么？在《私人生活》里通过这样一个手段将“审美的体验和欲望的达成，完美地结合了”。在《双鱼星座》中，卜零则是感受到伴随着欲望升腾而起的虚无，当卜零清醒过来以后，她“忽然明白上面根本不是什么天空。上面是天花板，四周是墙壁。这个狭窄的空间里只有她自己。要命的是世界上有些事需要两个人。……她哆嗦着抓住身旁的杯子向镜子砸去，随着一声意料中的爆响，她看到自己暗栗色的裸体变成了碎片，她笑起来，笑得泪水喷涌而出，她浸泡在自己的泪水中像一条垂死的鱼”。而在“一个人的战争”里骁勇奋战的多米那里，则是体味到了“飞翔”。

五、飞翔

“飞翔”。又一个女性写作的命题因此而被提出。

> 对于我们来说，问题不在于为了把别人的观念化作自己的或者为了操纵而去占有，而在于要冲破，要“飞翔”。
>
> 飞翔是妇女的姿势——用语言飞翔也让语言飞翔。我们都已学会了飞翔的意识及其众多的技巧。几百年来我们只有靠飞翔才能获得任何东西。我们一直在飞翔中生活，悄然离去，或者在需要时寻找狭窄的通道和隐蔽的岔道。①

林白：

> 飞翔……写作也是一种飞翔。高悬在空中，身体轻盈，不经意间就长出了翅膀，那是我们的梦想之物，我们身体的质量顿时就改变了，我们的眼睛看得最远，我们的耳朵分辨出无数

① ［法］埃莱娜·西苏：《美杜莎的笑声》，《当代女性主义文学批评》，张京媛主编，北京大学出版社，1992 年 1 月。

种细微的声音。我们微微感到空气的阻力，那同时是一种使我们浮升的力量，我们飞翔的时候最明确地感受到了它，就像我们游泳时水的阻力，我们在空中划动，我们的快感来自空气。①

“飞翔”，是与林白的躯体写作相连的，频频出现在她的正文中、创作谈及文章标题里的字眼，林白是如此热衷于对其复沓吟咏，从视觉、听觉、嗅觉、味觉、联觉上对其进行多方位描述，飞翔是写作快感的趣味性的集中体现。战争过后，她所获得的又是什么？

孤独。孤苦。孤单。孤清。孤寂。从前曾有的孤傲和孤高，全被这场战争消磨了。飞翔的结果却是坠落，她无法像男人一样达到文化中的上升，因为文化中没有供她上升的标识。这也是一些权威话语在提到女性的隐秘生命体验表达时所竭力主倡的“提升女性生命境界”之桔梗所在。打破以后，没有供她重建的坐标，从前的一套菲勒斯体系已不能够再强迫她返回。她义无反顾地挣脱了，却不经意又返回“娜拉出走后”的老命题，抑或是陷入戴锦华教授所指的“镜城突围”的困境。她在镜中看到了她自己，她看到了镜子当中四通八达的路，但当她走过去的时候，实际上还是没有路。②

同时，也正像伊莱恩·肖瓦尔特在评价埃莱娜·西苏为代表

---

① 林白：《空中的碎片》，《林白文集·空中岁月》，江苏文艺出版社，1997 年 5 月。

② 戴锦华：《镜城突围——女性·电影·文学》，作家出版社，1995 年 8 月。

的法国女性主义者的女性美学时所指出，“法国女性主义者关于女子性欲/文本的理论以显露出美杜莎的面貌而大胆地冲破父权制禁忌，她们的理论不论是基于女性器官，还是集中研究记号学的脉动、分娩或女性愉悦，都是对菲勒斯话语进行的令人振奋的挑战。”①但是这样的女性美学也具有严重的弱点，“女性美学强调女性生理经验的重要性，非常危险地接近性别歧视的本质论。……女性文体或称为女性写作仅仅描述了妇女写作中的一个先锋派形式，许多女性主义者感到被这种规定的文体排斥在外。规定的女性文体是一种非线性和超现实主义的试验文体。只要女性美学认为唯独妇女才有资格阅读妇女的文本，女性主义批评就有受到孤立的危险。”②女性躯体写作的结果是带来了躯体的忧郁。当女性将自己的一切都赤裸裸地暴露在菲勒斯审判目光的注视下时，她将无处逃遁。她在将那面男性的哈哈镜打碎之后，不经意地连镜中自己的原型也一道打碎了。打碎以后，却无法再将自己的身体原型拼接。她既无法继续爱自己，更不可能再去爱上别人。在无爱的境地里隐遁回内心，甚至就连隐遁回小说都已经成为不可能。在林白其后的《守望空心岁月》《说吧，房间》两部长篇里，我们直接读到了女性身体书写后自身所遭受的极大的破坏性结果，在她的

① ［美］伊莱恩·肖瓦尔特：《我们自己的批评：美国黑人和女性主义文学理论中的自主与同化现象》，《当代女性主义文学批评》，张京媛主编，北京大学出版社，1992 年 1 月。

② ［美］伊莱恩·肖瓦尔特：《我们自己的批评：美国黑人和女性主义文学理论中的自主与同化现象》，《当代女性主义文学批评》，张京缓主编，北京大学出版社，1992 年 1 月。

作品对菲勒斯强权机制起了巨大的破坏性作用之后，那个男权机制复又将那种“破坏”强加于女性写作者本人，让她在无比忧伤、无限愤懑之时，连她前期的巨大的艺术才能也遭到了破坏和消磨。躯体的写作之于她在现存之中的痛苦遭遇，除了守望“空心”岁月和退缩于一个狭窄幽闭的“房间”内“憔悴而坚忍的诉说”之外[1]，她已别无选择，除了幽咽地诉说，还是诉说[2]。她已来不及在更深层面上对女性的生存进行耐心思索，更无从去铺排和施展她自己的艺术才华和灵气，精致得像丝绸一样滑爽的语言，和精巧散漫而独具匠心的叙事谋篇也杳然一去难复返了。在争取到了权威话语的逐渐肯定之后，写作者本人却已明显失去了最初的、火一般的冲撞的激情和青春血脉的贲张，她的声音变得有些哑然，身体在一连串的打击下似乎也显得疲惫不堪。女性文本透露出的这一部分信息使我们有理由断言：基于身体叙事的女性主义美学似乎是遭到了暂时的挫折和稍纵即逝的失败。女性写作者对于菲勒斯机制的颠覆和反叛的斗争将是漫长而艰苦卓绝的。

六、语言的再设

当笔者细致、努力地检索出小说创作与女权主义理论的这种一一对应关系的时候，可以说，无论是对于我，还是对读者来说，都

---

① 孟繁华：《憔悴而坚忍的诉说——简评林白的长篇小说〈说吧，房间〉》，《作家报》，1997 年 9 月 11 日。

② 陈晓明：《内与外的置换：重写女性现实——关于林白的〈说吧，房间〉》，《南方文坛》，1998 年第 1 期。

会有将原来的对于情节的惊诧、好奇转而变成索然无趣、不以为然的危险。或者还会引起某些批评者的追问:《一个人的战争》究竟是在理论照耀指导下的文本,还是无形之中印证接榫了那些理论?对笔者而言,这并不是最重要的。重要的是从精确的创作与理论的一一对应关系中,能够找到解码女性文本玄机的钥匙。并且,并不是每个获得理论支撑的人,都敢于将理论化为自己的写作实际。令人佩服的是林白具有实践的勇气,以及冲破阻力的决绝。尤其令人赞叹的,是作者营造语言、铺排气氛的能力,她是如何将艰涩枯燥的理论,形象地译成了语言艺术的现实。一切的语言设计,从音律,到韵脚,再到汉字声形的控制与恣张,都是那么滑爽,通畅,是从她身上各个开口处流淌出来的。根本不能想象男性作家那坚硬的身体里会生长出这样的语言。她找到了这样一种肢体的流淌的语言,首先就从语言上获得了诠释自己身体的理念。“语言有非常多的可能性,它能够创造无数的现实,一些从来没有发生过的事情经由语言诞生,语言赋予它高大或细小的身躯,它们细微的绒毛在语言的枝杈上挺立,既然它以如此清晰可感的面目出现在我们面前,我们有什么理由怀疑它的真实性呢?……我喜欢语言中的力度和柔情,语言中的过去与现在,语言中的此地与彼地,语言中的青春与暮年,语言中的女人和男人。当然,我最喜欢的就是语言中的自己。”①林白从她的性别那里找到了凸显自己的开口,从语言中获得了叙事风格上的独立意义的新生,她得到了忧喜交加的成功。从她最早的散落在《中国作家》等处的写知青

① 林白:《置身于语言之中》,《作家报》,1995 年 12 月 9 日。

生活的作品里，语言那时还被一种惯常的理念遮蔽着，还是一种经过教化的、被普遍认可的“公共话语”，记录的也是一种“公共”的生活，那时她还没能将自己从一个庞大的“群体”中有效和有意地疏离。因而她的声音极易在众音合鸣之中被湮没。那时作为女性的林白还不是“她自己”，还没有在语言这里找到自己的家园，还没有从一个“女人”这里找到她自己。也因此她是“林白薇”，而不是有着鲜明女性标识的女作家“林白”。在经过一系列的文风的探索和语言的操练铺排，从《子弹穿过苹果》《随风闪烁》《回廊之椅》《瓶中之水》等等叙事中穿过之后，她便开始在《一个人的战争》《守望空心岁月》《说吧，房间》等等中大规模的作品中尽显其语言上的才华。终于，她那种迷情的女性叙事风格定型了，语言以强大的内驱力从她的身体里边茁壮生长了出来，又将她拽升到文学的耀眼地带。当然，这其中也不讳言 90 年代文化多元形势的到来所赋予她及每一个女性作家的千载难逢的机遇，同时亦是一次“挑战”：女性自我面对个人的，面对文化的，面对惯有思维形态以及主流叙事的……勇于挑战者，即会获得成功。尽管她因此也会付出高昂的代价。

第五章　迷宫与镜像

一、人间遭际与梦中情怀

80年代的女性写作正跻身和被吸纳于宏伟叙事之中，那些重大历史场景的演进和现实场景的频频迭换，使她们不得不跟进于主流话语的叙事形态，于男性作家一道极力阐释那些宏大的主题，其自身女性经验的充分表达却受到阻抑，女性写作话语正被层层淹没于历史地表之中，突围只能成为一种"表演"①。当历史发展进入90年代，一个多元文化时代不期然到来，植根于80年代的光荣和梦想渐次退却，在历史与现实的裂隙之间，被层层遮蔽着的女性生存经验进而有了上升于认识层面的可能，个人化的书写也逐渐得到认可。在此背景下女性话语突围也许不再是新一次的陷入重围，然而它却陡然遭逢迷宫和幻境。面对男权文化包围既久的四面楚歌，女性在充满狭义和歧路的镜像之中满怀希望，又带着些许绝望地谋求生存。这既是一次以袒露女性经验为代价的生命历险，又是一种难以摆脱的以血代墨的文化宿命。在一座座有着交叉小径的《迷幻花园》里，在悬垂于天国之门旁的可望而不可即的

① 《突围表演》，残雪同名小说。

《双鱼星座》中，在扑朔迷离的《敦煌遗梦》里，在跌碎了一个个《末日的阳光》映照下的镜像之后，痴心寻找归途的女作家们宣布了一次次的《梦当好处成乌有》，或许那正是一代女人心声的《末世绝响》。

曾在80年代写过《爱，是不能忘记的》，写过《方舟》等若干写实作品的老作家张洁，在去国经年后，奉献给读者一篇文本奇异的中篇《梦当好处成乌有》。这是女作家在时空隧道里的一次穿行，在迷径中的一次游走，从巴黎到罗马，从旧时代到切近的现在，从沉睡之时一直到梦醒时分，似梦似真，天上人间，古今中外，变幻奇诡。寻找的结果还是其次，游历的过程本身才是首要。看似轻巧散漫的叙事，实则蕴满匠心，充斥着历史的压抑和厚重。破译一部游走迷梦密码的钥匙也许就是女主人公手腕上的那一只玉镯。那是一面世事之镜，全部荒诞不经的历史和现实都浓缩在其中，它同时照见过去、现在和未来。那是由女主人公的母亲传下来的，源自祖母的祖母的一只汉玉镯，有一条隐形的“神龙”藏于玉身——抑或是“中国龙”的隐喻。神龙见首不见尾，尾部应该在另一只相配对的镯子上。找到另一只镯子，对接和复原“龙”的历史，成为女主人公今生游历的使命，“……其实所有的人都在找这个或是找那个，只不过说不出自己是在找什么罢了”。这是主人公的母亲道破天机的呓语。“寻找另一只镯子”，复现历史原画，成为女主人公游历的起点和终点。当她走遍欧洲大地，走遍过去和未来，遍历了梦境，最后才在卡普里一个美丽的地中海女人的陶罐里看到了跟自己一模一样的镯子，分明就像在镜中看到了自己——那女人的镯子及脖子上的胎记，竟奇妙地都跟自己一样。“在一只手镯寻找另一只手镯的过程里，牵涉到几生几世几代的男人或女人，其中又有多少人为此丧失了身家性命”，这是一个埋藏于幻境中的历史之谜。破这个谜对她来说是一个大诱惑，然而她却没有勇气掀开谜底，以逃脱作为结局。答案其实很了然：每个人无论在梦境或在真实中寻找的，其实都不过是自己。游历的结局是她对“镜中的真实”产生恐惧，在逃离的途中，镜像碎裂，一条小龙从手腕上的镯中飞起，玉镯也随之化为碎片。历经突围的挫折和沧桑巨变之后，这位有着神秘东方背景的女性身心俱疲，然而不能改变的是她对自己“龙人”血脉的珍存和热爱，在充分探索了历史的不可知与不可确定性并屡遭唐突与折损之后，直到那面镜子破摔，散落处一声碎响，女主人公方才明晓镜中昭示的那一句谶语：“宁为玉碎，不为瓦全。”镜中观照，只有这碎片式的历史真理留在了人间，其他皆化作了梦的断简残章纷纷消遁远去。

二、女巫咒语与迷宫逃离

如果说在八九十年代之交的张洁还是以“咒语”的方式来与这个男权垄断下的俗世坚强对抗的话，比方说她的《上火》《日子》《红蘑菇》《她抽的是带薄荷味儿的烟》系列，那么，在《世界上最疼我的那个人去了》至《梦当好处成乌有》以后，她的写作旅程便转向了从“呓语”开始，从酷厉转向悱恻，以回溯、追忆、梦游的方式展开女性的心灵寻觅历程。这既是进入 90 年代后大趋势使然，同时也是由她自身已进"知天命"之年的生命进程所决定。轰轰烈烈的"爱,是不能忘记的"、拖着"沉重的翅膀"上升或下坠的意识形态中心话语的"伟大进军时代"业已成为过去。光荣不再,唯有延续下来的梦想在梦醒时分熠熠生辉。它照见往昔逝去的流水繁华,也重现了做梦人自己过往岁月里生命的繁复。写作之于她,已成为人到中年自我静观默照的一种方式。

同样用"咒语"方式来跟这个男权世界相对峙的还有徐小斌,只不过徐小斌的"咒语"性质已经有了些许转换,它是包含了巫术、谶语、宗教、偈子、祷语等等在内的并非堕向人间而是直指"上天"的人类灵与智的游戏。徐小斌沉迷于此,极力回避那些中心话语的归纳,执拗地以一个边缘者的写作姿态或说是一个"不能被历史整除的余数"[①]的形态出现。徐小斌从80年代写作《对一个精神病患者的调查》《海火》等引起巨大关注和反响的小说起,直至她90年代的《迷幻花园》《缅甸玉》《双鱼星座》《吉尔的微笑》《银盾》《若木》等等,她一直就是用她智性的神秘不断撞击这个古老大地上的游戏规则,恣意破坏、改写那些霉烂朽腐了的菲勒斯规矩。在徐小斌身上存有一种奇妙的与天地的"通感",仿佛她是在用另一套祷语或谶语在跟眼前这个凡间对话。在她看来写作便是一种"回答","是对一种呼唤的回答。这个呼唤通常在一个人很小的时候就已经听到了。自然,并不是人人都能听到这种呼唤。说到底,

① 陈福民:《写作在别处——徐小斌印象》,《文学世界》,1997年第6期。

这是一种神祇的呼唤。”[1]既然她为自己立下如此之写作圭臬，那么，她文本中所呈现的，必然就是具有颠覆和破坏性力量的某种存在。

坦率地讲，进入笼罩在“神秘与智性晕眩”当中的徐小斌的文本很不容易。她的营造意象和构筑语言的方式常要叫普通的读者望而却步。除非是跟她一样在艺术方面训练有素而又得到过宗教熏陶的读者。她对于灵与智的迷恋，导致她对现实的处理常有一种非人间的迷幻色彩。她对于写作的选择是源于“写作是置身于地狱却梦寐以求着天国的一种行当。它同我从小选择的生存方式是一致的：它是人类进行着分割天空式的美好想象和对于现实世界的弃绝。没有一个作家敢说他是在真实地模拟着生活本身，因为这种真实毫无价值，它只需要一个记录员就够了。而写作却是一种每时每刻都难放弃的对生命的观照，它观照生命也预约着死亡，覆盖着生者也覆盖着死者，它是时空消失之后的永恒存在，它是人类从远古走到今天的宿命和母题”[2]。她在 80 年代的代表作《对一个精神病患者的调查》首先定下这种“梦幻”和“逃离”的基调。一个违反常规思维模式的，然而又是聪明绝顶、智力超群的女孩景幻，与这个俗世的平庸格格不入，以至于她被视为另类和“疯人”被迫与社会隔绝。然而梦想和飞翔无时无刻不萦绕景幻的脑际，她宣称：飞翔“这是人类最古老的梦想。从古老的神话、伊卡洛

---

① 徐小斌：《梦境与游戏：神秘与智性的晕眩》，在中日女性研讨会上的发言，1995 年，北京。

② 徐小斌：《逃离意识和我的创作》，《当代作家评论》，1996 年第 6 期。

斯的飞翔，经过高原岩石画，中世纪巫师的扫帚和达·芬奇设计的翅膀，一直到菲利斯、佛格的世界……科学和富有诗意的梦想难道有一时一刻是分离开的么？……”①“飞翔”便是年轻的景幻姑娘向上天逃离的举动，正是它牵引着景幻走出庸常的生存，企盼着向“灵”的境界飞奔，然而醒来时却见罡风早已折断了人类的翅膀。

在90年代同时发表的两篇新作《迷幻花园》和《双鱼星座》里，徐小斌将这“梦想”和“飞翔”的理念进一步阐释延展，从现实人间的魔幻的“交叉小径的花园”，直接飞奔撞壁于双鱼星座旁那一扇永远对女人关闭的“天国之门”。《迷幻花园》中那条通往墓地花园的小路，是女性主人公迷失和逃离的目的地。两个青年时代的女友怡和芬，在小路上初次相遇并玩一种纸牌占卜游戏，三张纸牌分别代表生命、青春和灵魂。她们两人的选择只能非此即彼。在女性的也是人类抉择的两难困境中，她们以彼此为镜，不断地在镜中将命运相互置换，以此作为两难之中的相互补偿，设想谋取完满的人生。她们在狭窄的人生小路幽径中频频迷失，而能作为指路路标的，不过是突然闯入两个女朋友生活中的一个叫“金”的男人。金先是怡的男朋友，而后芬却嫁给了金，怡又在他们的婚礼上缥缈闯入欲将金从芬手中夺走……在两人的生命轨迹发生置换的过程里，她们的灵魂却依然“迷失在那条小路上”。芬想脱离纠缠获得人生的自由，她便返身去找那条儿时女伴一同玩纸牌占卜游戏，并从此定下她们人生归向的小路：“椭圆形鹅卵石一般的灵光已脱离

① 徐小斌：《对一个精神病患者的调查》，《风头正健才女书·迷幻花园》，华艺出版社，1995年1月。

陈年故事进入了某种隐喻。她明白解开隐喻的钥匙一定藏匿在那条小路上。”然而小路充满诱惑与凶险,古铜色月亮神秘地悬吊,路牌上模糊不清的图案不能给她以确切答案。在植根于“手枪”和“模拟生殖器”(藏匿于待字闺中的怡抽屉里的两件玩物)基础上的男权性/爱的人生“博弈论”规范中,芬只能频频在房间的墙上或玻璃镜子里看见“一个女人的幻象”,既像怡,又像她自己。在“镜像置换”中,两个女人都通过对方认识了自己的特征,她们知道今生自己作为女人的命运是“在劫难逃”。她们牵系于男人身上的获救企图根本不可能实现,青春、命运和灵魂无法同时拥有。镜像和迷宫里所展示的,不过是女性人生选择的一场虚无,女性逃脱的最后归途依然是扑朔迷离的镜中落网。

“逃离意识”一直是徐小斌创作中一条分明的线索。当女性期望或“托付”于男性的“获救”不能实现之后,“逃离”几乎成了所有女性的共同选择。与陈染和林白她们的最终逃回内心,“与假想心爱者在禁中守望”或“守望空心岁月”不同,徐小斌对现世生活一直抱着巨大的原生的热情,尽管在现实寻找获救的途中一再受挫,但她仍旧执迷不悟,历死而不悔,满怀着善良和希望之情,将这种寻找反复吟咏,并不断给女性虚设冲破险境的去处:或跌入交叉小径的迷幻花园,或绝望地奔向那早已对女性关闭大门的神的天国,或逃向远离工业文明尚未被污染的佤寨,或奔赴留有佛祖箴言教义的神秘敦煌,或皈向释迦牟尼王子顿悟成佛的蓝毗尼城……徐小斌在尘世之中执迷地假想和渴望着女性之神的莅临,以改变女性现世生存中所遭受的一切:“……除非将来有一天,女性之神真正君临，创世纪的神话被彻底推翻，女性或许会完成父权制选择的某种颠覆。”①

徐小斌在90年代最有意义的一个中篇《双鱼星座》，是她大胆探究女性幽密心理的又一篇力作。《双鱼星座》里的逃离是充满着幻想与绝望的。它的副题索性就是“一个女人和三个男人的古老故事”。一个“双鱼星座”的“一生只幻想着爱和被爱”的女人，在尘世不断弥漫的物欲的包围之下，精神生活饱受压抑。女主人公卜零的精神生活摇摆迷失在自身、丈夫和情人之间，同时她的肉身还要承受种种物质的外在压力。当她将目光转向周围的男人，企望从“爱”之中寻得一丝丝疗愈和一条缝隙般的归途时，她得到的是彻底的失望和无休止的折磨。作为权力、欲望，与金钱的代码，丈夫、司机、老板被设置为三种男人类型，他们分别或同时与女主人公卜零发生牵连。丈夫韦从一文不名的小公务员变成下海经商的阔老板，利欲熏心俗不可耐，不仅没有生育能力，连最后的做爱兴趣也消失了；给丈夫开车的司机石高大英俊，年轻漂亮，善于调情和搞一些偷偷摸摸的婚外恋，然而骨子里却极端卑微懦弱，徒有一副吸引人的男性外表；卜零单位里的老板阴险狡诈，又极其伪善，他无论是利用还是迫害起手下人来连眼都不眨，卜零因不会对其迎合献媚而备受刁难，在被其胁迫去为单位献血之后又被无情地逼迫下岗。卜零的爱无以为继，她以为司机石的朦胧之爱可以解救她，希望有一场爱情的火焰可以把自己燃成灰烬，然而司机石的懦弱却给她带来失望。悲愤之时，她愤懑地，又是痛苦地在石面

① 徐小斌：《逃离意识和我的创作》，《当代作家评论》，1996年第6期。

前展开自己：

……卜零全身赤裸着站在他面前了。石捂住了脸。但指缝里仍能看到他红得要冒血的脸。他的眼睛又出现了那种潮红，潮湿得仿佛要渗出水来。卜零毫不留情地把他的手扯开。卜零的眼睛像星星一样在他眼前飘闪聚散，卜零轻轻在问："我美吗？"石的潮红的眼睛里全是企求，石的眼前一片红雾什么也看不清，但卜零并没有放过他，卜零恶狠狠地揪住他的头发："说啊，回答我啊！连这句话都不敢说，你是男人吗？"

女性走投无路，不仅受嘲弄、受戏耍，而且还受欺骗、受欺压。不光是爱的权利，连最基本的生存权利、谋生的饭碗也被剥夺了。心高气盛的女主人公卜零只能又自欺欺人地逃避，逃向梦里，臆想着分别用三种不同作案工具：冷冻的火腿、水果刀、注入钢笔墨水中的毒药，将那些蠢笨的男人——外强中干的丈夫、懦弱负心的情人、压抑迫害她的男上司统统杀死，而后留给她自己的，也将是对这个世界的彻底绝望。卜零选择"同归于尽"，与她所属的性别，及其所属的双鱼星座上那两条叠在一起的鱼，同归于尽。

……男孩说不行那两条鱼是叠在一起的，一打就都打下来了，卜零说那就同归于尽吧！然后就夹了一块石头把弹弓高高举起，卜零用尽全身力气把石头射向那星座。那个小石头向夜空里飞去，像流星一样瞬息即逝。

“同归于尽”这样的设置或许能够有效地屏除女性在这个世界上生存所背负的极端压抑，也是对男权世界的最后的“通往绝境”的颠覆和反叛。其决绝之态，亦如古时贤淑女子对爱恋男人的信誓旦旦：“上邪！山无陵，江水为竭，冬雷阵阵，夏雨雪，天地合，乃敢与君绝。”只是历经千百年演变，其意义早已大相径庭。这真是（男权）历史在定下女人爱情以及一切行为的窠臼后，觉醒的女性纵身跳跃出来并返还给历史的一个极大反讽。

本文也触及了另一种逃逸：摆脱困境的方法是逃回女性自我之内，或到荒僻的少数民族地区以求天人相接。篇中对于女性自恋及自慰这样一个事实也有些微触及。那实在是女性在向外部诉求，尤其是将一切情感的及肉身得救的希望寄托在男性身上惨遭失败后的一种反向逃逸，而得到的，并非毫无意义的女性的自我拯救复又自我疏离。

三、宗教情境与女性密码妄猜

在镜像与迷宫的书写里，女性文化密码的设置至关重要。在《迷幻花园》《缅甸玉》《双鱼星座》等小说中，徐小斌利用充满宿命感的一系列象征物：纸牌、路标、星座、手枪、巫师、通灵玉石……作为揭开女人现世生存之谜的密匙，也是世相变幻的写真。而“红色”“猩红色”作为一种视觉的喻象，一再出现在她的作品里。《末日的阳光》中少女初潮时那种猩红色的幻觉：眼前枫叶的猩红以及梦中一个青年男子身披猩红色的斗篷的搭救……少女的初潮体验被巧妙地与那个年代的符码颜色相暗合，形成某种性/政治的合理隐喻。在《蓝毗尼城》里，那个神秘的巫婆“红色的裸体无比单纯……堕落了的蓝毗尼城里充满了污秽，但有食物保证生命延续。这红色的天空和土壤带来的是饥寒交迫，却洁净而自由……”其意识形态话语的解构色彩更是不言自明。徐小斌以奇特的女性话语铺展开神秘的语言世界，具有水母般的无所不在的柔软触须和魔法般的吸引力。只有解开了这些神秘的文化代码，人们才有可能沐浴进女性缪斯的灿烂光耀之中。

在人间花园路径难识，天堂之门又轰然关闭之后，女性的逃离又有了新的指向，此刻它指向了佛国，东方神秘的敦煌和古老神秘业已消失的蓝毗尼城。从此女人又走入新的“迷径”。女性的人间遭际与宗教情怀再度遭逢。在将二者相交融的处理上，女作家徐小斌是最有天赋和灵性的一个。难以断定徐小斌对于宗教的巨大感知来源于何处，或许真如她自己所说，原初的人都是具有这种本领和才能，只是由于后来文明的发展，逐渐把人的与生俱来的这种本领着意干扰破坏掉了，他们只成了一个个普通的肉体凡胎。大地上只剩了天真未凿的儿童及极少数天性未泯的女人还在保持着那种“交感”的本领。她自己可能便是这为数不多的人其中的一个。她的长篇小说《敦煌遗梦》和中篇《蓝毗尼城》，在90年代体现宗教情境的作品中是极其优秀的。《敦煌遗梦》和《蓝毗尼城》的中心意象都是：爱情、恐惧、阴谋、欢喜，人与佛的交融，寻找的起始和终结……人类在现世里的一次次寻找就是“执”。人类拖着滞重污浊的肉体坠落在这个大地上，一次次沦陷在如此之“执”里，因而不得飞升的自由。所以，如何“破执”，就成为人生在世的一个重要问题。昭示着俗世之中人们解脱路径的，则是密窟中的一幅佛家欢喜图，是人类背上一幅神秘的刺青图案，而它们的终点，在客观上指向蓝毗尼城，那个佛祖释迦牟尼顿悟成佛的地方；在主观上，则指向心，指向每个人生存的内在。自由并非可以向现世诉求，它只掌握在佛陀的那一方；自由同时也存在于每个人的心里。

文本中有一些深刻的隐喻尚未到破解的合适时机。诸如蓝毗尼城中的“红色”的母题，“红色的裸体无比单纯……堕落了的蓝毗尼城里充满了污秽，但有食物保证生命延续。这红色的天空和土壤带来的是饥寒交迫，却洁净而自由……”诸如《敦煌遗梦》中的现世“欢喜”等等。或可言说的，是小说中宗教情境下的张恕与玉儿和阿月西的爱情，以及肖星星与张恕、向无晔等等的情感纠葛。那个至纯至善的女主人公肖星星，是因为对噩梦的逃遁而来，在敦煌不期而遇的爱情面前，她又是不断地选择了逃避。逃避是因为“太珍惜，太爱”，是因为“意识到在这个代用品的时代寻找真品太难了。现在确实是个代用品的时代，一切都可以代用，塑料可以代替金属，表面的美可以代替内在的价值，卖弄聪明可以代替真正的智慧……在一大堆赝品中找到一个真品，确实很不容易”①。正因为寻之不易，因而才愈加珍惜，不敢轻易去享用，而是选择有安全感的“远离”姿态。“逃离”在此只是“不即不离”的同义置换。徐小斌提供出女性生存的别一种接近于大彻大悟的生命形态。“逃离”为的是“走近”，“不爱”是因为“爱之至深”。或许这可以成为女性

---

① 徐小斌：《敦煌遗梦》，北京出版社，1994年10月。

爱情、人生之谜的一解。

徐小斌由于智性的高超及其对灵与智游戏的过分偏好和沉迷,致使她每写一个故事,无论是关于精神病的也好,关于玛瑙玉石的也好,还是关于佛教密宗的也罢,往往都是在不经意之间,将一个平面化的故事写成了考据深厚的专业化讲义。诸如《敦煌遗梦》中大量关于佛教诸神以及教义的考订和梳理,它们出现在"小说"这种大众化文本中,多少影响了读者的阅读快感和兴趣。它注定是只能博少数同道会心一笑的,而不会被消费大众接受。她是那种能够根据题材的需要而自由择取各种叙述手段的作家,艺术触角不断在向多方面延展,徐小斌所讲述的所有这些故事都在一点上相同,那就是这些都是女人的,女性化的,女人的故事,女人的倾诉和寻求,女人在镜像和迷宫中行走的一生。

四、突围与困守或绝处逢生

在90年代的更年轻的一批作家陈染、林白、海男们的异军突起的女性写作里,同样也显露出女性在文化突围过程中的迷茫和守望的无助。陈染从80年代中期一直到90年代的一系列作品,如《无处告别》《凡墙都是门》《与假想心爱者在禁中守望》《破开》等等,孤独而执拗地行走诉说着女性内心生活与外在生存景况的断裂,在一条"绳索"般的道路上踽踽而行。"我一边漫无目的地行走一边回顾我活过的三十年里曾经有过的愿望:拥有一间如伍尔芙所说的'自己的屋子',用来读书、写作和完成我每日必须的大脑与心的交谈……拥有一些不被别人致意和妨碍的自由,可以站立在人群之外,眺望人的内心,保持住独自思索的姿势,从事内在的、外人看不见的自我斗争……”①

林白则以她卓绝不凡的勇气,以一种凤凰涅槃似的决绝姿态,优雅弹跳出女性话语的一次从容无畏的再生。女性读者多半会在她的“一个人的战争”里,读到一种自身骨与肉撕裂时的咔嚓嚓的凄绝音响。很难想象林白过后再以什么方式将自己重新组装。她是用如丝一般柔美华丽的女性“祈语”,来解女性生存的现世之谜。她的那些不合乎理性、反常规、超逻辑的写意方式,展示出女性之思的坚韧、惊人的魅力。“语言有非常多的可能性,它能够创造无数的现实,一些从来没有发生过的事情经由语言诞生,语言赋予它高大或细小的身躯,它们细微的绒毛在语言的枝杈上挺立……语言在生活与生活之外穿行,穿越生活又悬挂在生活的表面,它被语言的操纵者赋予各种各样的形体……在这个世界里,语言获得了独立的生命。”②多米、北诺、“致命的飞翔”、“子弹穿过苹果”、“守望空心岁月”……这些奇奇怪怪、扑朔闪烁的女人名字和女性形体,以及种种诡谲怪异的女人故事,全都借着语言的支撑而悠然建立。在这些涌溢而喷薄的语言之中,男权社会那些斑驳的秩序和生锈的禁忌一块块颓然剥落,如一阵轻风、一片树叶似的轻飘飘地在女性柔软的肢体和美丽的发梢上一滑而过,成为她们行动的底

① 陈染:《我的道路是一条绳索》,《红罂粟丛书·潜性逸事》,河北教育出版社,1995年4月。

② 林白:《置身于语言之中》,《林白文集》,江苏文艺出版社,1997年1月。

衬和没什么太大劲的助推力。但在结局之处，却往往又回到了故事的开始，女性叛逆性的回廊行走的尽头，却只是一次“寻父”行为的不期然实现。在一次次冲杀突围的尽头，在一回回撕裂之后的重新组合过程里，又饱含着许许多多的无奈和无着。

海男则是以一种女性呓语方式在生活的边缘松散随意又无比执着地游走着，来路不明，去向也无一定。有时可能是渴望一次私奔，有时则干脆什么也不是，痴痴疑疑，走的本身就成了目的。“梦呓”成了她手中自由的鼠标，借此她对生活全景进行随意预览、剪切、粘贴、复制、打印，不可理喻，不合规范，支离破碎，光怪陆离，视逻辑和传统如敝屣。她常常是站在女性欲望的顶峰上进行写作，转瞬之间又可跌入莫名其妙的失望谷底，简直是不可捉摸，混乱而又乖戾。她将属于女性的日常发散性思维形态表述得淋漓尽致。女性的迷思以及迷失，在她那里得到了充分的提示和展现。那些“人间消息”，那些“私奔者”，那些“情人们”，都不过是女人夜晚的梦境企望在白日虚假地实现。海男在她纯粹的女性思维里进行着大胆的话语实验和精神冒险，冒险带给她自由快乐，也带给男性话语规则以强刺激和冲击。90年代海男的一系列小说：《蝴蝶》《私奔者》《鼓手与罂粟》《没有人间消息》《圆面上跑遍》……都是以“迷走”和“逃离”为主题。女性在爱情中的“私奔”或“逃离”，是一种“在路上”的过程，特殊之处在于它并不追求结局。“苏修经历过私奔中的全部过程，而此刻，那个曾经与她私奔的人正带着另一个妇女在私奔的路上。”“私奔”构成一个循环往复的形态，美丽的女子雯、苏修、燕子，交替围绕跟随着一个叫江林的男人私奔、迷走。

苏修“一次次地在十多年的岁月之中一劳永逸地跟随那个男人——她真正为私奔放弃一切走在路上，她知道，对她来说，跟他在一起象征着真实，而真实是很可怕的——她慢慢明白在跟私奔者私奔的每一次路上度过的任何一部分生活实际上根本与她无关，因此她渴望在一个局外人的位置上观望私奔者的生活”。女性逃离迷宫，不断在路上仓皇“私奔”的意义在于，通过亲身参与，而明晓和洞察生存的真实含义。因此这“私奔”反而变得悠然了，成为一种快乐，并且，它在女性生命成长和性灵成熟过程中逐渐成为不可或缺：“第一，私奔的快乐就是建立一种新的意义，它是反抗一种不能令人满意婚姻的赔偿，私奔者通常是带着对未来的展望——通常是一种令人生畏的东西。未来对于私奔者来说往往是一个不许进入的禁区，然而，私奔者总是亲自到场，证明私奔者是一些幸福的人；第二，私奔者制造着事件，这是一种偏离常规的、无法解释的行动或事件，私奔者沉湎于一个跟他制造事件的男人或女人的怀抱，这是一种音乐的怀抱，让私奔者蛰伏在自己的小窗里，与世隔绝地度过一段时光。第三，私奔者们总是带着最好的诱饵出发，这诱饵是美色，是肉欲，是闪烁的星空，是沉醉的深渊等等。”因此读者可以跟海男一道，“在20世纪末的今天我同我的小说中的人物经历了危险和逃遁，经历了一个（破译）难解之谜的过程”①。

她的另一部长篇小说《我的情人们》则是一部“在路上”的小说，按作序人的解读，这是“一个女人跟男人们漫游的历史；爱情会

---

① 海男：《私奔者》，华艺出版社，1996年10月。

使女人们恐怖;爱情的主题是逃跑”。[1] 所有的场景都飘荡不定,情节线索模糊朦胧。结局或开始常是在梦中,隐遁、漂泊、迁徙,精神的漫游,徒劳的奔波,行路的坐标就是一个个与女主人公发生牵连的男性。那些男人是真实或虚假都不要紧,在他们身体的借衬下却标示出了女性的艰难成长。穿越这些个由男性围墙封闭起来的迷宫,女主人公在不断的逃离之中寻找着真实的自己,进而洞识自我和对方的肉身。在用过去年代的一组组诗歌(女主人公自己以及其他外国诗人所作)连缀起来的情节和诗意的篇章里,我们却看到了情节和诗意的支离破碎。那同时也是一面一直力图“钳制和辉照女性”的男权镜像的支离破碎。当女主人公将这些个“情人们”的事迹诉诸语言表达之际,实际上也就是将他们一一消解,宣告了那些爱情的破产和虚妄。

① 海男:《我的情人们》,中国文联出版公司,1994 年 8 月。

第六章　孤独的叙说

——女性个人与历史对话

一、长恨挽歌：一部“被叙述”的女性史

以“回望”和“追述”的意绪展现一部业已完成的繁缛历史，并从一贯的男性话语遮蔽覆盖之下呈现出女性的生存经验，这是90年代女性作家们的又一写作态势。那份女性自己的漫长的，又可说是幽咽的历史，是被挖掘、被叙述的，它断裂、破碎，并不能在既有的宏大主题叙事框架中被有序地连接。因而它靠拼贴，靠想象，靠语言的铺陈连缀，也靠女性叙事者个人的心情主宰和组合。它的姿态注定是孤独的，女性对历史的述说，有时成为女性个人的自说自话，是她个人对自己的诉说、个人对历史的诉说，其空旷的回声也只在她自己耳旁幽咽。风过耳处，女性的命运才在历史地表的深处缓慢艰难地上升浮凸：

> 每天早上，后弄的门一响，提着花书包出来的，就是王琦瑶；下午，跟着隔壁留声机哼唱《四季调》的，就是王琦瑶；结伴到电影院看费雯丽主演的《乱世佳人》的，是一群王琦瑶；到照相馆去拍小照的，则是两个特别要好的王琦瑶。每个偏厢房

或者亭子间里，几乎都坐着一个王琦瑶。①

这是王安忆对旧时代女人在形象上的精心策划和打造。当90年代女性写作思潮迸起的时候，笔者如同许多业内人士一样一直对王安忆抱有很大的期待，相信她不会放过又一次显示自己的才华、率先领跑的机会。作为一个贯穿八九十年代的资深作家，自新时期以来，历次新的文学思潮流变，包括知青文学、反思文学、寻根文学等等，都少不了王安忆的参与和介入，也许她不是起得最早的，却永远是总结得最好的。果然，她并没辜负读者的期望，在以长篇《米尼》《纪实与虚构》终结了自己在80年代的创作之后，又以一曲悠悠的《长恨歌》做了一次煌煌的女性发言，奠定了她在90年代女性写作中的不可替代的位置。若说前两部作品尚有纪实的亲历性，尤其是《纪实与虚构》中的女性史（或说是“母性史”）的追根溯源还有“走上了歧路”的嫌疑，是在“旁枝错节上追溯”，不经意之间追溯的却是母亲的“茹”姓父辈史②，那么《长恨歌》则纯粹是在理念和想象基础上铺排的一次女人生命情感史的语言操练。那个上海女人王琦瑶的一生化作了一座城，或说上海那座城便是这样一个女人的一生。这是一部“被叙述”的历史和女性史，我们过去所熟悉、所司空见惯的一种历史方式皆被她用王安忆式的叙事、王安忆式的幽情、王安忆式的将感觉诉诸理念而叙述重写了。这里无关乎革命，无关乎战争，无关乎政治与经济，而只是宿命，是劫，

---

① 王安忆：《长恨歌》，作家出版社，1995年。

② 《王安忆自选集之五·长篇小说卷·米尼》，作家出版社，1996年。

是流年，是女人情爱与心的流程。这里也无关乎他人，而只是王安忆心中对历史的感觉，悠长，细腻，婉转，一唱三叹，蜿蜒独行在历史与现实之间。

《长恨歌》以散文的笔调，以“做旧”的色彩，完成一次女性历史生命的钩沉。它更像一部长篇的散文吟唱，而不像血肉滋生的故事的讲述。女主角王琦瑶的出场是在这一系列精致的散文篇章铺陈之后：《弄堂》《流言》《闺阁》《鸽子》，然后才是《王琦瑶》一节。

《弄堂》：

> 站在一个制高点上看上海，上海的弄堂是壮观的景象。它是这城市背景一样的东西。

《流言》：

> 流言总带着阴沉之气。这阴沉气有时是东西厢房的薰衣草气味，有时是樟脑丸气味，还有时是肉砧板上的气味。

《闺阁》：

> 在上海的弄堂房子里，闺阁通常是做在偏厢房或亭子间里，总是背窗，拉着花窗帘。

《鸽子》：

鸽子是这城市的精灵。每天早晨，有多少鸽子从波涛连绵的屋顶飞上天空！它们是唯一的俯瞰这城市的活物，有谁看这城市有它们看得清晰和真呢？许多无头案，它们都是证人。

这些死的或活的东西都是女人出场活动的底衬和背景，因为有了这些濡湿、阴晦的历史缠绵或飞禽灵动，闺阁淑媛的亮相才会将城市一概妩媚。或许这也是女作家越过无数个年代的主流叙事延搁，潜心对张爱玲《金锁记》式的女性叙事传统进行研究后而做的一次遥远的风格上的续接。也许它又是“一个女人跟几个男人的古老故事”的翻演，其间当然地要融入这类故事发生所必需的一切要素：阴谋与仇杀，爱情与死亡，女人与男人，母亲与女儿，代沟的设立和拆解……一个女人四十年的情与爱，都从弄堂流言的尘埃阴影里，在鸽子翅膀和眼珠覆盖俯视下的闺阁之中发生、湮灭。它是从张爱玲之后的40年代的繁华落寞处而来，终至80年代王安忆所在的当下喧哗与躁动中覆灭。在男/女、母/女的纠葛，金钱/利益、生存/爱情的纠缠下，红尘落尽，终剩了毁灭。

好一曲“人生长恨水长东”的挽歌！

因它是吟唱女人和女人吟唱的，所以又别添了意趣和兴味。“女人象征一座城”之喻充满了具体可感性，虽因其背景年代久远以及叙事者极少节奏变化的“……是……的……”句式而使文本缺乏一个时代所特有的声、香、味、韵律，没有那个旧时代气息的缭绕动人，但王安忆换了一种视角和心情之后，以纯然女性观点对历史的叩询和审视仍然显得咄咄逼人。如其对单亲家庭母与女之间既相依为命又相互揪扯撕缠的“母性姐妹”关系的描述，即使是身在其中的亲历者也不会解析得如此清楚。王琦瑶跟女儿的男朋友关系暧昧，最后也是因其图财害命而撒手人寰。畸形的母女关系使她们母女一生总是横生枝节，两人的命数都变得极难断定了。

王安忆的理念极其强大，她那颗饱含智慧的高贵头颅，从遥远的高处俯视着天地人间，俯视她笔中的故事和故事中的芸芸众生。情和爱、男和女的纠葛在她的笔下都被处理得十分理性。她是这个时代极其少见和难得的能够用脑力来操练写作的女性作家。在她80年代的一系列书写中，不难看出时代的教化留在她女性身份上的痕迹，作为一个女性作家，对于自己的“性别”总是要小心翼翼有所规避。“性别”问题根本不可能上升为她所要思考和书写的母题，积极加入和投身于宏大的、经典的叙事才是写作中最着重要解决的。在男女的情爱书写中，王安忆也总是将爱情极力向心的方向铺陈、延展，在写作中基本上忽略本能。与其说是忽略，不如说是掩饰和极力地回避。她从不对或说很少对女人的本能进行渲染，她强调的是心理，是男女互动中的烦冗复杂的心理感受，甚至连做爱也都是用头脑和心去做的。所有女人肢体的语言都被她于适可而止和温情脉脉之间有意识地遮蔽和掩盖了。王安忆笔下的缠绵跌宕的恋情却常常有一种奇怪的净化作用，非但不会引起人的邪念和冲动，反而会把这一切念头都阻止和阉割。她在90年代另一部有意识的关于女性经验的中篇《我爱比尔》中，在对阿三这个痴心于艺术最后堕落为妓女的年轻女子的艺术处理上，更容易看出王安忆的特别之处。照常人之眼观视，一个少女从情窦初开到滑入深渊，外在契机在于被男人引诱，而内在根源有很大一部分出自本能，青春期的生理猎奇本能。青春期女性的本能往往在先，它会抢在头脑之前用本能的肢体代替语言来对诱拐进行回答，而不会有太细致成熟和烦冗的心理焦虑。而阿三却心思太细密了，一切堕落和返归的过程都是心的过程，而肉体仿佛还沉睡未醒。这就是王安忆的女性写作特点，避其“躯体”而就其“心灵”，在阿三身上铺排了又一次语言和头脑的智慧操练。她在80年代的丰厚的写作阅历和成绩已然成为伟大叙事之中的一个宏伟嘹亮的声部，90年代涌进中国的、西方女性主义者所倡导的女性“躯体的叙事”原则，极难上升到她及她这一代女作家的喉头上来，反倒是更年轻的60年代出生的一代女性书写者如林白、陈染、海男等接受起来更无障碍。显然不同于80年代书写“三恋”时的文化历险，90年代的《长恨歌》《我爱比尔》等作品的写作已经让王安忆做了最大程度的关于“女性”的自我撕裂及又一次只面对“大而化之”的笼统男权文化的“性别”上的历险。

在80年代末的一篇《弟兄们》里，单身宿舍里的三位年纪都不小的女子相互难舍难分，她们都有过诸如下乡插队等坎坷人生经历，并且眼下的生存境遇也比较糟糕。但是有了室友之间的姐妹情谊暂时作为慰藉，她们对生活还是满怀希望。生存赋予这几个独身女子的压迫，使她们彼此之间姐妹相恤情谊的发展，渐渐超出了一般，几乎成了相依为命的厮守和不愿分离的缠绵。她们希冀在未来的岁月中她们的友谊能像男人间的兄弟情谊那样绵长持久。然而生活并不能如她们所想的那样如意,三个女人之间经过生存的不断耗损和一系列闹心的撕扯后,姐妹情谊终于分崩离析,最终还是飞鸟各投林,进入自家丈夫怀抱,回到传统的家庭模式之中。王安忆也许意在探讨女人彼此之间的关系是否可以脱离男人和社会而独立构建的问题,但是本文隐约透露出的信息使我们有理由相信,王安忆对自己文中所设置的这种女人关系的态度是隔膜的、理智的、悲悯的、怀疑的、极度审视的,女主人公们本身的所作所为也是极度招人烦的,压抑的,令人厌弃的,到处给这个世界添乱的,与这个世界宁静和谐的秩序不相称、不相融的。几个女人间的故事本身是作为女作家对女性之间关系的一种省察而审慎出现。比之于同时代张洁的《方舟》中的几个女人的关系,二者在情感认同的态度上大相径庭。《方舟》是激愤的、撕破的、外扬的、反叛的、犀利的,也是凄厉的,是发自心底的也是与自身生命处境紧密相连的。与后来的陈染、林白作品中的同性情结相比,后者也更自然、纯粹一些,那种同性间的紧张微妙关系多半是天然的、与生俱来的、拒斥又吸引的、在心理上产生依赖的、难以落实到行动上的、战战兢兢的、无从下嘴的、说起来就脸红的一种女性先天性情感取向和微妙的心理体验。

无论是在对两性还是在对同性关系的书写中,一个强悍聪明、运作自如的大脑,构成了王安忆把握天地人间万事万物的有力支撑。王安忆以她丰厚的创作实绩,在当代无论是女性文学写作还是整体文学创作中都筑成了一座巍然耸立的高峰。她所标示的高度和厚重几乎是后来者所无法企及和逾越的。

二、孤独行吟:山水寄情

在对历史和现实关系的执意倾诉中,有一位在山与水之间孤独行吟者让人无法忽略和忘怀,那就是迟子建。年轻的、有如旭日东升般的迟子建,在历经了两个年代交叉考验之后,迅速成熟。而后带着一股喷薄而出的力量跳跃着升起的迟子建,是一名饱含着激情的,然而又是平和宁静的青春歌者。她以她悄声的歌吟为力量,带给我们对于人类性本善的坚定信念。

所谓孤独不是一种刻意,不是花枝招展的招贴和张扬。孤独是血脉里流淌的资质和禀赋,它以纯真为底色,无须浓墨重彩。孤独有了支撑就已足够让人不屈地行进下去。迟子建虽未被划入90年代"写实"的、"状态"的、"现实主义"等种种思潮中,但90年代的任何一种"写实""现实""状态"在她的写作面前都会相形见绌。她在90年代的写作正是以"回溯"的姿态开始的,形成自己的一个完整的女性经验系列:《庙中的长信》《原野上的羊群》《亲亲土豆》《白银那》《逝川》《雾月牛栏》《银盘》《日落碗窑》《逆行精灵》……这个在80年代从大森林里来的女子,进入90年代后,从"北极村童话"的"美丽的大固其固"和"白雪墓园"里走出,褪去了80年代的单纯稚气的童话色彩,一跃而幻化为90年代空茫缥缈的精灵的歌声。那是一个少女带着未经污染的人性灿烂,漫步行吟在山与水之间,用她不加矫饰、未经残酷打磨摧折的本真人嗓,面对自然旷野的一次次悠远、率真的纵声喊唱。真切的歌声犹如忧伤和感怀的风，穿透皑皑冰雪和料峭冰层的铠甲，氤氲升起在绿色森林稠密的枝头，遍洒下阳光末梢的温暖和透明。那又仿佛是洞箫和黑管里滑出来的呜呜圆润幽鸣，急起直落于大江大河岸边，只有峭立的山谷和空阔的水面才能传来空灵旷远的回应。

迟子建最擅长撷取那些纯自然的意象来构筑她眼里的人类世界，诸如一匹马，一群会流眼泪的鱼，一只牙都掉光了的老狗，嫩绿的青葱，刚从地里拔出来的白萝卜，散发香气的土豆花，醇香的雅各答酒，吃多了就醉的都柿，松树，野鸡，高大的木刻楞房屋，优雅易碎的瓷器，哗哗哗的解冻的江水，白雪覆盖的山林……所有这些普通的植物、动物和没有生命的物体，一到她的笔下，立即熠熠生辉，都像人一样活起来，又都像神一样蕴含着某种昭示。她的那些人物形迹出没在这样的氛围里，被自然山水洗涤、净化，一个个亮心透肺，有如神明。那真是别一方超越于我们这个饱受工业文明污染的水土，乐土造就出别一样的人，别一样的童话与精灵般的人生。通读她的作品，会发现迟子建孜孜以求的是人性的完美和本真的纯洁，而现代社会的道德和法律的禁锢对她构筑书中的人物的种种行为并无太大的关碍。

这真是一个困扰读者，也是曾困扰笔者的大问题。现代社会中，人类已经过于依赖和注重人自身通过契约方式建立起来的法律和道德，人必须感到对外在惩戒的忧惧，才能对内静敛自身，倒仿佛人们多半是明晓了外在律令的约束才不得已完善自身，而忘记了在这些契约之前的那些人性原初的善，原初的真意和美。那些优秀的品质究竟还能在多少人身上得以留存已经难以确认，但，至少，迟子建作品中对人情物态善意的处理让我们追忆起美好的远古和往昔。那些可爱的人无论多么艰难困苦都相濡以沫（《亲亲土豆》）；他们彼此的伤害原来是一场误会（《回溯七侠镇》）；他们的偷情只源于身体的需要，是使人神清气爽的洗浴剂（《逆行精灵》）；他们当中没有谁是坏人，没有谁是恶的，偶有想复仇杀人者却在集体同行的路上被一个孕妇的形象、被生命即将诞生的纯美而感化得放下屠刀（《逆行精灵》）；弱智儿宝坠的继父将他在牛栏上撞成脑震荡纯属无意，却反使他朦胧打量这个世界时恍若天仙（《雾月牛栏》）。迟子建提供给我们难以得见的人间温暖和爱意，那些人性的善良给我们今天日益污浊的工业文明提供了鲜明的反向参照，让我们羞惭，并促使我们在为生存而打杀拼斗的当口能停止尔虞我诈，而来做做良心发现的警醒。

但迟子建的善良和纯情也阻碍了她的笔触向人类的劣根性、向文明断层的痛处延展，使她不足以构成对当下文明危困和精神危机的有力冲击和挑战。该挑破疮疤、往人类伤口上撒盐的时候，她却不撕破那层人性温情脉脉的面纱，手腕轻轻一抖，就让过去了。这一让，就让过了惊心动魄的一种悸，让过了刻骨铭心的一种痛。《银盘》里偷盘子的姑娘，《白银那》里借雨灾哄抬盐价并因此而导致人死鱼腐的杂货店老板，《回溯七侠镇》里挑拨离间的该死男人……迟子建都在小说结局处抬手轻轻把他们放过了，不去兴师问罪，更不将冲突诉诸法律，而是求诸人类良心的自我发现与道德的自我完善。她只以善来化解人世间一切龃龉，让所有的矛盾都消融在一片悦耳的和谐当中。

而在她的另一个系列:《秧歌》《旧时代的磨房》《东窗》《向着白夜旅行》《晨钟响彻黄昏》里,则能听见一个略带沧桑和疲惫的女子对过往历史的执着追忆以及对既存现实的孤独诉说。

爹死娘嫁人的孤女女萝,在一睹南天阁的秧歌皇后小梳妆芳容的梦想中,逐渐从女孩成长为女人。“女萝被冻了脚指头的那一年冬天第一次去看小梳妆,没有看成,她想往后是不会看成的了。”女萝与作为巷人们想象中的传奇的人物小梳妆的命运交叠着在时光流逝的岁月中呈现。女萝摆脱不了小镇上女人固有的宿命,被爹一般岁数的磨刀人王二刀闯入宅内强行占有,未婚先孕之后被娶过了门,数月之后成了男孩会会的娘。而那个人们传说的美丽绝顶的小梳妆,则为了等一个有太太的男人回来接她,单身苦等了一辈子。小梳妆只是在人们想象中的“传奇”,在现实中,却是又一个“痴情女子负心汉”故事中的女主角。女萝跟小梳妆偶然在某个正月十五的夜晚相逢时,她已是一个“认命”的村妇,而小梳妆已是扭不动秧歌的老女人。她们两人在那晚的对话,仿佛是看破红尘后的女性人生谶语。小梳妆说:“我是多么傻,他并没有让我等他,我等了他一辈子,而他再回来时,我是一个老太婆了。”女萝问世上可有这么薄情的男人,小梳妆答:“没有薄情的男人,是有痴情的女子。”“人要活着就总得有个盼头才行,一年一次秧歌,年年都有盼头,日子才能过下去。”①“秧歌”构成双重含义:一年一次的秧歌,就是男人约定来接她之日,是小梳妆这个女人一生的盼头;一年一次的秧歌,也是女萝从小到大的盼头,她希望见到那个美丽的偶像

① 《迟子建文集 · 秧歌》,江苏文艺出版社,1997 年 1 月。

小梳妆。而作为女人在这男权社会中的宿命,在人生的某一点上相接时她们发现彼此人生大致是相同的,都是为男人或等待或服务的一生。在时光和流年的残酷打磨中她们都早已销尽了幻想。一如女萝娘从前告诫女儿的:“别到街上乱走,晚上闩好门,男人都是不可靠的。”“那女人们怎么还都要靠男人呢?女的最后不都是跟了男的,给他们生了孩子,伺候着这屋里屋外的一切?”女萝说。“娘没什么可说的了。自己跟别人送给后夫的那只肥羊没有什么区别,该宰就宰,该剥皮就剥皮,该吃就吃了。她还有什么脸面说女萝呢?”而女萝的想法是:“闩门管什么用呢?想进来的,总会有办法进来的。”在回望自己的人生之时女萝和小梳妆都认了一份女人的命。

而在《旧时代的磨房》里,“磨房”作为一个中心意象,承载着男人的恐惧和女人的悲哀。其中隐藏着的最大秘密,就是女人如水逝去的青春和被作为玩物的生命凄楚。因而年轻的四太太在结局处逃离这一处“磨房”的藩篱,作为对一种传统女性命运的告别。《向着白夜旅行》则是在一份时空交叠之中出演的“人鬼情未了”,男人化作了幽灵回来欲鸳梦重温,然而在共同向着“白夜”旅行的过程里女人却又时时面临背弃和欺骗,难以和解的爱令人憔悴又疲惫。女性永远都是爱情当中苦难和灾祸的承受者。

三、家园回望:梦魇无皈

对女性家园的回望,几乎不约而同成了 90 年代初女作家书写的母题。其时，正是一些男性作家“妻妾成群”的妇女历史生活故事讲述盛期之后。同期出现迟子建的《旧时代的磨房》、池莉的《你是一条河》，直至须兰的《武则天》《宋朝故事》《红檀板》《曼短寺》，赵玫的《武则天》《高阳公主》，王安忆的《长恨歌》，徐小斌的《若木》《玄机之死》，蒋韵的《栎树的囚徒》等等，也就不显得奇怪，讲述女性历史故事几乎成为八九十年代之交文坛的一股潮流。随着女性主义运动在中国内地的普及和发展，这样一种由女性自己来挖掘“女性史”的自觉女性写作态势仍将继续蔓延。

池莉的《你是一条河》，写作于90年代初期，在两代女性——母亲辣辣与女儿艳春、冬儿、贵子的生命长河里，“母性”经历了残酷悲戚的延续和凛然决意的断绝过程。辣辣作为一个没有文化、没受过文明熏陶的女性自然人，却能在一个男权文化经久教化与阴霾覆盖下，将“生殖”和“养育”视为女性一己的本能和天职。在与丈夫的不长的婚姻生活中，忙碌不停地生孩子，在三十岁守寡那年，已成为八个孩子的母亲。“辣辣从来没想过节育的问题，她认为只有做婊子的才不愿生孩子。”催逼她在饥寒交迫中活下去的动力，就是连母鸡都会做的“爱孩子”的天然母性。她率领孩子们从事家庭加工业，剁莲子、搓麻绳、拣猪毛，干最低廉的体力劳务，自己还不断地献血，才勉强领着几个孩子活过来。没有文化的愚昧，带来生存质量的低劣以及生存价值的低微。他们一家的生活环境肮脏，母亲对待孩子的态度粗鲁，教育手法粗暴，如同大多数生存在社会最底层的家庭一样，生命凭食色的本欲向前延续。

在辣辣为孩子而生存奔忙的一生里，几次跟男人遭遇的“爱情”曾给她带来瞬间暖意，她也凭女人本能非常知道利用他们来改善家庭生活：跟粮店老李睡觉是属于“为五斗米折腰”，在丈夫还在世的1961年困难时期，早已对她垂涎的老李送来十五斤大米和一棵包菜，结果她八个孩子中就有一对是跟老李怀上的双胞胎；跟追求她的小叔子王贤良是趣味不和，一介书生的脉脉情诗总无法使粗妇人开怀，她认为他帮不上她家生活什么大忙，但也没有坚决拒绝他，因为小叔子每月按时交来的五块钱生活费是一笔不小的家庭进账；与血站老朱头睡觉是为买通他以便加入“献血队”，同病相连的穷苦境遇使她和老朱头最后成了终生的朋友，因定期能献上血而使她“有了积蓄”。她之所以利用他们而不再言嫁，是因为她从做母亲的心理出发，觉得“这么一大群姓王的孩子，拖到谁家谁都烦，时间一长，她的儿女准定要受罪。另外，她也不想生孩子了。八个孩子，将来一家养她一个月，一年就去了大半了。不愁将来，嫁人做什么？哪个男人不是看她会生养，会做事？她可不是傻子，这辈子再也不供什么汉子在家当大爷了。王贤良也许不是粗人，可挑担水都喘大气，上屋顶拾个漏瓦都不会，哪是个男人，要他做什么”。而“所有男人都不知道辣辣的真实想法，凡送礼物来，不计多少轻重，辣辣一概收下，然后高高兴兴和孩子们吃掉”。

母爱让女人伟大，也间或使她蒙昧和昏聩。这爱使从小就偷东西的小儿子没得到应有的教育和惩罚，长大落得遭枪毙的下场；这爱使双胞胎之一的孩子死于疾病和肮脏；这份“以身作则”的母爱或“以身示范”的女性形象使得大女儿艳春也早早继承和沾染上了街巷口没文化的“小妈”似的粗鄙和粗俗；这爱也使得敏感早熟的三女儿冬儿反叛和愤恨,她决心要摆脱跟母亲一样的命运,一定要跳出这个循环圈。

在辣辣与冬儿母女两人间的较量仇视和相互体恤里,呈现出一份艰难曲折的性别或文化意识的苏醒和自觉过程。母亲是冬儿她们几个女儿的来路,她的以生殖和养育为业的沉重而又贫乏的一生,也可怕地指向了女儿们的未来去处。冬儿女性温柔纯美的文化心灵的启蒙,最早竟得源于叔叔献给母亲的抄自郭沫若《女神》当中的情诗。冬儿听了哥哥的当众朗诵,"她感觉波浪般的东西柔软地起伏在她胸口","唯有冬儿一人默默无声地接受着诗的陶冶"。待到她读了母亲从广场焚烧的书堆里偷回的一本《钢铁是怎样炼成的》,冬儿的人生道路就彻底被改变了:

> 在许多个深夜里,冬儿凑近窗户,借着路灯射进的光亮悄声阅读,她那十二岁的瘦小胸脯像一只共鸣箱,被书中的激情振动得剧烈颤抖。她握紧她的小拳头一遍又一遍揩去眼中的泪水,发誓将来决不像母亲这样生活,决不做像母亲这样生一大堆孩子的粗俗平庸的女人!①

家庭的愚昧丑陋,母亲的粗鲁肮脏、漫骂讽刺,母亲吐在她书中那口绿痰所表示出来的对文化的轻蔑和鄙视……都使少女的已然发蒙的自尊一次又一次受到刺激和伤害。终于,借助于轰轰烈烈的知青下乡运动,冬儿义无反顾地走出家门,远远逃离了愚昧昏

---

① 《你是一条河》,《池莉文集 3》,江苏文艺出版社,1995 年 8 月。

聩的母/女血缘之网，挣脱了做“自然女人”的宿命，在决绝的突围之中寻到了新生活的亮点。冬儿主动申请到最荒僻的农村，一去三年不回家，自称是个孤儿，并改名换姓“净生”，考取了大学，脱胎换骨，成了新一代有知识有文化的女性。莫要问女性家园的来路，或许那是女性心底深处永远的梦魇！若看前程，无归处，或许只是长亭更短亭。

同期回望女性家园的作品，还有徐小斌的中篇小说《若木》①。这是她继《双鱼星座》之后，又一部描写知识女性命运沉浮的力作。小说背景的展开，是在30至40年代，以主人公若木小姐十九至二十九岁的一段青春记录为依据。40年代的女大学生若木，家境殷实，养尊处优，然而由于父母感情不和，无亲情关爱，造成她畸形冰冷的心态，青春少女的眼中一派世态炎凉。十九岁时初恋偷情被母亲惩戒后，她越发性情阴鸷残酷。她逼充满生机的使唤丫头梅花嫁给四十六岁的光棍男仆，又在二十九岁时与母亲合谋，用种种手段拆散女友与其未婚夫，将其未婚夫攫为自己的丈夫。此后她的生命随之定型，婚后连生三个女儿，岁月在她八十多年的悠然掏耳屎的动作中平静流逝。《若木》的叙事风格承衔了30年代海派写作的遗韵。对历史的书写，对人物尤其是女性心理的把握细致而深刻。作者在冷静客观的叙事中并非要得出历史的结论，而是在从容描述一种过程，女人成长过程中必经的某种本质的裂变和阵痛。

在90年代女性对历史的重构书写中，须兰和蒋韵笔下碎片与

---

① 载于《人民文学》，1997年第3期。

想象的女性历史，则让历史在一片男性话语的暗哑枯燥中生出无限诗意。如须兰的《武则天》《宋朝故事》《曼短寺》，蒋韵的《栎树的囚徒》等。而赵玫则在《武则天》和《高阳公主》等对历史的回溯里，灌注了充沛的历史激情和诸多现代情感。

第七章　颠覆:作为一种文本策略

一、突围:作为一种表演

如果说,在80年代的刘索拉、残雪一代女作家们的“别无选择”式的“突围表演”中还有许多拆解男权既定游戏规则的故意反叛与刻意作乱的话,那么90年代的女作家们对男权性/政治文化的颠覆则纯粹是作为一种文本策略。此时她们借理性和感官上的日益成熟,以及多年来游走于话语边缘与中心的经验,窥破了一份人生的或说是中心文化的虚饰与惨烈,因而荒诞的揭破势在必行。首先对男权文明发难的多是一些在80年代就已成熟起来的女作家。而这之后的一些新人多半走的是一条远离中心的准自传式的女性私人写作的路子。这些成熟的女作家之所以能够在文化的中心地带寻隙宣战,不光是她们文学上的资格和资历使然,也是由于多年来“槛内人”饱经打磨的、深刻的冷眼洞穿。她们操纵着业已熟练的文学技巧,以深刻的隐喻书写着既定文化的隐痛,间或表达着一份女性多年来被一成不变的男权菲勒斯机制压抑的痛苦。

若说80年代女性写作还可看作是一种跻身男权文化的光荣,或是一种“花木兰”式的梦想的实现,其基本发生发展脉络还要受主流话语导引与约束的话，那么90年代的女性写作实践则是一种女性个人能力的展示和显现。其时的她们，不再胆怯而又战战兢兢地对既有的文学潮流和派别瞻望和趋同，而是注重表达个人对历史及现实的本质认识以及对汉语词汇的领悟和运用。一些敢于向惯有文明和文化发难和挑战的女作家，从新时期以来的女性文学的旗手张洁到风头正健的中青年女作家王安忆、铁凝、池莉，以至90年代异军突起的蒋子丹，她们无不以女性成熟的个性化姿态出现并展现魅力。90年代多元文化的时空给了她们表现自身智慧的最好机会，她们以成熟而自信的姿态穿行于主流话语之间。无论是蒋子丹充满自信潇洒地对男权文本的把玩与洞穿，还是铁凝、池莉作品中基于女性获救之路描画的性/政治文本的双重策略，女作家们都将笔触进一步逼向人性的本质，在尖锐的质问和无望的叩询中，执意寻找一丝审慎的爱意和自我获救的温暖。其间不乏惨淡，不乏壮烈，而更多的则是悲悯和忧怀。在90年代重重“新”与“后”写作潮流的论争以及各种各样“主义”派别的雾瘴喧嚣声中，女作家们的创作独立于各种公众传媒和理论评说之外，沿着一条边缘的路径潜心行走，并进而向文化的中心地带曲迂徐缓渗透，执拗揭秘解说着一部人性的或说是女性的心灵史。

依照一部男权文明史的惯有准则，女性的得救，无论是躯体还是心灵，无不依附于男权力量的拯救。一个永恒的男权性政治的神话覆盖在无数个“我们”的躯体和天空之上，引导我们以对他的屈从和受虐而希冀得到庇护。“性别支配是当今文化中无处不有的意识形态，它提供了最基本的权力概念。”[①]这里所谓“性别支配”并非狭义的性别本质主义，而是通过超乎整体文明的对文化实质的考察所得出的客观论证。女权主义思想体系的精神内核之一，就是力图推翻这种一贯的权力结构，将其自身的书写呈现为一种文化颠覆性的战略意图。“女权主义的批评对象一直是具有政治意义的：它寻求暴露各种男性化的实践活动而不是使之成为永恒。”[②]90年代内地女作家们的写作，正从另一角度印证了这种理论。张洁的《上火》《她吸的是带薄荷味儿的烟》，蒋子丹的《桑烟为谁而起》《左手》《绝响》，与铁凝的《对面》《午后悬崖》和池莉的《云破处》等等前后相接，形成一道序列，构成90年代女性写作又一道景致，在游戏般的对性/政治潇洒快意的揭破过程里，充分表达和证明了女性有把握男性文体的坦然自信与她们智性上的绝对超拔。这里游戏与颠覆共生，语言的犀利与文本的穿透性并存。张洁在90年代初期的中篇《上火》着实惹得权威话语上过一阵子火。一个民间研究团体“猛犸研究会”，却差不多具有了政府的全部职能，在其领导班子改选换届之际，其上层集团内部上演了一幕幕愚蠢可笑的人间悲喜剧。权力斗争的倾轧，内部人事的猫儿腻，在召开理事会和代表大会之前的绞尽脑汁的运筹算计，现场举手表决时人工操纵“后电脑”统计作弊；竞选对手唐炳业和武建新之间的明争暗斗、表面言和，他们各自家庭内部的混乱无序：女人吃

---

① ［美］凯特·米利特：《性政治》，宋文伟译，江苏人民出版社，2000年1月。

② ［挪威］陶丽·莫依：《性与文本的政治——女权主义文学理论》，林建法、赵拓译，时代文艺出版社，1992年7月。

醋、公公扒灰、媳妇乱伦……实在是写尽了一副性/政治文化压抑下的人格猥琐的丑态和嘴脸。这期间唯一还算得上人格健康的是一个老妈子潘嫂,只有她还显得诚实勤勉,敢爱敢说。

《她吸的是带薄荷味儿的烟》则更是一种对性/政治人格的辛辣的嘲讽。一个梦想发达的一无所长不学无术的年轻人,挖空心思欲傍上一个回国观光的华裔女富婆。于是他便按照《金瓶梅》和《肉蒲团》上的招法,频频写求爱信去,以期被海外富婆接纳。那个华裔女舞蹈演员在酒店豪华客房里接见了他,并用蔑视的目光冷冷剥落了他全部的遮体的衣服,就让他赤裸裸展现在灯光下,饱受女人言语和目光的羞辱。可怜他一米八二的年轻力壮的身躯,无法床上献艺,展现自己信中所言的"功夫"。女人冷漠轻视而又义正词严地训诫他,"年轻人,安身处世要凭自己的辛勤工作和努力,不要净想歪门邪道",并进而揭发他那个喜爱夸耀自己门庭的祖父其实是一个上海滩的小开,当年因为无钱而又想狎妓而被打瘸了一条腿。年轻人无地自容,过后只记得曾经接触过一个女人,她吸的是带薄荷味儿的烟。张洁对男权文化的揭露讽刺和挖苦,对男性粗鄙、堕落人格的讥嘲,已经到了剥落他们最后一层衣服的地步了。

综其本质,性的较量仍旧是人格精神的较量。女性因其精神上的独立和物质上的自立而日臻完善,又因其在男权文化中进退自如的自我心理优势而少受羁束,生命力便因此充沛,在与天地万物、宇宙自然的交接中旺长。以此可以回溯到80年代张贤亮的名篇《绿化树》《男人的一半是女人》,章炳麟的文化阉割症正是由于女性生命力的焕发而得以恢复。

在90年代异军突起的蒋子丹，以其一批自成序列的作品，也为这一时期的文本颠覆性写作开了先声。在蒋子丹设置的关于女性生命和爱情的故事当中，无论是女诗人黛眉之死(《绝响》)，还是女教师萧芒最终进退维谷的三种结局(《桑烟为谁而起》)，女性身体和心灵都难得善终。在《桑烟为谁而起》中，关于女教师萧芒成长过程的回顾，“初夜”和“贞洁”的观念既包含那个革命时代性压抑的残留，也是男权文明统辖下的对女性身体的残损。萧芒既要接受那个时代强加于女性的评判标准，在男人面前，在初夜之中要表达适度的惊惧害羞含情脉脉，同时她又必须在床上摇曳多姿，多方位满足丈夫的性快感和性心理想象。无奈，她只习惯于在熄了灯之后的“暗室”里行夫妻之事，以致在无趣和疲沓之中，不得不忍受丈夫在外边另有新欢。作为一个知识女性，在两性关系中，在一贯的性/政治的准则训诫中，她势必要给推入“贞洁”/“淫荡”、“乏味”/“多情”的两难处境里饱受煎熬。亦如埃莱娜·西苏对妇女文化命运的归纳：“写作将使她挣脱超自我结构，在其中她一直占据一席留给罪人的位置(事事有罪，处处有罪：因为有欲望和没有欲望而负罪；因为太冷淡和太‘热烈’而负罪；因为既不冷淡又不‘热烈’而负罪；因为太过分的母性和不足够的母性而负罪；因为生孩子和不生孩子而负罪；因为抚养孩子和不抚养孩子而负罪……)。”①他们将足够的罪责强加给女人，致使她们无论在既往道德意识上

① ［法］埃莱娜·西苏：《美杜莎的笑声》，《当代女性主义文学批评》，张京媛主编，北京大学出版社，1992年1月。

还是在日常行为上都瞻前顾后无所适从。窗外,那冲破一切禁锢的思想解放运动虽早已开了隆隆先声,但是,那种革命似乎永远指涉不到女人的内部生活,永远指涉不到女人自己的身体。在每一个平和的夜晚,在每一扇亮着温馨的橘黄色灯光的窗口背后,在每一间熄灭了床头灯的暗室里,大同小异的,最古老、最平常的命题永远在黑暗中,在男人的身下或身旁潜伏着,那就是——女人的身体。那是永远不能言说和无法言说的,也不能拿到光明处来议论的话题。其间已经不仅关乎技术和技巧,而是一个文化心理的制约和定式。同样的,有勇气的作家蒋子丹也笔锋一转,在将萧芒的丈夫处理成意外事故死亡,女知识分子萧芒意外得以从性压抑气氛中解脱后,她的话题却也随之转变,她并没有沿着身体的概念继续探讨下去,而是让她出走,让她重新遇上身强力壮的男人,还遇上心仪的青春年少的男孩子,让她再从理念上思考爱情问题,而不再对身体投入太多思考。萧芒的身体问题真正解决了吗?我们不得而知。只知女教师萧芒在其贞洁而受厌弃、奔放多情而遭欺骗的过程里,心灵不断遭受摧残和毁灭。逃离这时便成了她唯一的姿态。结局被设计成三种开放式的结尾,也就不奇怪了。作为一名女性,谁又能在现存阶段对自己身体的疑问清晰地给出答案呢?蒋子丹以及她同时代的女作家们最初正是从对女性自身躯体的认识着手,经由诉说躯体从蒙昧到苏醒的往事,想进一步揭示出女性心灵的自觉。这期间担当启蒙者的也许是男性,或许是女性自身,或许是一种外物或某种偶然事件。尽管情形各不相同,方式千姿百态,但结局大同小异,那便是诉诸男性的性别拯救的破产及其自身出路的虚无。

二、杀夫场景:恶之花的重现

90年代中后期,随着多元文化的建立,女性话语题材更加宽泛,她们对自身性别命运问题的关注愈加执着,对文化问题的认识和研究也更加深邃。基于性/政治文本批判意义上的女性得救的故事,艺术处理上也愈加圆熟而精到。池莉在1997年发表的中篇小说《云破处》,以及铁凝同年发表的中篇《午后悬崖》,无疑贡献了极有意义的女性主义文本。

《云破处》与《午后悬崖》谱写的都是一部恶之声圆舞曲。它们不约而同地选择了女性杀人作为构建故事的主体框架。它们无疑都宣告了女性的或说是人性的悲剧以及灵魂拯救的破产。一个不约而同的故事结果是,在对恶的惩戒实施过程里,作为言说主体的女性,她们的肉身和灵魂都不是得到圆满的飞升,而是进一步陷落。

提到女性书写当中的“恶”,令人想起80年代中后期残雪的写作,她的那些有悖于权威话语对女性书写一贯审美期待和审美规范的无端叛逆,从对人类个体形貌丑陋的津津乐道入手,进而揭破了人类整体心理阴暗的基本事实。残雪对强大的菲勒斯审美机制的颠覆效果是振聋发聩的,极具前卫姿态和先锋风范。作为大陆新潮小说的先导者,残雪行文走笔当中对于现代社会的荒诞生存还隐含着一丝愤恨和绝望的情愫。而另一个女作家刘索拉别无选择的嬉笑怒骂式的情怀放纵，则明确无误地昭告女性已有意识地脱离了男权既定的美感和诗意规范，不再纵身跃入其陷阱和泥沼。

到了90年代中后期的池莉和铁凝这里，女性对恶的书写和揭破，已经变得更加洞幽烛微，不动声色。她们那种穿透式的历史书写，以拒绝庇护的反叛姿态和无妄的冷静决绝面孔出现，已经无忧无悲，只有在穿透过后于风过耳的冷峭战栗之中令人感到一丝丝凄寒。当此际，她们所遭逢的因果循环睚眦必报的一部性/政治历史之中的恶，更硕大无边也更壁垒森严。她们必须攒够足以跟其抗衡的内心力量，才能以无畏的挑战和戳破姿态于文本中登场。在虚茫而又强悍的性/政治之恶中，那个在场言说着的女性的灵魂和肉体都摔崩了，几乎是四分五裂，找不到可以整合之处。

《云破处》是一个现代社会的杀夫故事。性/政治、复仇和宿命构成它的中心母题。多年前台湾地区女权主义作家李昂在其代表作《杀夫》里所写到的，穷女子杀夫仅仅是出于不堪忍受丈夫在生活中的频频施虐，《云破处》正相反，其中的一对小夫妻金祥和曾善美在日常生活中彼此敬爱互相尊重，看上去无比和谐与美满。凶险和杀机不是潜藏在他们的个人生活里，而是潜伏在一部性/政治历史的深处，千百年来它一直静静地潜伏，终有一天它会按捺不住作恶的欲望，自行步入现实的前台来明现真身，终将破坏人类所谓安宁幸福的生活。

女主人公曾善美杀夫，是因为得知了丈夫金祥是早年杀害她父母的元凶。而男主人公金祥幼年时的杀人动机，仅仅是出于嫉妒，一个山沟里的穷孩子对兵工厂里的城里人那种颐指气使的傲慢态度的嫉妒。这嫉妒化成无边的愤恨,促使他从阴沟里潜入工厂食堂并在他们的菜里撒入河豚的剧毒。九名中毒死亡者当中就有他后来的妻子曾善美的父母。

摒除表面的嫉妒因素,从其出身背景上考察一番九岁的男孩子金祥杀人的深层动因,金祥出生的那个地方是杀人者辈出的地方。因而金祥幼年杀人之后的态度漠然就有了陈陈相因的历史遗传上的依据。杀人除了暂时平息他心底的嫉妒之外,对他个人的生存并不曾有过多的影响,因为他的杀人无师自通而手腕高超。而另一方面,从道德良心上说,他的内心也从不曾有过追悔自新的念头,杀人对他而言并不是罪孽,在他思维当中一切都是理当如此,毒死掉几个人不过是除去了他的一块心病,消灭了几个在他生命成长过程中令他恼恨的仇家而已。他的心灵并且还从杀人之中得到快慰和踏实。

被害者女儿曾善美的命运却因父母被杀而彻底改变:她将独自承担由此而带来的一切苦难,五岁时成为孤儿,承受父母双亡、小弟也因此无辜而亡的痛苦;少女时代寄人篱下时又不得不承受姨夫、表弟奸淫之痛;成年婚后承担丈夫是杀父元凶的惊变和苦厄;她的身体在遭受过多蹂躏之后已经不能生育。读到此我们不由得要为作家精心设置的,历史上一切苦难和劫痛由女性过分担当而叹息扼腕。尤为让人痛心的是这种担当的无助和无望。凭借女性曾有过的美与善良,曾善美在道听途说了丈夫幼年杀人的事实真相后,还企图用自己的激愤自虐方式激怒金祥诉出原罪,她以为对方会为他罪行的暴露去自首或忏悔。结局却让她大失所望。

金祥对自己幼时杀人的事实显得理所当然、无动于衷且又言之凿凿，还以为妻子的行为是受刺激以后的歇斯底里。

作家就此对人类道德提出叩问，进而对历史提出质疑。当人性的卑劣已经至此，一切苦难的担当超过了女人所能承受的极限，当法律和道德都不能给这一切承受以一个圆满的解答和报偿时，就只好由女人自己出面，用她曾经善与美的手，实施道德的叩问和法律的审判，毫不吝惜地用刀子杀死了眼前这个男人。

> 曾善美对于由自己来承担消灭金祥的义务深感理所当然。总要有一些真正勇敢的人来为人类服务，来主持公道。

这是曾善美这个弱女子对自己杀夫举动的解释。殊不知她自己所认为的这个“主持公道”依旧是杀人，以杀人来偿还杀人，以杀人来抵消和反抗杀人。当历史和现实中的道德审判由女人来承担时，女性又仿照男人的权力文本，进行了一次成功的替代或说是模仿，她的杀夫举动成了男权杀人形式的仿制。女性无意间便落入又一次杀人历史的窠臼。历史的因与果链条环环相扣、胶合咬啮得如此紧密无缝、滴水不漏，它无情卷入和吞噬了周遭环生的一切人情，与一切世故。一部性/政治的历史建构在杀人的基础之上，它的显在逻辑是以胜负论英雄的胜者王侯败者贼，其隐含寓意则是由男权主宰的一部性/政治的暴力支配史的生生不息。

《云破处》上演的是两个人的战争。在一个狭小的凝滞空间里，时间却显得无限，空间也在向无限的横向和纵向深度延展。历史被从横向和纵向两个维度最大限度地压缩于一个精心布置的暗室之中。所有的枝蔓瓜葛都隐藏在暗室背后，于某个偶然的事件中显露端倪并进而迸发出激烈的矛盾指向，从而将历史本身还原。对比李昂的《杀夫》，池莉的《云破处》中的杀夫更加惊心动魄，其能指也无限膨胀，直至延展至我们现世生存的每一处角落。池莉设置的有关宿命、伦理、历史、现实、道义、性别等等的论题，几乎就是织出了一张因果轮回网，同时亦自行封闭成某种现世窠臼，没有什么事件不落入俗套，没有什么凡人能够逃离。她将整个人类的生存罩在一张虚无之网下，经由白天/黑夜、外表/内心 、善良/丑恶、制造/真实等等多重的二元对立转换，刻苦进行着人生以及历史的深层意义的求解，而最终在人类救赎之路的尽头，她却苍凉而又无奈地指出一片广漠的虚无。一如小说结尾时的反诘："是不是因为这个世界上有太多的人生来就模模糊糊，到处留下的都是语焉不详的人生片段，把他周围的人和事，把生活与历史都搅得似是而非了呢?"

如果说《云破处》中的曾善美还是个历史的受害者，她的杀夫本质上是由于受迫害之后的仿男性权力的施暴串演的话，《午后悬崖》中的杀人女主角韩桂心则既是男性权力支配的加害者又是被害者。强烈的嫉妒心(贫富悬殊的嫉妒，家庭出身背景不同的自卑的嫉妒)是促使其五岁时将同一幼儿园的小男孩推下滑梯摔死的外在心理动因。而其杀人的更深一层心理渊源则是来自普遍的憎恶男性，是自打其出生那天起就从母亲张美方的奶水里吸吮而出的对男人刻骨铭心的仇恨。那是更深一层的对于夫权父权施虐逼迫所产生的恨，从其单身母亲的遗传基因中一点一滴流入韩桂心的血脉中。

无论是女主角韩桂心那个心理畸形的单亲妈妈张美方，还是叙事者自己那个做官守寡的"市长奶奶"，她们实际上都在串演着缺席的"父亲"和男性主宰者的角色。市长奶奶对于其属下管辖区的控制（诸如一句话便勒令全市所有幼儿园都拆除滑梯），以及张美方利用职务之便对女儿犯罪事实的庇护遮掩（作为韩桂心五岁时从滑梯上推人的目击者，她一直以做伪证来掩盖事实真相并以此要挟控制住了女儿往后的生存），这一系列情节无疑都是出自于对男性权力支配的模仿。是受虐以后得以解脱之际，对这个男权社会颐指气使惯例的一种强烈报复。张美方以及奶奶都有过不堪回首的精神受辱以及肉体受虐的婚姻史。张美方因不堪忍受神经质的、人格萎缩的知识分子丈夫的毒打谩骂，愤而拖着怀有身孕的身子离婚。奶奶那个给地主扛长活出身的大老粗丈夫，常常在人前不给妻子以应有的尊重，在两人独处的夜晚还经常毒打妻子，以获取自己畸形的自尊和脸面。"白天谁怕咱，晚上咱怕谁"是其口头禅。这样一部性/政治强权支配下的恶浊历史，不造就出女人对性别支配的强烈反叛还能造就出什么？只可惜是矫枉过正，女性在反叛过程里重又陷入历史的循环，且以她们粗陋的模拟姿态使一部性/政治历史欣逢生机不断重演。

《午后悬崖》之中占有历史支配权的男性角色基本缺席，而在那些在场在位的女人当中，却充满了女性对支配权力角色的热情洋溢的反串。韩桂心与张美方畸形的母女关系，是促成其杀人的重要心理因素。母亲因其在前夫处受虐,便把憎恨毫无保留地注入女儿心中;女儿在潜意识当中继承了这种仇恨,才有五岁时可说是有预谋的杀人一幕的上演。杀人时她的母亲明明是目击者,却有意识地做出伪证。母女之间从此留下历史的嫌隙和纠结,在以后漫长的历史岁月里,母女间一直展开心理较量,互相利用对方的弱点,既想摆脱对方又惧怕对方。母亲以此控制住女儿的成长以及对其行为、心理的支配权;女儿的撒手锏则是复述杀人时的现场气氛以要挟其母,从而达到种种物质索取的目的,其间有她对母亲阴鸷的顺从,更多的则是充满了对权力庇护的反抗。而在一个权力支配世界中,女性的逃离和反抗基本上是没有什么出路的,女性对权力支配的憎恶和逃离,转而又以对其模仿而试图变成一种新的支配权力。其间,她们不仅使心灵因过度紧张而受损,她们还要承受女人身体上的种种苦厄。诸如张美方呓语症式的对小男孩从滑梯上摔死一案的唠唠叨叨的解说,她神经质的对于寒冷的惧怕,她那种疯狂收罗一屋子棉被的举动,以及韩桂心成长过程中心理发育的不健全以致婚后无法怀孕的肉体折磨……这些都足以令她们堕入不得解脱的深渊。

最令人意想不到的是杀人者韩桂心自我赎罪与拯救方式的异常。杀人者韩桂心成年后遭受的最大的惩罚,是她体魄健壮却一直不得怀孕,这让期盼子嗣继承财产的大款丈夫极其失望。为了给大款丈夫生下后代以保住自己大款之妻的富贵地位,韩桂心突发奇想要诉出原罪,将自己幼时杀人的事实如实告诉那个死者的父亲。“我终于找到了使我得以解脱的出口:我应该面对死者的父亲陈先生，告诉他1958年那个下午的全部真相，告诉他让他难受让他恨我。只有他恨起我来我才能真正解脱，我解脱了或许也才有可能怀上我丈夫的孩子。告诉他，我决心要告诉他。”然而她将原罪诉出后终也未能得救，还险些被认为精神不正常送进精神病院。历史又要将道德审判强加给既受害又加害的女方。历史又在女性的天空之上架设起一张疏而不漏的恢恢天网，女性的获救和挣扎，其结局不过是又一次的落网。

《云破处》和《午后悬崖》的作者不约而同地将不能怀孕描写成对一个女人最严酷的惩罚，这也是源自一个性/政治统治文化中心对人，尤其是对女人进行惩戒的最基本模式。“身体”的问题在这里被鲜明地提了出来。女性若想在这个世界上安身立命，她的一个最基本的世俗功用就是要用身体替男人、替这个世界上的主宰者繁衍子孙。女性的身体从来都隶属于他人，自己并没有可自行支配的权利。一切的妇女解放的最初源泉都是源起于女性对自己身体支配权的夺回。上苍对她们实施的不能生育的惩罚，在他们的看法当中，无疑是所有惩戒之中最严重的，实际上等于宣告这样一具身体的无用，不具备最基本的价值和使用价值。传统中国社会的所谓“不孝有三，无后为大”，其惩戒并非针对男人，而是专为女性，蒙此垢辱的女人，其最后结局能得到一纸休书被迫与男方解除婚姻关系的已是善终。

《云破处》与《午后悬崖》的两位作者在诉说或说是设计这样一个事实或结局时，表情和语态多显平静，并没有对这种刑罚本身表示出完全的愤慨。或许在她们的意念中认为如此之“绝后”对夫权的打击，比之于对女性自身的打击实则是更酷和更烈？无论如何，作为一名女性读者和研究者，笔者的悲苦和同情都倾注在苦难的承载者——那些无辜无助的女性身上，并有理由为权力社会下女性的灵魂和肉体的无端陷落和受罚而感到悲怆。

对文中的那些女主角自身来说，有没有子嗣确实对自身的生存和日常的活动无妨，但是对于处理夫妻关系却至关重要。对于曾善美来说，无法生育既是她被姨夫表弟奸淫、摧残折磨的见证和后果，亦是她后来报复杀人犯丈夫金祥的一个撒手锏。虽然在真相未曾暴露之前，她也是辛苦勤勉地服药治其不孕症。若不是由于某一天她无意当中得知丈夫杀人的事实真相，她还会将这一服药治病的过程勤勉地进行下去，不会想到用其来当作变相的复仇。而对于《午后悬崖》中的女主角韩桂心而言，给大款的丈夫生个孩子已成为生活的中心问题，孩子便是一条纽带，是维系其基本家庭地位的关键。这也是构成整篇故事的因果：不孕—求子—诉出原罪—得到赦免—得子—维持家庭关系。

其间我们不应该忽视《午后悬崖》中作者设置的重重对立，铁凝有意在圣洁与丑陋的对立气氛之中寻找出路，以完成她对于性/政治支配的毫不留情的解构。这里已不是纯洁的穿着没有纽扣的红衬衫的小姑娘安然，也不是纯净如歌用鸡蛋换铅笔盒的香雪，不是宁静的乡村小站，不是美丽如画的大自然……而是富庶而又恶俗的大款富婆，是老女人小女人的无端恶作和变态，是遍撒矫揉造作眼泪的殡仪馆。这一切已足以令菲勒斯审美机制的权威话语感到惊愕，发出喟叹。回顾铁凝的创作，她在风格上的转换似乎进一步印证了戴锦华女士的观点:"似乎心照不宣地,多数女作家所采取的共同策略是,以一种得到认可的'女性'方式开始她们的写作,那是所谓'清丽、越轨的笔致',是一种不至于冒犯'常识'特质,一种细致和典雅。作为一种必需的贡品,这是女作家的入场券。……这是一种被迫的策略,它同时是真实的女性渐趋自觉的心路历程和精神传记……当女性仅仅是写作者的性别身份与风格特征时,当她们化装为男人——当然应该远为细腻、优雅——而写作时,她们的作品将得到不一样的尊重与赞美,如同珍爱、赞美一株株奇花异草;而当她的作品作为女性自陈,其中对女性真实生存境况的描述、女性作为话语主体呈现一种颠覆,至少是异己的力量时,它就无疑将面临公然的敌意、非难,而更为深刻的是一种漠视与轻蔑。"①

女性扬出的如此之恶声,并非简单的伤害/复仇式的阴鸷的个人恩怨直陈,也与书写者个人的现实处境,与当下直白的生命形态无关,而是更阔大久远,其能指的涨溢之处,直戳一种以性别支配为基点的文化权力的弊端,触逼到广泛的人类形而上的思维形态。从这一点上说,其所指也已经跟性别脱离了干系,跟一个作家是男是女也已经没有了瓜葛,而只跟写作者的智识和胸襟有关,跟作家对人类所赖以共同生存的这个世界的关怀程度有关。因而,我们在触目惊心掩卷之余,才会深深地陷入思索,细心查考女性发出诸种恶声的文化动因和心理渊源。

---

① 戴锦华:《大陆女作家的低语与恶声——王安忆、铁凝、张洁等作品中的女性获救之路》,《中国时报·开卷》,1993年3月12日。

三、牺牲与献祭：含情脉脉水悠悠

同样，从性/政治的角度入手解读铁凝的《秀色》，其文本便呈现出无限开放性，并同时指涉出多重关于性别和政治的含义。这亦是一出得救的故事，它源自阳物主导作用的张扬。故事很简单：一个贫瘠、干旱的叫作“秀色”的小山村，水的缺乏已经严重危及村民的生存。围绕着打井取水，展开了一代又一代生生不息的奋斗故事。其间让人惊心、感动的，是秀色村女人们的以身体为代价，为打井而屈身向打井的男人们奉献的情节。这样一种献身，既非简单的古战场“慰安妇”的模式，又非历史上循环往复发生的“化干戈为玉帛”“和亲”等诸种以女人身体为筹码换取经济或政治利益的形态，而是现时之意识形态模式与男权文化历史之“舍身取义”崇高意向结合在一起的某种新的范式。

“打井”在本文中作为一个中心意向，蕴涵有多重隐喻。“井”既是实际之枯竭之井的称谓，又是秀色村的女人干渴锈旱之身体的代称。传说中，由于秀色村人祖上对于水龙王的某种忤逆，生命之泉眼就被阻塞枯竭了。村人的生存遭到威胁，女人们的脸孔身体也一律因着无水洗涤而腌臜、而模糊。她们实际上已经因此而失去了性别。“井中之水”就成为世世代代的一种生存期盼以及秀色女人生命活力的一种象征。生存的意义及性别的指向这时也全系附于一泓井水之上。

此时便需要有人来将其“打”通。不仅是疏通生命之脉，也是疏通秀色村女人们的性别。秀色村的男人自己担负不起这个使命，缺水的危机已日夜耗尽他们的内存，他们的性别也日趋委顿。希望只能是投注于外援力量上。打井队员们进村了。秀色村的女人开始呈现她们原始的英勇。张二家的婆姨那一辈女子，为挽留打井队员长期驻扎直至在井底打出水，不惜以身体为井。她们准备这样献身的时候，只是英勇，只是妖娆，而无羞耻，而无惭愧。没人能体会她们此时的一份既庄严又酷烈的心理感受：

当晚，张二家的砸开桦木水橱的铁锁，将木桶里的存水挥霍一空，把自己洗了个通体透亮……另几个与她有约在先的媳妇，也都砸了自家水橱的铁锁，仔细洗过自己。然后，她们相跟着出了家门，拥进了打井队的窝棚。

她们进得窝棚，像高空的霹雳，像沟壑里的野风，像乱坟岗上擦着荒草飞翔的幽灵。她们的突如其来和这突如其来的一身光彩令窝棚里的男人猝不及防。……水把张二家的涤荡得如此夺目，像山妖，又好比丛林中面颊丰饶的仙女。她脱掉四蓬棕织出的花格布罩衣，露出洗尽泥垢的健硕的胸膛。她整个儿地俘虏了打井队的头把式……“只要你给我们打出水来，只要你给我们打出水来！”她在他的身子底下大义凛然地说。

打井队的其余人，掳走了其余的媳妇。

献祭和牺牲行进至此，性质似乎已经有了某种转换，已从悲壮中约略体味出了快感和愉悦成分。在此主动的庄严献身过程里，她们从被动受虐中一度体会了自己是个有用的女人。这个“有用”包括身体和精神上的。她们以为自己心甘情愿的身体奉献，便可以引动和换取自然之井水的汩汩流动。她们对自己的身体一度有了新的认知。女人身体的通透/自然之井的通畅，二者恰在此际鲜有地应和。作者借“井”之喻巧妙嵌入一处“天人合一”的理想(假如她不是反讽的话)。而来搅动这一理想的杠杆便是强大的阳刚菲勒斯棍棒。基于此，便可以使秀色村女人们主动献身的举动得到基本合理的解释。

然而“天人合一”的梦想并没有成为事实。事实是打井队的每一次进入，都在秀色村的女人身上和井身上使绝了力气，然而终究是打不出水。作者在此处诘问出，古老的阳刚生殖崇拜论在现世生活中能否全面应验的问题。直到共产党的打井人的出现，此命题才得到最终的解决，只有他们才真正为秀色村人打出了水。在此艰难的打凿穿击过程里，历史又一次想伺机循环往复，张二家的后代大姑娘张品又企图重蹈母辈的献身动作，她跟她母亲当年一样，是亢奋的也是奇异的，同样用家中仅有的水把自己洗濯得妖艳一新，满怀一种叫作“壮烈”的豪情前去对李技术献身。共产党员李技术始终坐怀不乱，不曾去戳打这口井。他抵抗住诱惑，红着眼睛激情出走，将力量转移，将全部气力扑到山中去打井。

李技术率着打井队疯了似的打井……冲击钻狠狠地刺向井的深处，每刺一下李技术就在心里说：这下是为张品的！这

下是为张品的！这下还是为张品的！这下还还是为张品的！这下还还还是为了张品的！他没有想过这一下下地为着张品有什么不妥。

怀着此种激情，一下一下为张品打着，也仿佛一下一下打着张品。他们在山上不停断地打了九九八十一天，终于把井打出了水。答案就此书写完毕。“井中之水”的命题得到妥善解决。没有人会怀疑作品中多种意向的交相缠绕。性/政治，阳刚/阴柔，传统/现实，崇拜/拯救，期望/虚妄……诸种二元对立的矛盾都在篇中出现，以女性书写的方式得到巧妙的和谐与统一。神话的结局：李技术在打出了水，站在高处冥想着张品，冥想着对公众做一次宣言的时候，不慎跌入悬崖牺牲。祭悼他的方式就是，秀色村的水被张品命名为“秀色·李”，注册商标出售。

作为一种对于男权性政治的反策略，作者的书写在此意义上获得了成功。铁凝一如既往，又“将颇为惨烈的人生，女性的荒诞喜剧呈现在一个女人的满怀悲悯的微笑之中”①。

如果说80年代的女性写作还可称为是诗意的、明喻化的时代，诸如那些深受权威话语赞美和倡导的作品，包括张洁的《爱，是不能忘记的》、王安忆的《雨，沙沙沙》、迟子建的《北极村童话》《美丽的大固其固》、铁凝的《哦，香雪》《没有纽扣的红衬衫》、张辛欣的《在同一个地平线上》《我在那里错过了你》等等女性歌颂爱情

① 戴锦华：《大陆女作家的低语与恶声——王安忆、铁凝、张洁等作品中的女性获救之路》，《中国时报·开卷》，1993年3月12日。

和自然的诗篇,还仅仅是“女性作者的细致的观察和越轨的笔致,又增加了不少明丽和新鲜”的话,那么90年代的一系列女性写作篇章,张洁的《上火》《她抽的是带薄荷味儿的香烟》、蒋子丹的《桑烟为谁而起》、池莉的《云破处》、铁凝的《午后悬崖》《秀色》等等,则无疑宣示了一个女性反诗意的、反传统的,理性更加高超,智性也更加高拔的女性写作隐喻时代的到来。隐喻是构成诗意想象的主要来源。它要比简单的明喻更灵动,更需要艺术上的创新勇气和文化上的深邃感悟。“最伟大的事情是具有运用隐喻的能力。这种能力不能仅靠别人传授,它亦是天才的标志,因为创造出好的隐喻意味着要有洞悉万物的眼睛。”①女性作家们通过这些隐喻,传达出一个归途隐在、神话破灭、无法获救的母题。作为女性,尤其是一个知识女性,越多地掌握一套男权文化的准则,反而会越受困扰,她因不愿随波逐流俯首就擒而感到痛苦,又因反抗总是换来更多的忧心和麻烦而倍感无奈,知识女性的命运因而就显得更加迷茫难测。在反叛和挣扎的过程里,她们的灵魂终将无法得救,却又印上了深深的重创。一切的反叛终究没有圆满的结局。

① 阿瑞斯托勒:《论诗和优秀艺术》,加尔各答,1974年。

第八章　现实一种

一、穿越城市

不难看出,90 年代的女性写作中绝大部分书写的都是一份“城市故事”。这不单是由于女性书写者们自身的身份(她们之中多半是出生和成长于城市,多为城里的专业作家、报社记者、杂志社编辑、大学教师、科研所学者等等),她们所置身的十分熟悉的城市环境使然,同时,亦是由 90 年代中国现代化进程的推进,政治经济生活的中心迅速从农村向城市转换的外部格局所导致。除去个别身份特殊者如“极地之女”迟子建仍在执意诉说着那个远离工业文明的北国森林和江河水滨发生的故事,远在高原云南一隅的海男仍不知疲倦地在少数民族文化圈里四处痴迷“游走”之外,女作家们的故事架构基本上都是在城市内部展开。80 年代那些书写寻根文学“小鲍庄”、书写“三恋”、书写“三垛”“香雪”的王安忆、铁凝,在 90 年代的目光也越来越瞩目于城市,而且是以一种强烈自觉的性别意识打探、揭破或说是解构着“女性”行走于其中的城市历史。用自信而又略显疲惫和沧桑的目光,穿过城市腹部巨大男性主宰的真空地带,顽强拓展着一份属于女性自己的壅塞和狭长。而另一些女作家如蒋子丹、张欣等等则陡然间在八九十年代交替之时异军突起，以一份女性的明朗犀利和成熟后的温文尔雅来探究和打量一座巨大深邃的历史之城，在颠覆和戳穿商业化男性城邦尔虞我诈冷漠面孔之时，努力从中探究和寻找出一份城市“姊妹之邦”中仅存的暖意和温情。

在关于“城市”的历史油画图景的构设描摹当中，无论是从“对面”游戏般的蜻蜓点水的窥视浅涉，还是从高空或历史深处浓墨重彩的俯览探究，女作家们这幅“无雨之城”里的主角多半是由女性担当，“爱又如何”“恨又如何”的“长恨歌”也总要由女性来唱演。80年代后期以“新写实”而著名的池莉等，在90年代里则于商业城市的“来来往往”之间，“暗示”和书写着一份大众传奇之中的女性之于情爱的背负和逃离，渴望和昭示着一份以城市人情沙漠为背景的、男女相恤相守的“绿水长流”式的人间情谊。另外一些作家如徐小斌、陈染、林白等，则走进城市的“迷幻花园”深处，执拗地自我禁忌与守望在“一间自己的屋子”里，于“破开”般的镜框断裂处艰难寻找着女性生命突围的路径。更年轻的一代如赵凝、张人捷、姝娟、周洁茹等女作家，则于悬浮般的游走和漂流之中，执意倾诉女性成长的奥秘与个体生命被异化或同化的辛酸。①

刚刚在《玫瑰门》中结束清理了女性童年的记忆，书写完一部酸楚而残忍的女性心灵成长史后，铁凝却陡然间在90年代甫一开

① “城市与女人”这个话题的提出见之于《作家报》1998年3月的迎接“三八”妇女节的女性写作专号：《城市与女人——中国当代女性文学四人谈》，谭湘、丹娅、戴锦华、荒林，《作家报》，1998年3月5日。

张时，在与“布老虎”等丛书商业策划的结盟中进入了对“无雨之城”中的男女情爱的操练和戏仿。《无雨之城》①记述的是小城中的女记者陶又佳跟男市长普运哲一段尘世情缘。这是一个身心成熟健壮的女人给无知懵懂的男人爱情“发蒙”的故事，它已经超越和摒弃了女人被动地等待男性“驾幸垂怜”以致最后被男人“始乱终弃”的古典模式。自主自信的女性，美丽成熟而果敢，她以其生命情怀的奔放和文化上的无惧，在精神上和肉体上照亮了一个在性/政治社会规范下怀有“阉割”恐惧症的“当官的”男人，教会了他对于生命之美的正视和怜惜。而当男人从这所“好学校”出徒毕业以后，却不肯停留其中，又身不由己地委顿下来，披上道貌岸然的外衣和一幅人格面具去寻找自己人生价值的实现。那原本是男人在他们自己所属文化里的既定宿命，他们基本上也是同女人一样别无选择。而对女人来说，这一具饱蘸生命力的“躯体”，缺乏了男性的爱情滋润以后，却又不啻是一个“无雨之城”，是一座死寂的空城。女人可以笑傲和俯视那一种男权文化，却同时也要间接承受其给自身生命带来的苍凉和苦楚。在看似淡然的对人间情事的俯视与轻快书写过程里，铁凝在所操练的人物身上却不由得充满了悲悯和同情，它既是为男人，同时也是为女人自身。

《对面》②选取了新的叙事点，叙事人采取了故意的、有点恶作剧性质的反串男角出演。作者精心设置了一系列对女性的“他窥”情节，这令人对男性阴鸷心理感到厌恶，同时亦能看出他们良心自

① 《无雨之城》，《铁凝自选集·告别伊米》，作家出版社，1997 年 1 月。

② 《对面》，《铁凝自选集·告别伊米》，作家出版社，1997 年 1 月。

我发现后的些微忏悔。“我”因逃避人高马大的讨厌的女友的追逐及躲避有洗生殖器洁癖的男室友的龌龊而住到仓库里来，不期然在黑暗中发现仓库阳台“对面”住着一个优哉游哉、风情万种的中年女人，她在自感无人能看见的安全地带，常常随意裸着健康的胴体在自家厨房出出进进，还频繁地轮流跟一个高个男人和一个矮个男子在家幽会。“我”觉得新奇而刺激，不断躲在幽暗处偷窥，渐而喜欢上了那个女“对面”，并对长相粗俗的矮个男人产生莫名的反感和仇恨。在某日“对面”与矮个男人行将做“好事”之时，我却不怀好意地突然间点亮事先预备好的共500瓦的几个大灯泡并将录音机音量大开，“对面”那位三十九岁的女游泳教练蓦然受了窥视者的惊吓，不幸心脏病突发而去世。“我”因而深刻反省：“无论如何我摧毁了一个女人最后一个个人的角落，我又庆幸我的确亲眼见过一个女人生活中最真实的片段。她使我领略到人在逃离了人类注视时那份无可比拟的自如的魅力，她在无意中教我学会了欣赏和疼爱生活中那些不为人知的自然。这一切其实是从她的背后而得，虽然她每天与我面对着面。原来人类之间是无法真正面对着面的。”城市到处布满了窥视和无端暗害的陷阱，个人的所谓自由自在都是虚妄的。人在城市里无处可逃。尤其是女人，更是不自觉地在一个个男人的“窥视”之下，无缘无故地就成了牺牲品，死后连凶手是谁都不得而知。对从“对面”而来的“窥视”的揭示间或也成为对男人欲望的讽刺并道出身为城中女人的不幸与悲怆。

《安德烈的晚上》①更具时代色彩和荒诞意味。它的发表时间

① 载《青年文学》，1997年第10期。

已是90年代后期,在商业经济大潮冲击下企业工人“下岗”成为一个时代的关键词之后。罐头厂的老工人安德烈,在下岗离厂之前想要了结平生一个夙愿:跟厂里也要下岗的、十分默契要好的女工姚秀芬有一次幽会。这是他平生第一次跟除了妻子以外的女人幽会,并且这也将是对他们二十年来同厂共栖情谊的一次有意义和有意味的告别。他鼓足勇气说出心愿,赢得姚秀芬的同意和赞许,又费尽心机从朋友处借来幽会房间的钥匙。他和她都知道到了那里将会发生什么,激动不已气喘吁吁之时一次生命力的燃烧和爆发已经迫在眼前。但是,由于心情过分紧张,也由于那一排50年代的苏式住宅区建筑格式一模一样,致使老工人安德烈牵着他的情人姚秀芬的手在楼区里转悠,却无论如何找不到朋友家的那个房门口。急迫之中他们还用钥匙去捅错过别人家的门,差点被当成不轨之徒给吼出来。在盲目寻找中借房子用的三个小时已到,结果这第一次也是最后一次幽会终于没有幽成。在铁凝轻松俏皮的语句描述中,生存的荒诞无奈和底层小人物的艰辛,十分令人心痛和怅然。贫窘困顿的生存与城市格局的过分模式化,间或成为另一种对人的个性自由和生命力的阉割,它不但使激情难生,也使爱情无归和难再。

大众传奇之中的城市情爱书写,对于90年代商业大潮冲击下的城市而言,有着特殊的痛楚失落与荒诞无稽意味。池莉的《你以为你是谁》《午夜起舞》等多数作品中,残酷的市场竞争和商业大潮突起的变革年月里,每个人都在重新寻找自身生存的位置和经历对自我价值的重新认定,过往的一切都随岁月烟消云散,但一丝丝人们彼此相爱的温情,却给城市留下些许亮色和温暖。《你以为你是谁》中百遭商业战场摧残的陆武桥和情人宜欣在最终分别之际悱恻缠绵,两人一起到菜市场买菜,回到家里甜蜜地做饭,温柔地、不停地做爱,"由于两人的柔情蜜意,诗情画意便从最琐碎的日常生活中腾腾升起,像电流一样形成了一个磁场,使这对情人超凡脱俗地度过了世俗的吃喝拉撒的很平常的一天"①。情人相爱,恍然一日胜过千年。短暂的销魂幸福抵消了城市带给人的疲惫忧伤。《让梦穿越你的心》(又名《心比身先老》)中,身心疲沓的城市人在雪域高原异族人群里寻找到了人类远古的活力和心灵的虔诚。一个跟朋友一起进藏旅游的汉族女孩,不巧在高原上患了感冒无法出门。她的那些同来的城里汉族朋友却作鸟兽散,各自去旅游景点游玩,留一个病女孩在旅馆里空守。萍水相逢的善良的藏族小伙子加木措为她叩一夜等身长头求神保佑,果然她的发烧不日即痊愈。那个叫加木措的骑手、英俊勇武的康巴汉子,将城里来的汉族女孩康珠带上骏马,扬鞭驰骋草原,让她圆了蛰伏在心底的被白马王子掳走的古典梦想。城市生命的疲惫委顿、自私无稽,在高原人勃勃生机和开阔心胸的映照之下更显灰暗和颓唐。

《来来往往》则书写了城市之中历史与现实关系之一种。跟《双鱼星座》所讲的"一个女人与三个男人之间的古老故事"正好相反,《来来往往》写的是"一个男人和三个女人之间的古老故事",它讲述了一个叫作"康伟业"的男人在三个不同身份的女人身上的艰难成长,在有限的时空和情节中,几乎浓缩和涵盖了中国近二十

① 《池莉文集·1》,江苏文艺出版社,1995 年 8 月。

年来的社会变迁。池莉以轻松语调书写了一部商业化时代的大众传奇，展现了这个时代人们一种普遍的疯狂与倦怠。

小说开宗明义，“好多男人的实际人生是从有女人开始的，康伟业就是这种男人”①。它简明扼要告诉我们的是，又有身心发育不健全的男人要到女人的身上、到女性的“躯体”内部来上课，来完成一个男性心智的恢复和生命膂力的训练了，一如《绿化树》《男人的一半是女人》之中性/政治背景下男性的生命力要靠在自然中旺长着的健康女性的疏导和柔韧的肉体扶助才得以治愈和恢复。男人/女人，阉割/复苏……这是同一个母题的书写延续和视点置换。不难看到，男性作者张贤亮笔下的为男人出过大力的那些女人，在男人过了遭难落魄时对她们痛哭流涕真诚感恩的劲儿后，普遍受到“阳物复苏”的知识分子男性的万般不屑和文化鄙夷。而在《来来往往》之中，男女主被动的角色却相互置换了，男性是被动的对象，被启蒙、被放逐、被遗弃……而启蒙或放逐遗弃他的，都是自信自主的女性。

有着知青经历的贫民出身的男人康伟业，在从 70 年代的冷库扛活的穷工人，晋升到 90 年代合资公司的阔老板的过程中，遭逢了三个造就他的女人：结发妻子段莉娜，外资企业的女秘书林珠，二十岁的“愤青”小女孩时雨蓬。出身于军人高干家庭的段莉娜，是康伟业人生的第一任女老师，是她凭借家庭的助力，让康伟业在当时的穷困情境下，完成值得荣耀的“入党、提干”的“鲤鱼跃龙门”的过程，从做苦力的工人一跃而升为干部。并且，还是在段莉娜的

---

① 池莉：《来来往往》，《十月》，1997 年第 4 期。

身上，康伟业完成了从一个毛头小伙儿到一个男人的生理转变过程，打理完了初夜，建立了家庭，生下了女儿康的妮。而第二个女人林珠则让他完成了一个男人在心理和生理双重意义上对自我、对女人的重新认识和对过往生命的自我否定。不同于段莉娜是那个时代的政治和家庭庇护下的时代骄子和宠儿，这个“索菲亚·罗兰型的性感女郎”林珠，则是后工业社会中有文化有知识的白领丽人一族新宠，是又一个完全靠自我奋斗成功的优秀女性典型。林珠这个年轻的、没遭受过历史挫折的英文系毕业的高才生，心里一片坦荡，没有任何历史遗留下来的阴影，她凭借自己的能力出入于商业社会中，游刃有余，如鱼得水，进退自如。林珠集时代赋予的种种优势于一身：有强干的业务才干，有女性直觉式的精明，外观美丽妖娆，内心热情如火。尤为难得的是在一个处处机关暗设、陷阱遍布的商务竞争网里，她仍不失传统社会下做人的种种优良品质：仗义豪侠，明辨是非。在康伟业被她的原老板算计坑害的过程里，林珠坚决不被贿赂所打动，不昧着良心做伪证，并愤而辞职丢掉高职薪水。不光是作为男人的康伟业因此受吸引、受感动，她的一切优良品质，都值得更广大的商业社会大众的效仿和赞赏。康伟业作为一个男人看她，从最初阳光的和煦温暖，至陷入热恋情网时正午太阳一般的炽烈和火热，她的种种魅力烤化了他作为一个粗陋男人僵硬简朴的前半生。诸如她的风姿绰约，她的情话绵绵，她在情事上的大胆挑逗撩拨和尽情嬉戏欢爱，她的一掷千金送万元多一枚的珍贵的坠子给情人以示真爱，她的仗义执言，即便牺牲自己也绝不贪图钱物去做伪证……这一切都让从旧时代过来的康伟业欢欣惊喜。康伟业在她的这所学校里才算是从身体和心智上合格毕业了。近半生粗陋感情缺失都得到细腻的赔偿和华丽的弥补。

第三任教师是二十岁的小“愤青”女孩时雨蓬。她以自己的行动告诉了他什么叫作人生之“酷”和潇洒之“玩”。时雨蓬明眸皓齿，服饰新潮，喜欢搞笑耍酷，泡吧蹦迪，一身轻松，仿佛人间万事万物都不放在心上。这也是阅尽沧桑、身心俱疲的康伟业能够在她身上得以放松休憩的原因，没有负担，彼此不必承担什么人生责任。他们在一起谈天说地、喝酒睡觉，都是出于自愿但又绝不滑向妓女和嫖客的粗俗关系，彼此还残留着气质和性格上的互相吸引，和对人生寂寞空虚暂时填充的需求。他们彼此还都有相对的纯洁和善良。这可能便是一切沧桑过后的必由轻松之路，也是一切繁缛过后的极尽简单的尽头。时雨蓬的“少年强说愁”的可笑和可爱，她的所有自由、真诚、坦荡、毫不做作的表现和表白，似乎也在告诫她的学生康伟业，生命之轻就源于轻飘的生命本身，生命之轻可不是乱装出来的，如他们那一代背着历史重负的人，玩不起就是玩不起，酷不出来就不要装酷，即便是八万块钱的名牌服饰包装出来的貌似潇洒的“康总”也没有用，他的心灵和性情仍被过去的观念紧紧束缚着，他只是潮流中的一分子而主宰不了历史潮流。而康伟业这一方，则以自己的生命之重对时雨蓬的生命之轻，却总要自欺欺人地努力找出自身“过来人”的优越（当然并不纯粹是物质和金钱上的），他以为自己丰厚的阅历本身就是赛过时雨蓬小丫头的一种“酷”，自己有过情人，各处身手都要高过时雨蓬小女子一筹。就拿时雨蓬的床上表现来说也就未免现出了她的“酷”后面遮盖住的稚嫩和单薄，“处女地总是比较原始和荒芜，开垦她需要付出艰苦的劳动。康伟业不再有兴趣不再有时间也不再有精力做这种开拓者的游戏了，尤其是他经历过了林珠，那是何等妖娆何等风情的女人。他曾经沧海难为水，除却巫山不是云了。康伟业与时雨蓬的肉体关系就停留在了解决问题的层面上”。其实这只是他单方面的自欺欺人和自我安慰的幻想，他却并不知道也没有问过二十岁的小姑娘时雨蓬的心理感受是怎么样的。他要付出大量的体力消耗和挥霍钱财博美人一笑，供少女时雨蓬这一段青春岁月的生命成长。时雨蓬自己内心并不因此有负担或心理包袱，她的人生也并不会从中受到什么影响和关碍，反而越发一天天成熟和健康，真不知道出钱出力奉献着的康伟业这一方还有什么可值得清高和自傲的呢？

作为一个从旧时代走过来的男人，康伟业总是不敢正视自己，不敢将自己的懦弱而又自卑的男性心理如实解剖，反而总是要把自己置身于文化的话语霸权层面上无限制地将自己架高，用一种男权的虚妄来将女人和世相打量。因为有这样一种男权心理存在或说是成为现存世界的舆论主宰，因而作品中的三位女性尽管表面或外在潇洒，然而也不可能是说就万分如意和自在。

段莉娜这个“四十岁的女政工干部”，身上既有旧时代留下的光辉痕迹，又有被新时代磨损的伤疤，从她身上看到了时光演进、时代变迁的残酷力量。她是旧时代的宠儿和骄子，一旦体制转换，新型的人际关系机制建立，社会按新的价值标准对人进行衡量取舍之后，她的失落和心理失衡是必然的。同时也是婚后这么多年，她将自己的一切价值实现全拴在丈夫身上，留恋过去的荣耀，顽固地不同这个社会一道演进的恶果。她看似不与新兴的商业社会同流合污，但同时又背水一战般向商场上推送出自己的丈夫，靠他来重新拼取今日的人生辉煌和生活的小康。而一旦她的小康生活水平达到了之后，丈夫却也在无形中失去了。同时失掉的，还有一个"拴在丈夫裤腰上"的女人的做人的自信和尊严。她的拼死保住婚姻的挣扎，她的不肯与丈夫离婚的歇斯底里，是女人失去优越感、失去自我优势屏障后，人生信念崩塌的孤注一掷的疯狂。而在白领丽人林珠身上，华丽和绚烂毕竟也只是人生表象。且不说商场上男人天地的尔虞我诈常使女人沦陷其中成为牺牲品，就是感情处理方面，她跟康伟业的所谓自由相爱的权利根本得不到基本保障，并时时处于身败名裂的危险之中。这是转型期时代赋予她的人格特点，最后的孤独飘零含爱饮泣远走他乡就成为她命定的必然。

而小"愤青"时雨蓬似乎还未谙世事就已心灵沧桑，她没有过往祖母、母亲一代的"贞洁"概念，但心灵也轻松得一片空蒙。没有了禁忌，也就缺少了一份文化反叛和突围的目标，因而生命之轻就轻得难以承受。这是一种典型的转型期新新人类一族的文化"症候"。在强大的歇斯底里的段莉娜阿姨们的监控和围剿之中，时雨蓬这一代小女子连基本的反抗和抵御能力都没有，甚至说连基本的对手关系都构不成，几乎是一推即倒，一吹即灭，她们代表的新兴的文化样式还远远没有定型。而且可以肯定地说，未来的文化走向的引领者也肯定不会是时雨蓬们，而会是更多有责任心、道义感、自主自立、自觉以天下为己任的优秀女性。到那时男女平等的关系才能真正从实质上确立，没有谁再会被男人看轻。

三个女性，在康伟业的人生中平行推进，互不相交，构成生命和历史的纵向时间流程。小说既演绎了一部“模式”或“类型”化的女性史，同时也是解说了一部男性的身心成长史。

而在张欣、毕淑敏对城市生活的大众化撰写当中，不仅能看到新型商业关系初建、人际关系重整时女性之间“仿男角”出演的厮杀和争斗，而且也能看到冷漠城邦之中的姐妹相恤之情。毕淑敏的《原始股》《女人之约》《预约死亡》等等，诉尽了这个转型期残酷的彼此以利益相约的人间现实。《女人之约》中那个“花木兰”式的女厂长对所谓“作风不好”但泼辣能干的女推销员的鄙夷、利用和迫害，女推销员含恨忍悲对自己人生价值的求证和对自我尊严地拼力找回……让人闻到了商业利益之战中的血腥，它根本不认人情，更遑论男女。而且女人在男权传统教唆灌溉下戴上假面，扮成白脸黑脸和花脸上场时，其对同性之间的伤害和仇视甚至远过于异性。作者于不动声色的冷静揭破之中流露出的认同很是令人悲怆。书写南国故事的张欣，其在 90 年代发表的大量作品《伴你到黎明》《首席》《爱又如何》《恨又如何》《你没有理由不疯》《今生有约》等等，则于流血的商战残酷中挖钻出一丝丝女性固有的温情。一些固定的符码：先天缺少父亲在场的母女相依为命的“姐妈”关系（有时它变化为姑姑与侄女），情深意笃又是伪善多变的男性“白马王子”的频频再现，女性朋友或情敌之间的“同情妹”关系 ……

它们作为小说的基本元素反复在篇中出现。《今生有约》[①]中“命定前缘”式的人间情谊书写，一条血脉的锁链将陌生的兄妹联系起来，在共同为营救下一代生命、捐献骨髓的过程里，尝尽生活屈辱的异母私生妹妹，却终于能够不计前嫌，为哥哥一家做了无私的奉献。其间男主角蔚文浩与女同事马营营之间的爱情观念也颇为有趣，“在公司，有马营营这样的女孩暗恋着，挺好。文浩这个人，四平八稳惯了，工作方面，他肯在20世纪拼力苦干，就是为了21世纪，心安理得地坐进经理办公室不出来；至于男欢女爱，他觉得有个把女孩子肯留在暗恋的位置上，彼此都不越位，对他来说是最佳调剂。他不喜欢要死要活的爱情激战，时代不同了，既然是花同等的精力体力，你是愿意像李嘉诚那样变成大款，还是像梁山伯那样变成蝴蝶，答案不言自明”。这样的议论引人发噱，同时也引人深深打量都市的有情与无情。

而在迟子建两部描绘城市的作品：长篇《晨钟响彻黄昏》和中篇《九朵蝴蝶花》中，城市总是危机四伏，陷阱遍地，刚刚毕业进入城市没多久的女大学生被城市逼迫而疯；而阴谋和杀戮甚至就在隔壁邻居家里展开。人类在城市堡垒中生存的安全感大大遭到质疑，远不如她在《逝川》、在《驼梁》、在《旅人》、在《逆行精灵》那些贴近大自然之旅中所体会到的人与人之间的无比亲爱和万分友善。迟子建的《旅人》则在一片象征之海的寓象中展开。女人坐于房中面对窗外那一片自由之海展开遐思，与海风说话，跟海浪狎语，让心贴近每一丝天籁，细心体会自然中每一种植物：棕榈、芭

---

① 载《收获》，1997年第2期。

蕉、橘子、菠萝……所散发出来的香气,让心灵不断地在海与天之中漫游,思索着人类的自由与永恒。但是她的孤独的精神遐思并不能为外人所理解,甚至包括她最亲近的男朋友。人们都在惶惶与碌碌地为了糊口而奔忙,她只能越发地于孤独之中更陷入孤独。《逆行精灵》则走得离城市更远,一辆载满人的客车因修路而在山林中抛锚,车中的一行人:豁唇小孩和他的母亲,小木匠,鹅颈女人,黑脸人,孕妇,短发大嫂,卖山货的男人,哑巴,抱手风琴的音乐教师……在短暂的一天一夜的集体休憩中,上演了一出人间活报剧。雨中的诗意,都市的醉人,雾中一个穿白衣服女人的飘飞,孕妇美好的神态,小木匠与鹅颈女人一次林中的偷欢,琴声悠扬中的翩翩起舞,乘客们的互相帮助及善对恶的感化……这一切都如此美妙动人,让人感到人间善与美与真的力量。孕妇倦慵而又美丽的神情,致使想去杀仇人的黑脸人受了感动,觉出生命的美好而自动放下了屠刀;小木匠虽对鹅颈女人垂涎,临到鹅颈女人依了他准备享受一次生命欢愉时,他却笨得连她的衣服也脱不下来,心急得“弄豁了她的两个扣眼”,如果不是鹅颈女人给他打气和帮忙,他简直就要气馁得事情都做不成了。

这或许就是90年代一批成熟女性写作的自主和自信,她们不惮于将男性置于自己的视域之下,使那些男女互望的描述早已不是始乱终弃,也不是霸王别姬,而是带着巨大的女性原初和新生力量上演的、一幕幕好戏连台的“姬别霸王”①。

本时期另外一些女作家关于城市生活的书写也颇为引人关

① 林丹娅:《当代中国女性文学史论》,厦门大学出版社,1995年8月。

注。裘山山的短篇《卡萨布兰卡的夜晚》《白罂粟》等,传达了传统的家庭婚姻形态在新兴的城市面前所经受的考验。《卡萨布兰卡的夜晚》中的柳无慧是个多愁善感的女人,丈夫经商以后,她明显地感到了夫妻生活的冷漠,便开始分居,闹离婚。独居难成眠的夜晚,适逢电视里播《卡萨布兰卡》,柳为主人公的爱情所打动,深深地浸入其境,不断比照自己的生活,恰巧丈夫回来找几本资料,两人在“卡萨布兰卡”的夜晚里重新回忆起以往的日子,感觉到彼此的互相需要。范小青的一系列短篇《牵手》《错误路线》《今夜相逢》等表现的是人与人之间的一丝相恤和温情。《今夜相逢》以散淡的笔调描写人生在可知与不可知间的某种境遇。林老师想尽办法给儿媳调动工作,欲从县城调到城里。一直想找从前的学生、现在当了县人事局局长的夏时云帮忙,但又磨不开面子直接去找,就连写三封信去,却都不见回音。儿媳只得辞职,回城里当了售货员。林老师面授教学到了儿媳从前的那个县,不期然受到了县长的热情招待,一口一个林老师地叫,说是他从前的学生。席间想起了夏时云的名字,林老师就问县长认得否。县长发愣,说:“我就是夏时云。”人生相逢不相识,几多尴尬,几多悲欢,尽在不言之中。宗璞的《甲鱼的正剧》在描写知识分子恪守文化立场上很具有代表意义。《甲鱼的正剧》运用的是一种寓言化的描写,以隽永的学者气,描绘云梦泽的一只小绿毛龟从向往外面世界、逃出家乡,到一次次被贩卖,直至最后被当成是大补的甲鱼一刀剁掉脑袋炖汤的一场漂泊经历。作者从中深刻感喟世事的无常。小绿毛龟的际遇,正是那个与它相依相伴的水利专家老先生生存境况的最好写照。本时期还有一大批女作家的短篇从不同角度对于人生和人性进行深刻的探索和揭秘。叶广芩的《本是同根生》《风也萧萧》等等,透露出在功利、势利面前的人情冷漠。池莉的《以沙漠为背景的人与狼》《霍乱之乱》则冷峻审视了生命存在的相互抵触与对峙。

城市生活作为一种历史书写,也许还是刚露端倪。由于城市的现代化进程初具规模,发展历史短暂,暂时还无法让任何一个作家的认识水准可以覆盖其整个发展变化流程。但是令人欣喜的是,女性作家能于历史的冷静观察和深刻剖析中,表现出对生活的从容静守和对人间冷暖的真诚体察。她们笔下的城市生活,不光有眼前的商潮波涌,不光看到了物质交换中的尔虞我诈,同时更看到了欺诈之外幸存的一丝人性善良和美好,一丝友情、亲情、爱情的相怜和相恤,看到了城市背后物欲膨胀之时所提供出的个性化发展的宽广路径和不断向前腾飞的勃勃生机。正是在这些城市生活的来来往往之中,向上的欲望和宽容的精神才得以展现并茁长。"来往是一个严峻的,不以个人意志为转移的,个人生命经过现实生活的过程。……时代穿越个人所表现出来的强大的塑造力令现实生活充满生命气息,充满起伏跌宕,充满许多可知与不可知的精神与物质。"①

二、异化与成长

"成长"是不以人们的个人意志为转移的自然过程。身为女

① 池莉:《正在来往之中》,《小说选刊》,1997 年第 9 期。

性，其成长过程中必然要经受某种本质的裂变和难产的阵痛。80年代的一批曾经领过一代风骚的、直面现实人生写作的年轻女作家王安忆、铁凝、池莉、迟子建等等，进入90年代之后，都不约而同染上了母性的色彩，纷纷脱离少女纯情的梦幻情境，以成熟的女性风姿，更加无畏和无惧的心态，透视着一个正在勃兴的商业社会，无情拆解着游戏规则。铁凝在90年代创作的《孕妇和牛》《笛声悠扬》《世界》《青草垛》《小黄米》等等，艺术风格基本上保持着她前期作品的状态，仍旧用她敏感、灵动的肢体，感受着一份毛茸茸、水灵灵的生活。所不同的是，90年代的"小黄米"，不再是80年代那个用鸡蛋换铅笔盒的纯净乡下女孩"香雪"，也不再是那个纯洁不谙世事的穿着没有纽扣的红衬衫的"安然"小姑娘。90年代的农村姑娘"小黄米"，那样纯熟地、坦然地做着汽车旅店里的暗娼。读者的内心有着怎样的一份心伤和苍凉！如果说80年代的铁凝还在用她女性细润的皮肤毛孔，聪颖、俏丽又略显顽皮地感知和表叙着这个世界，那么90年代的铁凝的作品，无疑都染上了母性色彩，用母亲的子宫和乳房包容、感应着世界，无比的宽容、平静、宁和，同时又有一份无形的松弛、倦怠和美丽的慵惰。如《孕妇和牛》中孕妇那份怡然自满及其对文化生出的渴盼，如《青草垛》中"人鬼情未了"式的肢体的贲张和恋情的执拗，如《世界》里对母性的高度赞美，都让我们感到时光催人的力量。一个蒸腾的、青春勃兴的文学时代结束了，另一个怠惰的、虚幻如梦的文学年代却正绵长。

何玉茹的中篇《四孩儿和大琴》①，是难得一见的韵味深长的

---

① 载《青年文学》，1997年第7期。

纯粹意义上的女性成长小说。两个农村女孩子四孩儿和大琴，都在为挣脱生存的现状而努力着。四孩儿家境优越，讲卫生，文化层次高。四孩儿刚刚高考落榜，很有些抑郁且孤芳自赏，她向往外面的世界，但总是沉溺于书本中，勤于思想而惰于行动。大琴家父母没文化，弟妹多，经济困难。大琴泼辣，凌厉，向往高尚的生活，勇于行动，敢想敢做，能够用最朴实无华的心理和人生态度，抓住命运的一次次转机，一步一步向上攀升。她借助于跟四孩儿的友谊，通过到四孩儿家里帮佣，结识四孩儿城里来的表哥，而后再到表哥家里当保姆、与表哥发生关系、怀孕，直到最后嫁给表哥成为女主人—— 成为一个名副其实的城里人。而此时四孩儿还在端着书本沉溺于对未来的冥想。何玉茹撷取最平常的生活细节，把两个农村少女的心态刻画得栩栩如生。正是这种不温不火的叙事，使人物性格有了光彩，也把一种向上的欲望转化成为一种真实的女性内在求生的动力。

在揭示成长/女性心灵秘史的对应关系中，池莉的穿越庐山云霭雾瘴之间的《绿水长流》，潇洒欢乐地极尽了对古典爱情的戏仿。谜底戳穿之后，剩下的，也就只有无稽和落寞。唐颖的《随波逐流》则是“与往事干杯”式的女性个人童年或少女记忆书写。杨泥的《红羚》是一篇难得的、比较纯粹的女性小说，作者以娓娓的语气描述了女性自身的成长过程，带有一种无法排遣的低回的感伤。赵凝的《发烧，发烧》则是描述高科技社会对人的心灵的戕害和异化，在梦境与游戏之间，人类无情地落入人造智能物的罗网。叶弥的《成长如蜕》体味出另一种成长，在传统社会向现代化商业文明迈进期间，每个人都要重新经受灵与肉的撕裂和阵痛。张人捷、姝娟的城市生活描述，则是新新人类一族“游走”“飘着”状态的率意写真。

70年代出生的女作家周茹娟的《熄灯作伴》[1]《抒情时代》《我们做点什么吧》[2]展现了又一代女性并不轻松的成长。作为70年代中期出生的女作家，文中隐约透露出青春的气息、熠熠闪亮的艺术潜质，以及她对生活的一份精细的感觉，还有一份纯情的优雅，都令疲惫的读者耳目一新。在《熄灯作伴》里，城市给一个作为独生子女群体一员的女孩子成长烙上了沉痛的忧伤。这一代独生子女缺少兄弟姊妹，是承受着普遍孤独的一代人。在城市生活的“茧居时代”里，她们期望破蛹而出的自立，同时担着一份失去亲人庇护的恐惧。女友之间的姐妹情谊，是彼此填充寂寞孤独、医治疮口的一剂良药。而“女人何苦为难女人”这种老掉牙的、女性在既定男权规范轨迹中对男权争斗模式的模仿和串演，如今也毫不留情地重落在新一代女性身上。她们不断而又无奈地被上了年纪的女性领导利用和迫害，其间不断地逃脱，又不断地重新落网与罹难。种种女性自立的观念因此遭受挫败和波折，女孩子们满眼都是年轻的创伤和疲惫。对爱情的既期盼又恐惧，使她们在还没谈过恋爱时，就“时刻标榜自己要过单身生活”。与其说带有青春期女孩子的涉世未深的矫情，不如说是一份后天目睹父母之间假面生活的厌倦。一个年轻女子对于“单身生活”的向往，未免不是“爱上层

① 载《作家》，1997年第10期。

② 载《人民文学》，1998年第1期。

楼，强说愁”的欲说还休。然而她们残存的一丝丝对生活和爱情的冥想和渴望，就体现在精心打扮后去见一个爱慕的男偶像的行动上。见到他“风度翩翩”之形象时，小女孩便自惭形秽，以为自己打扮不得体，“穿红戴绿，就像小野店里的老板娘一样”，生怕会被男偶像看不上眼，因而心里充满沮丧和悲伤。她们对男人、对女性自我以及对城市的认知，其实还完全处在恐惧与期望交织的懵懂空白阶段：

> 我们无法爱我们的城市，它就像一个有着众多怪癖的老男人，任何一个女人都只在它的身上走一遭，然后消失。无关紧要，城市里总会有新鲜美丽的年轻天真的女孩子出现，她们心甘情愿，把贞操放心地交给这个爱慕已久的城市，然后大哭一场，然后成熟，每天都出现，无穷无尽。
>
> 女人终还是要自立的好。不抽烟便不要抽去，何苦捡只烟来夹在指间做出青涩的风尘让男人玩味呢。终是女人的不长进，不爱喝酒，并且坚持着不喝酒下去，也没有什么男人硬迫着你喝下去。就像衣裳一样，外面流行那种青绿的古怪颜色了，男人们都叫好，你也巴巴地去买了穿，就是最大的不长进。
>
> 没有你爱的男人，也没有男人来爱你，那是最轻松不过的生活方式了，单身女子，过着优雅的生活，化精致的妆，穿戴美艳的服饰。这样的衣裳永远少一件只是为着太喜欢自己的身体罢了，要不断地更换，让自己永远裹在时尚和制作精良的织

物里面。单身女子总是走在了潮流的前面,没有男人来牵制她,让她做不了自己的主。这种永远少一件衣裳与那种永远少一件是决然不同的,看那女子也一般的平实,贵族气从她骨子里面渗出来了。

或许这种“贵族气”正是对张爱玲式女性写作的缅想,此间能够看到的是,拨去重重历史和男权的雾瘴之后,经由新一代书写者身上找到与历史传统的相避和相合,以及纯粹女性写作范式的建立和生成希望。

第九章　男性视域下女性形象的默变

一、阉割恐惧与废置之野

如果将80年代初张贤亮的《绿化树》《男人的一半是女人》与90年代初贾平凹的《废都》①相对读，视野之中一幅男权阉割恐惧与心灵废置之野的荒凉图景立时在眼前呈现。若说前者的“阉割恐惧”还是由于多少年来性/政治文化的一贯压抑和主宰而致的话，而后者的“废置之野”却是源于传统中国文人士大夫所谓“出世与隐逸”旧梦在90年代中国城市现代化进程中的一次残酷的高空坠毁。此间绵延不断的情结是，维持此等男权文化优势心理的可靠依据和保障，却是赖于文化中对弱势性别群体的歧视，仰仗于男性人群，对作为对象化关系而存在的女性群体之人格、女性之躯体形象的鄙夷和贬损。在重重男权视点遮蔽的由“男性躯体修辞学”②所控制之下的对女性的描述中，身为女性读者，仍能从男性阉割恐惧的裂隙之处与废置之野的荒凉边缘，窥见一丝丝女性生命力的柔韧和不屈生长。

---

① 《废都》，北京出版社，1993年4月。

② 南帆：《躯体修辞学：肖像与性》，《文艺争鸣》，1996年第4期。

《绿化树》《男人的一半是女人》是男人撰写的记载和回望一个特殊年代的性/政治历史的文本。如果说其间男人身体的毁灭还是属于性/政治的阳萎，那么《废都》这部“在生命的苦难中又唯一安妥我破碎了的灵魂”的作品，则是新“儒林外史”之中现代化进过程中的都市的阳痿。章永嶙身上性/政治的阳痿，全要借女性躯体的关怀照应来治疗。在《绿化树》中章永嶙与马樱花的关系中，他身上还有一丝善良知识分子的情结，下层妇女马樱花在他眼里不啻是“地母”的化身，她给受难的孩子以抚慰和安恤，她因宽容和博爱而显圣洁和美丽：“灯光照着她如鸟翼一般扇动着的睫毛，和她明亮的、凝神于内心计算的眼睛。由于这对眼睛，她整个面庞散射着一种迷人的、令人心旷神怡的光辉。”此时的章永嶙即便是身残但也还志坚，还具备起码的人格健康，在他一双尚具有审美和怜惜美的功能的眼睛里还不时流露出对人生与未来的希望。而在《男人的一半是女人》当中，章永嶙和底层妇女黄香久的关系却恍如嫖客对妓女，健康的美不见了，只剩了身体原欲的发泄。政治阳萎症患者章永嶙将巨大的怀才不遇的落魄，移恨到女性躯体身上，面对蓬勃原发的自然生命力，他无能力占有，便转而化成憎恨、仇视，虚情假意的轻蔑：“她脸上有一种很纯净的天真。这种天真使她的面部泛出一种非现实的、超凡脱俗的光辉。然而，再细细地看，这层超凡脱俗的光辉下面，似乎又掩盖着成天什么都不想的愚蠢。于是，这张脸成了十分耐看的脸，叫人捉摸不透：她究竟是愚蠢呢还是天真？”如果这只是出于章永嶙对自己前期唯唯诺诺尊奉“卑贱者最聪明，高贵者最愚蠢”信条的一种自我颠覆的话或许还勉强可以接受，只是，在性/政治的认同与反叛之间，章永嶙却疾速滑向了性别歧视的深渊，毫不留情地将弱势性别群体当成意象符码极力贬损。“政治的激情和情欲的冲动很相似，都是体内的内分泌。它刺激人投身进去：勇敢、坚定、进取、占有，在献身中获得”，这是章永嶙一向的男权思维逻辑，也是菲勒斯机制中普遍的思维法则。

在《废都》作者所布设的“城市”与“乡村”场景决然对立之中，女性也被设置成了乡村与城市两极精神对立的符号，代表城市的那一方永远是自私狭隘，冷漠丑陋，鸡零狗碎；代表乡村的那一方几乎全是天性善良，聪颖痴情，雍容大度。在造型处理上，作者也有意让进城打工的村姑如花似玉，情欲旺盛，而让久居城里的女人相貌平庸，性欲冷淡。

一旦有个别村姑如柳月等最后爬上给市长瘸腿儿子当媳妇的显赫位置，也立即在文人庄之蝶眼里失去了活泼可爱的魅力。在庄之蝶心理的阴鸷与刻毒之中，显出了强烈的基于自卑基础上的变相自尊和极度压抑。那些乡村女子，竞相向从农村杀入城市的文化名人庄之蝶献媚邀宠，唯恐献身不被接纳；而那些城市女子，则都对他带搭不理，在他眼里就是把架子“假惺惺地端着”，令他想占有而不得。占有了城市的女子，就等于把一座城市攻下占据。后来读者就连鄙夷庄之蝶的心情也不可能再有，只剩下一息对废置之墟的喟然长叹。成熟后的中国女性虽已不再把寻找男子当成自己的文化使命，但遭逢此废墟情景，仍旧有说不出的内心酸楚，既为男人，也为自身。

二、并非纯粹感觉的抚摸

相继出版于90年代中期、“世妇会”在中国召开之后的莫言的《丰乳肥臀》①与张宇的《疼痛与抚摸》②,是两个非常有意义的“男性书写女性”文本。这是两部精心设计的男权话语控制下的女性躯体叙事。笔者本欲从女性作者们笔下寻找的90年代关于女性史的书写,不期然在男性作家这里遇见。在90年代中期风起云涌的女性书写大潮中,男性对于“女性史”这个问题的梳理,一方面是继承了80年代寻根文学的遗韵,另一方面也是90年代家族史写作的别一个角度的翻篇。两部作品的时间跨度都是洋洋跨越百年,在马尔克斯《百年孤独》式的框架中,采用了女性家族血脉链条延展的构筑小说故事线索的形式,一部是“丰乳肥臀”式东方地母原型的书写,一部是男权躯体叙事学符号的恢宏集成。

《丰乳肥臀》是一个母亲同她的子女们(八个女儿外加一个儿子)在人世间的受难史。它所体现的是受难的记忆与神话的终结。在东方的神话传说和史诗当中,“地母”原型并不鲜见,印度大史诗《罗摩衍那》中的地母悉多,中国古代神话传说中的女娲等都属此类。她们的共同特征是博大宽容,慈悲为怀,用她大地一般宽厚的胸膛养育、容纳她的子孙。莫言在《丰乳肥臀》的开篇和终局里有意让母亲的历史与《圣经》中圣母玛利亚的身世相接,意欲使东方

① 载《大家》,1995年第5期、第6期,作家出版社1996年出版同名图书。

② “探索者丛书”之一,人民文学出版社,1995年5月。

的“大地母亲”与西方的“天国圣母”建立起联系，使她们偶然地在20世纪初的人间重逢和团圆，以期展现出某种更广泛的世界性寓意。这样，历史/现实、东方/西方就通过母亲的形象有机地联系在一起。

《丰乳肥臀》通过“母亲”的受难，将这百余年来大地上的一切演变一一呈现。你说不出这大地母亲跟她的子女们无休止地一个接着一个、一拨接着一拨受难的具体原因，也不一定非要去打探个中缘由。生存本身就是无止境的受难过程。在一系列的苦难面前，母亲也并非完全没有怨尤，如在1935年秋天，母亲被四个拖着大枪的败兵轮奸时，曾经产生过投水自尽的轻生念头。“但就在她撩衣欲赴清流时，猛然看到了倒映在河水中的高密东北乡的湛蓝色的美丽天空。天空中飘游着几团洁白的云絮，几只棕色的小鸟在云团下边愉快地鸣叫着。几条身体透明的小鱼儿，抖动着尾巴，在白云的影子上一耸一耸地游动着。好像什么事也没发生过，天还是这么蓝，云还是这么傲慢，这么懒洋洋的，这么洁白。小鸟并不因为有苍鹰的存在而停止歌唱，小鱼儿也不因为有鱼狗的存在而不畅游。母亲感到屈辱的心胸透进了一缕凉爽的空气。她撩起水，洗净了被泪水、汗水玷污了的脸，整理了一下衣服，回了家。”她并非是由于坚信神祇，而是从天人合一、万物有灵的感动中，为自己屈辱的受难生存找到了理由。

《丰乳肥臀》的故事从母亲生金童时的难产开始，经由金童一生的恋母过程，最后以圣母颂作为结束。结尾是牧师在礼拜堂里深情念诵着《马太福音》，以此回到牧师与母亲交媾、金童被孕育的时刻，使本文叙事画了一个完整的圆形。为凑够“百年”这一宏大的史诗结构，在笔者认为是赘笔的第七章里（亦即最后添补上的一章），莫言将叙事重新推至20世纪初“大清光绪二十六年，是公元1900年”，将母亲的出身来历一一补叙，尤其是叙述母亲鲁璇儿的婚嫁前的成长受难史，以及她的生产遭难史。鲁璇儿嫁到上官家，因丈夫不育，百般受到婆婆刁难，为了摆脱“不孝”的命运，悲惨的受孕和生产史就此开始。她跟于大巴掌生下来弟和招弟两个女儿，在芦苇荡里跟一个外乡赊小鸭的怀上三女儿领弟，四女儿想弟是母亲与一江湖郎中交合所生，五女儿盼弟是与卖肉为生的高大膘子所生，六女儿念弟是与智通和尚所生，七女儿求弟是被四个拖着大枪的败兵轮奸所生。这既是母亲的苦难，也是她的勇敢叛逆。其结果就是她在人世之苦又悲了一层。仿佛是嫌母亲及她的子女们在前六章里一路所受的穷困、灾荒、兵燹、饥馑等苦难不够，作者还要让她苦难的历程推至圆满，覆盖至她孕育子女前的生活。莫言所构筑的女性史，是跟他的人生苦难意识及其荒诞感紧密相连的。

如果说《丰乳肥臀》是一部叛逆和挣扎之中的女性苦难史，它还包含了对女性的体恤、眷恋、悲悯、关怀等等多种情愫的话，那《疼痛与抚摸》则更像是一部使女性在叛逆之中皈依的精致的“男权女性本文”①。在这样一个不长的篇幅里，却几乎富含了所有男

---

① 《疼痛与抚摸》作品研讨会于1995年冬季在北京召开。会上，有女性主义批评家提出作者的男权倾向。笔者在此期间也向张宇提过这个问题，他本人说他当时根本没想到过男权或女权，他只想写一部百余年来的民族史。

权视域下的女性躯体修辞学符码，作者想借由这些，在水家三代女人水秀——水草、水莲——水月的一个世纪的人生诉说里，来完成一部对循环往复生生不息苦难历史的揭示和描写。然而建立在女人“渴望被强奸”的历史臆想之上的书写，虽有对弱势性别群体的体恤，和不乏怜爱之心的欲望化描述，但在没有进行充分的男权自我反思之前，任何一种居高临下的“大男子主义”的体恤都有可能使书写者本身滑入性别歧视的误区。“水家的女人都活得很苦很贱”，一句话直接道明了小说的寓意。这就意味着文本将是一部“水家的女人又苦又贱活着的故事”。

历史的循环与一脉相传是其主要的小说结构方式：

(1)私通："私通"应各有其缘由，为钱，为物，为心，或为肉。水家的女人有着跟男人私通偷情的传统。第一代女人外祖母水秀，私通只是因为生活的窘困，经不起本家兄弟金钱诱惑，在他甩来的“五块钱”的诱惑下，她终于答应跟他睡了，一睡就不可收拾，可谓“人穷志短”。

第二代女人水草、水莲也命运不济。水草十六岁时离家出走，被“白马王子”劫上马去（实际上是一个为主子来寻找二房小妾的土豪家丁），掳到乡绅曲书仙家。水草仰慕曲家的富贵和文化，主动要求留下来，趁曲书仙佯醉时投怀送抱，接受他引诱并顺从地让他占有了自己身子，明媒正娶当了二房；是也可谓“把精神往婚姻上嫁接”，献身和献媚的缘由是出于对知识分子的艳羡。水莲十八岁嫁给老实人李和平，却又经不住屠夫的儿子牛老二的威逼引诱，先被强奸而后顺奸，接着通奸。

到了第三代女人外孙女水月这辈，更是贱得不可收拾，“渴望被强奸”竟成了她永久的心理情结。接受月亮河大队的李洪恩的强奸（顺奸），而后通奸。

（2）自杀：“自杀”成为女人自我道德反省和自我惩戒的最后和有效的方式。第一代女人外祖母水秀，通过出卖皮肉赚钱将子女抚养成人后，用自杀来换回自己的清白。“她需要用自杀来表达对这个世道的仇恨，她需要用自杀洗干净自己的名声，她需要用自杀把清白换回来作为遗产留给女儿们。清白，这是一个母亲为了女儿要去完成的最后的工作。”第二代女人水莲的自杀，也是为给丈夫留下一个清白名声，使他不再戴绿帽子，不再被称为“绿区长”。此行动同时亦是作为对情人牛老二的追思和悼念。

（3）裸体游行：“裸体游行”作为男权社会对男女通奸的一种极端处置，在水家女人身上重复发生。外祖母水秀年轻守寡之后，与本家兄弟铁锁私通，被捉奸进而被裸体游街示众；多年以后，其外孙女水月跟李洪恩私通，被捉奸然后也被裸体游街示众。如作者所说，李家“把水月脱光了游街示众，裸体游行，只是对她姥姥当年所受苦刑的一种重复”。

（4）渴望被强奸情结：“渴望被强奸情结”在姥姥水秀那一代女人的潜意识当中就有，至水莲（牛老二）、水草（曲书仙）这一辈显露端倪，至水月这一代女人身上爆发。

本文：在水月头一个相亲对象、莽汉子郭满德一进门不由分说就上前抱住她把她压在身下时，她“直想大声呼唤：别放开我，抱紧我，想干什么就干什么吧！”于是她就战栗着暴露了心理上的隐私，

“这隐私就是她渴望被人强奸”。

> 渴望强奸，这就是水月心理上的隐私。连她自己也不知道。只是在这慌乱的瞬间，才赤裸出心灵的马脚，不小心露出了几丝真相的痕迹。这就给她的一直不嫁找到了原因。那么多一串串红辣椒般鲜亮的小伙子，她都不中意，并不是他们不够条件。水月的选择没有那么多条件，只有一个条件，那就是看谁敢强奸她。
>
> 渴望强奸，在水月心里开放了一朵病态意识的恶之花。后来郭满德强奸她，她就答应了他的求婚，接下了见面礼，高高兴兴让妈妈陪着来看地方。
>
> 有时候水月待在树下胡思乱想，想到邪处，直把男人们恨得咬碎牙齿。难道月亮河的男人们死绝了？这么好的女子在这等着，也没有人看见，也没有人来找她。你们不来强奸我，还要我去强奸你们？
>
> ……接着他（李洪恩）又启动，把她当成一团棉花放在轧花机里轧。又把她当成一只绵羊放在了刀案上杀，剥她的皮，剔她的骨头，一刀一刀杀她，杀得她痛快淋漓，激动到疯狂。

这是一个令人匪夷所思的男权逻辑，是他们于历史冥想和臆想当中的单向文化设置。

（5）恋物癖：经过精心设计的几代女人的“恋物癖”，实则是对性暴力的屈服和对男权的顺从。诸如第一代的女人水秀对于前来嫖娼的道貌岸然的族长的眷恋，私藏下他的旱烟袋作为念想，期望他再来"驾幸垂怜"，却反而吓得族长战战兢兢以为她抓到了他的把柄。水秀最后生活无望自杀之前，还贱兮兮地缝好一个新的烟荷包连同烟袋一起送还族长。第二代的女人水莲被牛老二强奸，奸淫现场还有一个水莲紧抱牛老二赐的手枪却舍不得拉开栓的动作。从此她精心保养把玩这只左轮手枪，在得知情人牛老二战场身亡后，便用这把枪自杀。第三代女人水月被李洪恩强奸时死抱着一个茶杯，杯里曾经有她双手捧着送给他的一杯水，那是她将自己也同时捧送给他的象征。水洒光了，而杯却被紧抱着。年纪老迈的李洪恩某日因兴奋过度死在水月的肚皮上后，水月将这只茶杯精心地在树下掩埋，以完成对情人的纪念和追悼。

水秀：

水秀抓住这个旱烟袋，就抓牢一个可能性，随时可以凭证物出门去吆喝，使族长出丑。……时间一长安静下来，她也觉得没了多大意思。……她在这时才发现拿着他旱烟袋的另一层含义，在内心深处，她不拒绝他再来找她，多少还有一点渴望。说到底她是一个多情女子，走不出温柔。女人永远是情感的羔羊。

水莲：

水莲逐渐喜欢上这把左轮手枪。平常用红布包严，放在箱底。丈夫不在家时，她就把手枪拿出来看，看久了，就学着玩。把子弹退出来，只玩空枪。她不让丈夫知道她玩枪，也不让情人知道。她需要有自己的秘密。尽管她把这支枪玩得很熟，却从来没想到过要用枪干什么，她把枪当成了宠物。

水莲把这枪当成宠物以后，就不仅是对情人的一种怀念，它在水莲的心里独立存在，成为一种象征。……她需要丈夫，又需要情人，二者无法统一，她就把这两种感情统一在这把枪身上。这样，这把左轮手枪就像丈夫和情人合起来的连体婴儿，水莲用宠爱营养着它，把它喂养成一个有灵性的象征物。

水月：

在以后的生活里，水月十分宠爱这只茶杯。只用这只杯子喝水。孤独时候就一个人把杯子倒满水，往后退着把水洒在地上，倒退着躺到床上。先把杯子缓缓举在空中，又慢慢把这只茶杯放下来。这只茶杯永远盛满了她的回忆，帮助她留住了那个时刻。李洪恩死后，她就用红绸子把这只茶杯包起来，埋进了地下，珍藏在她心里的深处。

(6)受虐："受虐"显得有些不可理喻。水莲既喜欢牛老二在性事上的暴戾、凶蛮，又离不开自家男人绵软的日常温存，希望如此"三人行"地过将下去，甚至还设想到"一妻多夫"的可能。偷情的事情败露，使她惨遭丈夫的毒打，渐渐地，她却于疯狂的毒打中体会到快感，几天不挨打就皮紧难受。这样的一份关乎女性心性变态的受虐情结，如若不是男权自欺欺人的性暴力的自我设置欣赏，就有些不好解释了。男权立场虽非自觉，但它早已在千百年的历史传承当中在书写者意识深处根深蒂固，至20世纪90年代末仍能开出繁花茂朵。

(7)床：作者在文中成功地将历史当中女人的活动半径，悠久地拘泥规缚于床上(同时也包括稻草堆、棉花垛等等适合于男人垂怜的地方)。郭满德第一次来相亲时，就把水月抱起扔到了床上，“在某种程度上，女人的彼岸永远是一张床。各种各样的女人有各种各样的理想，这理想五彩缤纷，但说穿了还是理想各种各样的床。床与床有区别，那只是形式上的区别，而内容都一样，仍然是一张床。……我一直想女人是通过家庭影响这个社会的，如果家庭是上帝送给女人的礼物，那么这张床永远是家庭的中央机关。我觉得女人善于通过男人参与外部世界的生活，男人是女人的传声筒和传令兵。那么这张床就是她们用来捕捉男人的容器。先把你捉住，再把你训练，磨掉你的野性。最后把你关进笼子里一样固定到这张床上，然后才不断把你派出去为她工作。从这个意义上说，女人的能耐就是如何使用这张床。女人的理想的彼岸永远是一张床的意象。”

(8)越来越弱的男人：在漫漫历史长河中，水家女人的情人们一个比一个更完蛋和孱弱。第一代女人跟本家兄弟私通，奸情败露后却由女人独自承担了所有罪责；那个命人惩罚鞭笞她的族长，却又在暗夜中前来嫖娼，在白天却对她视而不见。第二代女人的情人分别降格到五十岁男人和屠户的丑儿子。第三代女人更降级到有个人来强奸她就行的地步，结果就遭遇父亲一样年龄的年老体衰的李洪恩爬上身来，以至于行个房事也行不好，一时兴奋过度竟死于女人肚皮之上。

至此，似乎有必要对照一下由女性自己书写的“渴望被强奸”。如同“女性”这个“第二性”是由男权后天所规定的一样，性/暴力的书写由来也是由于男权的操纵和暗示，从弗洛伊德的精神分析学到德里达的理论，都是基于男性视角对女性躯体及至心理性格的阐释。林白在其《一个人的战争》里就坦言描写：“主人公有过接受文化暗示、渴望被强奸的短暂青春期心理，而一旦将心理兑换成现实之后，却倍觉可笑，便于一笑之间将自己的这种心理荒唐置弃。”这几乎也是一个女人从文化的被动转到自觉主动的必然心理过程。

> ……因此处于漫长黑暗而孤独中的多米常常幻想被强奸，这个奇怪的性幻想是否就是受虐狂的端倪？想象被追逐，绝望地逃到一处绝壁跟前，无路可去，被人抓获，把衣服撕开，被人施以暴戾，被人鞭打，巨大的黑影沉重地压在身上，肉体的疼痛的快感。在疼痛中坠入深渊，在深渊中飞翔与下坠。这是多米在童年期想象的一幕，就像多米在幼年时所做的梦到了成年之后往往有所对应一样，被强奸的幻想在她的青春

期也变成一件真实而带有喜剧性的事件。①

大学校园山包的防空洞里，多米遭到一个“第一次干这事”的十八岁男孩子的侵犯，差点把她的脖子掐断，多米本来准备逆来顺受迎接一次，结果由于男孩子的过分紧张而没弄成，两人还互道了姓名，差点成了朋友。多米告诉男孩子说以后她要把这件事写到小说里，男孩子还好心而稚气地劝她“千万不要写，你周围的人会对你不好的，你要是写了以后你丈夫会对你不好的”。

“渴望被强奸”情结被笑话似的经由这件事的发生而从身体内排除出去，像排除童年时期被灌输的某种好笑的癔症。林白在坦然书写之时也荒诞地解构了女性被男权文化的欺骗和蒙昧。

相比之下，作为男性书写者的张宇却过于把此当真了，隆重而又庄严地书写。如若笔者在此处诘问“子非鱼”，就有颠覆其对整部历史思考设置的危险，也有陷入另一种性别本质论之虞。至少，笔者在愿将《疼痛与抚摸》作为“男性书写女性本文”的集大成之作时，也愿它成为90年代或20世纪中国的此类历史书写的终结之篇。并且，笔者作为一个女性研究和书写者，还愿以对其的温良颠覆，作为对21世纪诸多男权书写者的“以儆效尤”。

① 林白：《一个人的战争》，《林白文集》第二卷，江苏文艺出版社，1997年5月。

结语:从边缘到中心

作家贾平凹的长篇小说《废都》获得1997年法国费米娜文学奖,对于从事女性主义批评的人来说很是有些荒诞色彩,也令中国的知识女性重新思考和认识全球化战略中文化的误读问题与第三世界妇女所处的话语困境。法国费米娜文学奖与龚古尔文学奖、梅迪西文学奖同为法国三大文学奖。该奖设于1904年,分设法国文学奖和外国文学奖。那届评委会由12位法国著名女作家、女评论家组成,贾平凹是获得1997年该奖项外国文学奖的唯一作家,也是亚洲作家第一次获取该奖。这次事件,更加显证了在世界范围内的女性主义根本不是铁板一块,它跟种族歧视、文化误读等等要素紧密相关。第三世界的女性主义既要借用西方的观点来诠释自己的生存经验,同时仍要对第一世界的话语霸权保持高度的警惕和审慎的批判。女性自觉与第三世界妇女的文化困境,将会永远困扰中国的女性作家、女批评家、女性诗人、女学者们。我们所奋力争取来的话语权利会随时因为某个偶然和意外事件而分崩离析,在期冀着对世界妇女大合唱的"加入"之时,却总会面临不期然落入被"他者"指认和误读的窘困境地。或可值得自慰的是,90年代中国内地女性写作的于无声处悄悄升起,与20世纪末文坛上的妖娆多姿风头正健,都宣告了属于我们中国自己的女性写作的成熟与建立本土的女性主义诗学的可能。它既已从对西方理论的借用与反叛、从对传统观念的颠覆与皈依中突起，那么它也必然会从文化的边缘向中心处迂回渗透，在新的文化格局重整重建的过渡时期中，获得自己独立的一席之地。梦醒时分的女性写作，前景必将是更加明丽和绚烂的。

下部

因为沉默太久

因为沉默太久

因为沉默太久

我不知道这位丁来先生是男还是女，读了《女性文学及其他》（《中华读书报》1995 年 12 月 20 日）一文后，我也感触颇深。借用丁先生诘问戴锦华教授的方式，我也很想问一问丁先生：假如你有一个儿子，已满十八周岁，你是否愿意让他看《废都》《白鹿原》《伏羲伏羲》《妻妾成群》《疼痛与抚摸》以及《丰乳肥臀》？再推远一点说，你是否愿意让他看《查泰莱夫人的情人》《感官世界》《北回归线》《红与黑》以及《游仙窟》和《金瓶梅》？

如果丁先生回答说“愿意”，那么你对戴锦华教授的诘问就不能够成立；如果丁先生说“不愿意”，那么你对整个女性以及女性文学的诘问也就全都不能成立。

我想要说的是，女性、女性文学与爱心，并不是互为因果的概念，不能强行牵入同一个范畴来以此非彼或以彼非此。爱心对任何人，对何种性别的文学都同等重要，绝不像丁先生所说，爱心只对女性“尤为重要”，这无异于是在宣告说，爱心在男性那里就显得“不那么重要”或“根本不重要”了。缺少了爱与同情，人类就失去了在现实世界中安身立命的依据，人类文明的发展也就变得毫无意义。男女生来就应该是平等的，谁都没有权力来规定和要求女人天生就该比男人承受更多、付出得更多。即便是上帝，也不享有这种特殊的权利。丁先生所引《圣经》中上帝造人的传说来证明男女先天有别,应该各司其职,这种引证并不十分严谨。《圣经》亦即希伯来人的《旧约全书》,是在犹太人做了“巴比伦之囚”后的五百年中,由他们的文化人所编订整理出来的文学遗产。“摩西五经”中的《创世纪》只是古代神话传说歌谣风俗等的资料汇编,都是出于人类之口之手。人类创造了上帝,上帝必然要替造他的人说话。假如上帝也有说得不对的地方,那么就得劳动圣母尊驾高举起慈爱的巴掌,痛打圣婴耶稣的小屁股。(恩斯特:《圣母在三个证人——安德烈·布雷顿、波尔·艾吕雅和本画作者面前痛打圣婴耶稣》)。难道丁先生真的相信并认为女人是从男人肋骨上生出来的吗?

至于丁先生说到大自然潜在的规律,以及男女生物结构对两性各自基本天职安排的不可更改性,我想这应该是生物学和社会学方面的命题,科学研究成果已经从质的和量的规定性上对男女智力和膂力进行了精确而周密的分析,其结论已经证明了男女之间是否存在孰强孰弱、孰优孰劣的问题。我更相信这样一种观念:即女性只是后天形成的,是男权社会将诸种事先规定好的、他们所认定的所谓“女性特质”强加在了她们身上。按丁先生之说法,现今社会“男人作为主动进取之势力,作为历史前进过程中的锐利之源”之模式,是否就已是进化得十分完满?问题多多,矛盾也多多。若这样说的话,倒不如采取“男女平行共进”的说法更能深入人心,更符合整个社会历史的基本发展态势。

丁先生所谈到的女性意识觉醒的几点体现,我想,把它放在男性身上，也同样具有劝诫作用：男性也应该“意识到自身的养育天职的重要性，有真诚的爱与同情心，柔和宁静，朴素谦恭”等等。一旦男性也如女性一样，人人能够做到以上这些，那么我们这个社会真就几近完美了。“作为主动进取之主宰力量”的男人，掌握着这个社会前进大方向的性别群体在道德上和意识上完全自律和自觉了，那么，作为“被动温柔”之力的女性也就无需再做什么努力，只要顺其自然听天由命地承受一切便够了。按丁先生提出的观点，我们可否得出这样的推断呢？

我完全能够理解丁先生所真正忧虑的是什么。您想说的无非是女性文学中所表现出来的性意识，会对青少年的成长产生什么影响的问题。我想这个问题完全不应该混淆在“女性文学”题目下来讨论。正如我开篇所列，那一长串的男性文学作品中流露出的性意识，比之女性文学甚而又甚，它会给下一代带来些什么影响，本身同样也可以拿出来加以展开讨论，但那已经是需要在另外一个范畴里加以专题研究的问题。所以，问题的症结并不在这里。问题在于，对于女性意识以及女性文学，我们应该持有什么态度。

作为一种边缘话语的女性文学，与其他诸种新潮文学样式，诸如先锋、后现代、后殖民等等一样，要借助外来语势才得以在国内生成和定位。其目的，无非是唤醒女性对自己性别意识的自觉和自省，以在男权话语一统天下的缝隙中求得一线女性话语和权利意识的生机。女性文学，说到底，无非就是争得一份说话的权利。当这个历史和现实都已变成了男性巨大的(实际上非常孱弱)菲勒斯的自由穿行场，未来的云层和地面上竞相布满了男性空洞的阉割焦虑的时候，女性以她们压抑已久的嘶哑之音，呼喊与细语出她们生命最本质的愤懑与渴望。她们不惜以自恋自虐甚至自戕自焚式的举动来争得一份属于她们自己的话语权利，表明她们心底的不甘和颠覆的决绝，这不啻是注入男性力比多浮躁中的一剂镇静败火的清凉。女性因为沉默太久，缄口的时间竟然可以以百年千年为单位计量，所以，若不在沉默中爆发，便在沉默中灭亡。一旦铁树开花，哑巴说话，会招致一些惊异或怪异的目光，就显得十分正常了。譬如丁先生会用一些“准黄色”“助纣为虐”等带些道德审判的字眼，甚至于用“个别自命的女作家”这样的词句，连女性写作者的身份也要从根本上予以否认，这样就显得有欠公允。无论是读者还是批评者，都不应该把女性文学简单地等同为“性文学”，那样不光会挫伤女性作者敏感而温良的自尊之心，也显得批评者的误读功夫有些太到家了。但愿人人都能够冷静下来，抛开先入为主的概念和偏见，认真从女性文学中读出她们那一份不同于男性的、深长而痛楚的生命体验，她们对于爱与善与美的呼唤的焦灼。唯其如此，才能让男性与女性同时意识到，这个世界不光是男性的世界，不光有男性粗粝、坚硬、喉结上下窜动翻滚的声音；这个世界也是男女共存的世界，还有女性那纤柔、细腻、充满弹性与质感的声音于无声处坚韧不拔地响着。

我想，假如丁先生是一位男人，那么你在文中所表达的，仍旧是千百年来男人对女人的一贯要求和看法，听起来比较合乎于这个男权世界的中心话语，并没有什么奇怪；假如丁先生是一位女人，那么你所表达的，也仅仅是千百年来男权话语附注在你身上，进而通过你所透露出来的惯常信息，也没有什么奇怪。由此看来，女性意识的觉醒及女性文学的张扬就更显必要了。而无论男性还是女性，最重要的，我想，是应该彼此之间达成一种共识，那就是：在一个文明共建的社会里，男与女，都应该相互尊重，好自为之。尤其是“作为社会主宰力量”的男性（若真是那样的话），则更应该时刻注意自持、内敛、端庄自己的言行，以给“被动温柔之力”的女性做出前行的榜样。

1995 年 12 月 12 日于京西浴风阁

（原发《中华读书报》1996 年 1 月 10 日）

文学中的疯女人

张洁的长篇小说《无字》获得第六届茅盾文学奖，应该说是在期待之中，也在意料之外。1998 年此书的第一卷在上海文艺出版社出版时，笔者曾有过评论，叫《恨比爱更长久》，为书中的“疯女人”吴为这样一个形象的出现感到惊悚。一部历史，换成女性的视角来观察打量，立刻漏洞百出，不堪诘问。无独有偶，当年作家徐小斌也出版了一个长篇《羽蛇》，同样是一部女性家族史，女主角羽也是一个“疯子”。吴为和羽，她们都是有思想有智慧的女人，敢爱敢恨，然而不见容于这个社会。最后不得不疯，或者说被指认为“疯”。

“疯女人”是一个历史的命题，也是一个世界性的命题。她是文学史中并不常见的形象，然一旦出现，便摄人心魄，让人刻骨铭心！从读者耳熟能详的《简·爱》里的疯女人贝尔塔·梅森，也就是那个阻碍罗切斯特跟简·爱结婚，最后一把火点燃庄园的疯前妻，到《祝福》中被逼而疯的祥林嫂，《雷雨》中郁闷而疯的繁漪，张爱玲《金锁记》中歇斯底里的曹七巧，《城南旧事》里被骗失身的小妞子的妈妈……一大群巫婆、恶魔式的疯女人，她们的疯各有千秋，究其本质，却也不乏其相同或相似之处。

男性大师笔下的疯女人形象，姑且搁下不表，它要运用另一套理论体系来解析。单说女性作家笔下的疯女人，按照西方女权主义批评家吉尔伯特和古巴尔的逻辑，女性作者笔下的“疯女人”，蕴涵极大意义，是女性自我的“疯狂的复本”和“作者身份的女性精神分裂症”，换句话说，是女性的自传或准自传。女作家把她们的愤怒和不平投射在阴森恐怖的形象之中，唯其如此，焦虑的女作家们才能爆发出郁积在胸中的不可遏制的怒火，并通过写作来自我抚慰以使心中怒火熄灭。这种做法既是在鉴定又是在修正那个父权制文化强加于她们的“自我的界定”。

透过文本，我们会看到，“疯女人”们都遭遇了一个基本前提，那就是：为爱而疯。正是由于爱得深爱得切，爱得抑郁不得志，一旦遭遇欺骗或者失败，她们立即陷入无法自控的抑郁疯狂的陷阱。《无字》中的吴为在与丈夫胡秉宸及其前妻的爱情撕扯中心力交瘁疯癫呓语，《羽蛇》中的羽在缺失爱的家庭里压抑郁闷精神紧张，《金锁记》里曹七巧守寡后安全感极度缺失，对金钱、子女贪婪乖戾占有无度……

女人无论取得怎样的经济独立和社会地位，然而，属于她们自己内心爱的这一隅唯独是脆弱而充满依附需求的，很容易受到伤害，或自我感觉受到了伤害。通过“疯女人”这种艺术当中的“泄愤”行为，女性作家们书写出了“第二性”群体普遍的真实内心。无论你接不接受，承不承认，这都是现代性进程中一个极具革命性的变化。正是这些有视觉冲击力和文化穿透力的女性书写，使几千年一贯制的男权文学史因此而得到了某些修正和必要的改变。

2005年10月10日于北京以北

英雄浴火重生

——当代女作家笔下男性形象的演变

改革开放三十年是中国内地政治经济文化发展的重要时期。如果将这三十年作为一个历史时间段来研究的话,我们会发现,中国内地女性写作,完成了一个创作的循环,从女性小说中的男性人物形象入手分析,那就是:从80年代"英雄出世",到90年代"英雄堕落与毁灭",直至21世纪初"英雄的浴火重生",完成了从英雄到狗熊,又恢复成英雄的阶段。

下面我们逐一分析这几个历史阶段:

第一阶段:1978年到1988年。改革开放之初至80年代,女性写作跻身于国家民族的宏大叙事之中,跻身于思想解放之列,她们跟男性作家具有共同的追求,那就是文学担当时代精神传声筒和改革急先锋的作用,同时担负着宣扬时代教义、哲学讨论等等使命。而"性别"无论是在政治活动中还是日常社会生活中,都不是要额外加以考虑和提出的因素。

这一时期,是女性和男性共同"寻父"的时代。女性与男性同步,纷纷在文章中树立起正面的英雄形象——当然,习惯性的是男性的英雄。女作家笔下的男性是高大完美的,是盖世英雄,那些从苦难里走出来的男性担当着她们的精神导师和肉体启蒙者的角色。

这一时期，我们看到，在属于男性的小说《东方》《将军吟》《冬天里的春天》《黄河东流去》的历史宏大书写里，在王蒙"意识流"小说对政治生活的重新打量评估中，在莫言咄咄逼人才华横溢的重塑民族精神的"红高粱"系列覆盖下，在贾平凹厚实淳朴的乡间才子气的乡村系列遮蔽中，在张贤亮《绿化树》《男人的一半是女人》中男性以自我为中心的非理性自恋里，女性在男权话语包围中勇猛突围而出，以饱含深情的婉约、舒缓的笔调，以崇敬和仰视的目光，创作出让人们的心灵和肉体产生震颤的名篇，书写了一个个"如父如兄"的英雄形象。

如张洁《爱，是不能忘记的》《沉重的翅膀》，王安忆《雨，沙沙沙》《小鲍庄》和"三恋"，铁凝《哦，香雪》《没有纽扣的红衬衫》《玫瑰门》和"三垛"，池莉的"烦恼人生"系列，以及蒋韵、迟子建、蒋子丹等女性作家的小说，都将女性的写作汇入改革开放以后伤痕文学、改革文学、寻根文学的时代大潮中，执意在男性身上寻找着庇护、安全感和温暖善良。正是在对"如父如兄"的男人的寻找和刻画里，她们完成了自己的肉身解放和精神成长，并与男性作家一起完成了将文学充当80年代思想解放运动利器的光荣使命。

这一时期，在对英雄的刻画和膜拜中，女性普遍具有盲目崇拜与全盘接收混杂在一起的自我强迫症，同时极易陷入用幻想设置起来的美感与诗意的陷阱。

第二个阶段：1989年到2000年。整个90年代是中国价值多元化和市场经济风起云涌的时代，文化和文学产业呈现混乱斑驳的场景。

最能表现90年代文化场景典型特征的，是由《废都》而来的世纪末的情绪。男性文化“英雄”们的自我放逐和颓废，也成了女性疯狂解构主义时代到来的助推器。

女性笔下的“英雄”这时已经降落人间，并迅速垮塌，进而陷入虚无主义深渊。最早是王安忆《叔叔的故事》，通过拆解叔叔的故事中所有的神圣与崇高，试图打破的是那个年代文化英雄的幻象，通过戏仿80年代小说的基本模式，企图消解的是洋溢于十年间的诗性。有趣的是，又过了十年之后，铁凝的《大浴女》，书写的是同一个母题，并在“叔叔”被拆解得七零八落的零件上，又狠狠地捅了几刀！那些落难“英雄”的乌托邦诗篇立刻变得一地鸡毛。

这一时期的登峰造极之作是老作家张洁的长篇小说《无字》，在一个“疯女人”的家族史里，在对历史的佼佼者、有着光荣左翼经历的男人胡秉宸的重新审视中，作者诉说着面对历史巨大的怀疑和宣判。男性“悲剧的诞生”与“谎言的衰朽”成为必然。

但是，问题也紧跟着出现了：哀鸿遍野、遍地“英雄”尸首的虚无主义之中，女性也面临理想无处放置的悲哀和凄凉。

第三阶段：21世纪到来以后，文学书写当中迎来了英雄回归、浴火重生的阶段。

宗璞的《野葫芦引》（南渡记和东藏记）系列，王安忆的《启蒙时代》，铁凝的《笨花》，凌力的《北方佳人》，蒋韵的《心爱的树》，徐坤的《八月狂想曲》，从女性写作的轻灵转向厚重博大，在现代主义和女性主义对英雄书写的毁灭性浪潮中，采取正面强攻手段，硬是要树立和打造起英雄的形象。无论是国难当头时知识分子硬骨铮铮，还是知青英雄的启蒙理想主义者；无论是军旅英雄还是少数民族骁将，抑或是青春英雄人物，都体现了女性自我纠偏、建立起新的理想的努力。

有趣的是，21 世纪初，女性笔底的英雄的回归，写的多是“有文化的英雄”。同一时期，男性笔下《我是我的神》《历史的天空》《亮剑》里多是“草莽英雄”。这也是男性自己重塑自身的一个迂回性文学手段。

综上所述，回顾三十年来女性视域下男性形象的演变，我们看到的是理想主义重建的过程，看到了在对男性英雄“去魅”与重塑过程中，女性彻底的独立和成熟，看到了她们与生活的和解，看到男女心灵的相互交融和真正意义上的平等。改革开放三十年来，中国的女性主义写作从对西方理论的借用与反叛、从对传统观念的颠覆与皈依中崛起，在新世纪到来后的文化格局重整与理想主义重建过程中获得成熟。

2008 年 9 月 30 日于北京以北

在传统和现实之间

——20 世纪 60 年代出生女作家的创作

20 世纪 60 年代出生的女作家，继承的是 80 年代的思想文化资源，广泛接受古今中外文学思潮的浇灌，相对 50 年代和 70 年代出生的作家而言，她们是承上启下的一代，是从传统到现代、从保守到激进的一代，从服从到叛逆的一代，从驯顺到颠覆的一代，也是从“后现代”返归“前现代”的一代。在小说领域出现不少有成就的作家，从 80 年代中后期开始出道的迟子建、庞天舒、陈染、海男、孙惠芬、皮皮，到 90 年代以后开始登上文坛的须兰、潘向黎、邵丽、北北、葛水平、叶弥、曹明霞，她们的写作自由多元、绚丽多彩。有的惊鸿一瞥，昙花一现，有的步伐稳健，在创作中不断寻求突破、超越自我。在师承各项潮流的写作中，不可否认，传统的现实主义创作走得最坚实、最长远。到了新世纪，也仍然是这部分作家，如迟子建、孙惠芬、叶弥、曹明霞等仍有新作频出，得到业界和读者的关注。

如果说 20 世纪 80 年代初那个冰消雪化的年代，张洁的《爱，是不能忘记的》开了女性思想解放的先声的话，那么这一代人的爱的表达，就是从书写童话开始的。从北国边陲走出来的东北女作家迟子建，以《北极村童话》走上文坛，又以《额尔古纳河右岸》荣膺 2008 年第七届茅盾文学奖。温情主义一直是她写作的基调，对传统道德的恪守也成为她小说不变的母题。从早期的《树下》《晨钟响彻黄昏》《秧歌》《逝川》的迷茫、忧郁，到《亲亲土豆》《逆行精灵》里甜蜜的感伤；从失去爱人之后《越过云层的晴朗》《世界上所有的夜晚》等悲情之作，到新近《花虻子的春天》《起舞》《舞翩翩》《解冻》的爱情喜庆色彩，迟子建以温情的抒情方式，诗意地讲述人间故事，"洪洞县里无好人"，迟子建笔下无坏人。她给我们描述了许多消失和正在消失的美好事物，男女之爱如同四季牧歌一般悠长美好和自然。温情主义与对传统价值的恪守，让她用理性为笔下的人物甚至是额尔古纳河右岸的游牧狩猎民族也布洒下儒家道德仁爱的光辉。然而正是这一点构成了迟子建写作的鲜明特性，也成了今天人们充分喜爱她的作品的理由。

来自于北方辽南乡村的女作家孙惠芬，则紧紧贴着大地行走，二十多年的写作生涯，让她目光敏锐而忧郁，姿态稳健而滞重，行文卑微而阴郁，对乡土中国传统多了深刻的审视和反思。从早期的《歇马山庄》长篇成长小说的对于逃离乡土的忧思，到获得鲁迅文学奖的小说《歇马山庄的两个女人》戳穿人性的嫉妒与贪婪，假意的姐妹情谊背后布满置人于死地的谗言、密告和诬陷；从《天窗》里女性的忧闷泄愤、快意恩仇，到2008年《致无尽关系》里对乡土亲情的爱恨交织、苦闷与挣扎，无奈与不堪，受虐与自虐……孙惠芬的底层写作，道尽现代化给乡土中国社会带来的种种变化和矛盾。乡土和家园，再不是以往男作家们笔下一曲曲虚妄的田园牧歌，它不能够提供温情，反而成为一种钳制子孙们向现代化行进的力量。诸多从农村逃离到城市的游子，都从孙惠芬笔下古老乡土中国宗族宗法社会“无尽的关系中”照见了无奈的自己！对乡土中国传统的审视和反思，构成了孙惠芬作品最沉痛的力量。

对传统的颠覆与重建，同样是来自北方的我本人写作的母题。漫长的在京求学和社科院研究所工作的经历，注定了我本人描写对象是都市知识分子和女性白领群体。早期知识分子小说《白话》《热狗》《先锋》《鸟粪》，以颠覆和解构性的写作，描绘了精英阶层的人性缺漏，谑浪笑傲，充满后现代色彩，被作家王蒙诙谐喻为“后的以后是小说”。后期描写男女爱情的篇什《厨房》《狗日的足球》《午夜广场最后的探戈》，在狭小空间里展开男女战争，颇像小剧场戏，细腻的心理描写、夸张的肢体语言，将都市多情男女的乖张和纠缠铺张到极致。长篇《春天的二十二个夜晚》《爱你两周半》，则是这个飞速变化时代的爱情数字化记录，充满了痴男怨女在传统与现代之间的挣扎、失落与凭吊。而像《野草根》中女性苦难与命运的书写，《八月狂想曲》中有关青春中国的宏大国家民族叙事，让我的精神指向又复归传统，将写作背景深入历史和现实的纵深处，在大时代中思索和考量个体的命运和前途。

这是60年代出生的女作家的殊途同归。无论是不倦的现实主义书写，还是诸如20世纪90年代北京女作家陈染的女性“私人生活”叙事，上海女作家须兰的历史故事新编、潘向黎“白水青菜”系列的女权觉醒，山西女作家葛水平“喊山”系列的乡土传承，河北女作家曹明霞“士别三日”系列对男权的愤懑和审判。无论是身处乡村还是城市，这一代女作家的书写，却如北宋欧阳修所言：“醉翁之意不在酒，在乎山水之间也。”她们恪守着传统，也希望砸碎桎梏;她们奋力进行解构,也在积极进行建构。她们笔底的爱情,也不再单纯是男女两情相悦、简单的“半边天”式男女平等,而是跟女性主体意识的充分张扬、跟性/政治权力的争取密切相关。这是她们比前辈女作家们站得更高、走得更远的地方。

2009 年 2 月 22 日于北京以北

堂吉诃德与莎乐美

——女性文学中的“抹脖子”事件

女性文学是个宽泛的题目和概念，在讨论之前，我想说说给我留下深刻印象的两部有关西班牙的舞剧。

一个是1998年，我在北京北展剧场看的俄罗斯芭蕾舞团演的《堂吉诃德》。另一部是2004年，我在北京保利剧院看的西班牙弗拉门戈舞著名舞蹈家阿依达·戈麦斯演的《莎乐美》。

两部剧的内容众所周知，都改编自名著。前者来自塞万提斯的小说，后者故事源自《圣经》，改编自王尔德的诗剧《莎乐美》。

有意思的是，俄罗斯人在改编和上演西班牙人的戏，而西班牙人却在改编和上演爱尔兰人的剧。

关于堂吉诃德，在我们的大学教科书里，我们总被告知，塞万提斯的这部作品要讽刺当时西班牙社会的骑士风尚。梦幻游侠堂吉诃德就不幸成了被嘲讽的对象。瘦马、长矛、风车、铜盆、桑丘潘沙、杜西尼亚……都成了褒义词。不知怎的，当我第一次阅读小说时，却没觉得堂吉诃德有那么好笑，而是很同情他，觉得他是个有点让人想落泪的形象。他很傻，却很执着，坚强，有理想，百折不挠，为了心目中的爱人，不惜盲目冲撞追求到底。丑陋的村姑杜西尼亚，就是他心中的女神。

俄罗斯人的芭蕾舞很好地体现了这一点。那个踮着脚尖、连续做着大跳的汉子堂吉诃德，还有那个开绷直立、光彩照人、可以连续做三十二圈大旋转的美丽杜西尼亚，都十分迷人！

弗拉门戈舞里的莎乐美，美丽泼辣。她向先知约翰求爱不成，恼羞成怒，转而让父王砍下约翰的人头，然后在血泊里亲吻尸体冰冷的嘴唇。当舞蹈家阿依达·戈麦斯在急遽的鼓点中大幅度耸腰、摆胯、扭臀、脚底快速地踢踏，跳起著名的"七重纱"脱衣舞，一层层脱去身上薄如蝉翼的七件纱衣时，舞台的气氛达到高潮。一个狂傲不羁的复仇女神形象跃然台上。

两部剧，都是由传统名著改编的，可以叫作"男性文学"吧！告诉我们古老的男权话语统治下的文学传统：爱与死，是文学的永恒主题。

这两类主题，在中国的古典文学里也同样有之。

中国古代最早的诗歌总集《诗经》里就有很多诗篇描写像堂吉诃德那样冒傻气的爱情，"关关雎鸠，在河之洲。窈窕淑女，君子好逑。求之不得，吾寐思服"。见了姑娘就想追，追不到手就睡不着觉。

而像莎乐美那样因求爱不成而抹男人脖子的故事，在中国古代也有。商朝国君商纣王的妃子妲已，看上了附属诸侯国的英俊王子伯邑考，但是王子没有看上她，不接受她的爱。妲已恼羞成怒，大骂："这等匹夫！轻人如此。管教他粉身碎骨方消恨。"于是命人把王子杀了，做成人肉饼，还送给关在监狱里的王子的老父亲周文王来吃。这就是历史上有名的"文王拘禁而演《周易》"的故事。

由此证明，不管相隔多远，地球上人类的爱，都是相通的，求爱和报复的模式，也都十分相近。

要说明的是，以上这些记载，都是由男权社会的男性文化权威完成的。千百年来，是男人们规定了文学主题和写作的模式。

而我们的女性文学呢？女性文学正是从这里脱胎而来，并且力图超越这个爱与死主题的限制，走向更宏远的文化旨归。女性文学虽然是在20世纪五六十年代起源于西方，伴随着黑人民权运动而生，说的还是爱与死的母题，但男女双方的主体位置已经有了改变，女性更占主动权。

西方的女权主义在20世纪90年代传到中国后，得到了东方式的集成。中国女性作家作品中洋溢的爱与死的主题，不再是简单的男女两性之间的恩恩怨怨，而是直指对媚俗世相与伪善的抵制和批判。

比方说，七十岁的著名女作家张洁，曾经两次获得茅盾文学奖，在80年代初写过小说《爱情是不能忘记的》，几乎是女版的堂吉诃德，女性为了心爱的男人，默默地无原则地付出。后来的三卷本长篇小说《无字》，则把曾经爱过的那些男人的伪善和庸俗，批得体无完肤，用笔杀人，根本不见血，刀刀剁在七寸上。

中国作家协会主席铁凝在三十岁时写了才华横溢的长篇《玫瑰门》，书的名字本身就是隐喻，隐喻女性的生殖产道，也是隐喻女人的逃离和再生之路。小说写了三代女人的命运，揭露了中国“十年动乱”期间文化禁锢的恶果。小说最后也是以探讨杀人结尾，女主人公在给老鼠下耗子药时犹豫不定，有专门药死男耗子的“鼠得乐”，还有专门药死女耗子的“乐得鼠”，最后女主人公选择了先药死母耗子，以让老鼠绝根儿。暗示着要把世间丑陋的人和事从生殖的源头上都消灭光。

另外一个出生于50年代的作家徐小斌，中篇小说《双鱼星座》获得第一届专家评选的鲁迅文学奖。小说最后也要杀人，这回下的不是耗子药，而是往钢笔水里注入毒药、用冰箱里冻硬的火腿以及尖利的水果刀当凶器，杀死压迫欺诈女主人公的老板、外强中干性冷淡的丈夫和懦弱负心的情人。只不过杀人是在幻觉里实施的，并没敢真动手。表现了女性的愤懑和现实当中的无出路。

真正在小说里实施了杀人的是出生于1957年的湖北武汉女作家池莉。她的中篇小说《云破处》，是个杀夫的故事，女主人公的丈夫小时候出于对城里人的嫉妒，往兵工厂的菜里放了河豚的剧毒，药死了包括女主人公父母在内的九个人。女主人公后来偶然得知真相后，几次暗示已经成为自己丈夫的这个男人前去自首赎罪，丈夫却无动于衷，无丝毫忏悔之心，继续道貌岸然冠冕堂皇地做官。妻子于是自己动手用刀子干掉了丈夫。

当代女性作家扬出如此杀人之声，已经不仅仅是简单出于堂吉诃德式的爱，也不仅仅是莎乐美或妲己似的求爱不成就报复的抹脖子现象，而是更阔大久远，直戳以男权性别支配为基点的文化权力的弊端，触摸到广泛的人类形而上的思维形态。她们已经在爱的基础上走出更远。她们号召人们去爱，勇敢而坚定地爱，在没有梦的地方造梦，在没有理想的地方种植理想。从这一点上说，她们胜过堂吉诃德，也远远胜过莎乐美。

2010年10月20日于北京以北

革命历史题材创作中的女性主义美学原则

革命历史题材文艺创作作为当代文学史的重要组成部分，几十年来一直成为鼓舞人民、激励读者的力量。作品中所表现出来的革命英雄主义精神，铁血丹心的爱国力量，捍卫民族利益的坚强不屈的斗志，成为中华民族宝贵的精神财富，并在现实中不断得到继承和发扬光大。从新中国成立后十七年里创作出的红色经典“三红一创、青山保林”（《红日》《红岩》《红旗谱》《创业史》《青春之歌》《山乡巨变》《保卫延安》《林海雪原》），到近期以来脍炙人口的革命历史题材作品《历史的天空》《亮剑》《我是太阳》《集结号》，广大作家在不断拓展题材领域，将战争思考的主题向人性纵深处挖掘，创作出深受观众喜爱的姜大牙、李云龙、关山林等“草莽英雄”形象，丰富了战争英雄人物的历史长廊。同时还有《集结号》中谷子地那样孜孜以求的英雄人物，作品力图在战争的残酷性与人性的诉求之间做一个完美的平衡和阐释。

同时我们也欣喜地看到，一批富有才情的女作家也于深思熟虑之中厚积薄发，创作出了有分量的革命历史题材作品：姜安的《走出硝烟的女神》、裘山山的《我在天堂等你》、项小米的《英雄无语》、马晓丽的《楚河汉界》、铁凝的《笨花》、贺捷生《索玛花开的时候》“红色大散文”系列等等。她们的作品影响深远，与男性作家的创作相互应和，共同形成了革命历史题材创作的繁荣局面。

回顾百多年的中国现当代文学史，在宏大叙事中，从来没有缺少过女性作家的身影。新中国成立后，一批女性作家首先介入革命历史题材的创作当中，并取得骄人成绩。除了位列红色经典“青山保林”系列中的杨沫的《青春之歌》外，意义深远的还有茹志鹃的《百合花》，宗璞的《红豆》，刘真的《英雄的乐章》《长长的流水》，菡子的《万妞》等等。在革命历史题材文艺创作这一历史与现实制高点上，女作家们共同采取迂回策略，不像男性作家那样腥风血雨正面强攻，而是从“人情”“人性”与“爱”的意义上获得最终抵达。

革命历史题材的创作，有其经典性、历史性和现实性的要求。在其题材规定性上，描写对象是重大革命历史事件，在其描写内容上，必须是英雄人物的成长故事。革命暴力美学、完美的英雄、完胜的故事，是其必不可少的三个要件。然而，似乎天性使然，女性作家在创作中却很少涉及这些要件，她们都是从很小的角度切入，最后却达到很高的境界，打造出清新婉丽的一片洞天。仅以文学史上经典的《青春之歌》和《百合花》为例。《青春之歌》作为第一部反映知识分子在革命队伍里改造锻炼成长的小说，以“爱”为中心来架构文章的框架、刻画人物的内心世界，以“情”来打动人心。出身地主家庭的女子林道静，在优秀的革命者的引领下，通过艰难的自我改造，经由种种艰苦曲折的跋涉和斗争考验而最终走上革命道路，成为一名坚强的革命战士。余永泽、卢嘉川等一个个鲜活的共产党员形象，皆通过女性之眼将他们优秀的品格完满展示。茹志鹃的《百合花》则更是革命历史题材写作中的异数，从人性的深度上来把握战争，描绘了残酷战争中的温婉深情，以“非爱情”的“爱情”形式刻画庄严的“军民鱼水情”。这样一篇意境优美的小说，寥寥七千字，如诗如画，活灵活现地描画出战争年代军队和老百姓之间简单透明、纯洁无瑕的关系。小说的两个主人公：过门才三天的新媳妇和参军才一年的十九岁通信兵，通过“借被子”这一件小事产生关联，以那条“枣红底上撒满百合花的假洋缎被面”作为贯穿全文的线索，以纯洁的百合花象征人物的美好心灵。这样的书写令人耳目一新。与同一时期男性作家们的浩大的革命历史题材作品相比，女性作家们以她们清润通透的艺术表现力和饱满真挚的才情，以青春与爱的吟唱、百合红豆似的英姿，表述了人性的善良，剔除了暴力和血腥，给后人留下了艰难岁月中的不朽篇章。

新一代的女作家有着更丰富的学养、更扎实的艺术表现力，在对革命历史题材的把握和建设方面有着深度的理解。姜安的《走出硝烟的女神》对战争时期女革命英雄为国牺牲情怀的歌颂赞美，裘山山的《我在天堂等你》叙写了援藏军人英雄事迹的感人，项小米的《英雄无语》对战争英雄的赞颂与对英雄人格缺陷的凌厉追问，马晓丽的《楚河汉界》体现的在崇高与世俗中对峙的军人灵魂，铁凝的《笨花》中革命历史叙事的民俗化效果与对英雄道德理想境界的褒奖，老一代女作家贺捷生《索玛花开的时候》“红色大散文”的温情吟唱，都把革命历史题材创作推到很高的境界。她们塑造的英雄形象，从别一个角度构成了对姜大牙（《历史的天空》）、谷子地（《集结号》）、李云龙（《亮剑》）、关山林（《我是太阳》）等等英雄人物群像的有效补充。她们对历史与人性的追问有时比男作家更痛彻，凌厉处刀光剑影鞭辟入里，如项小米和马晓丽；她们对于战争中人物命运的悲悯往往比男作家更椎心泣血、哑然失声，如裘山山和姜安；她们对于阔大的历史场景的把握运笔自如、温润饱满、诗意盎然，如铁凝和贺捷生。有了如此骄人的业绩，未来在如何充分运用开掘革命历史题材这个宝贵的精神资源重塑民族性格、树立民族信仰方面，女作家的写作令人充满想象和期待。

2011 年 5 月 18 日于北京以北

三八节有感

三八节有感

年年三八,年年有感。最著名的“三八节有感”,是丁玲于1942年3月9日在延安《解放日报》所写的那篇文章。如今读来,文中澎湃的激情、蓄积的力量、飞扬的文采,仍然令人击节赞赏!“纤笔一支谁与似,三千毛瑟精兵”,毛泽东这个赞誉,丁玲确实担当得起。最为可叹之处,是女作家文中流露出的情绪化部分,丁玲从自身遭际和生命体验出发,对女性不平等的命运感同身受,因而说到当时延安女人在结婚离婚生育时所面临的困境,忧愤直言,一吐为快。在发表这篇文章的前一个月,1942年2月春节,三十八岁的丁玲刚与二十五岁的陈明完婚。这篇文章给丁玲日后带来的命运坎坷和转折,文学史里已经记录在案。咱们暂且按下不表。

且说如今,半个多世纪过去,丁玲文中所忧思的男女不平等情形有什么改变吗?当然!情形早已大大地改观,大大地不一样了!女性的社会地位有了根本性的提升,丁玲谈到的女人婚姻自主、个性解放的“娜拉式困境”,已得到解决。今天我们讨论的男女平等,问题也已升级,在更高的平台框架里探究男女的平等、发展与和平,女性的健康、教育和就业问题。

中国女性的解放程度,有目共睹。年轻女性享受到了五四以来她们的老祖母、母亲们奋斗争平等的成果,同时也用智慧把这个成果不断扩大。各个行当,只要有男人出现的地方,就有女人的身影,没有什么是女性不能干的。用个别男性不无嫉妒与调侃的话说:你们还要争平等?都平等成什么样了?!再平等,就没我们男人活着的地儿了!

问题到这儿就全部解决了吗?没有。男女平等问题跟任何其他社会问题一样,解决了旧的,还会出现新的。随着时代的发展,新的问题也会不断出现。比方说,女性学者提到的男女"隐性不平等"问题:女性总是在杂志封面上充当"被看"的角色;电视肥皂洗衣粉广告总是用女人当主角,仿佛当老妈子干家务活是天经地义的……再比如,商业社会对男女平等概念的篡改:如今的三八节,更像是商家和媒体合谋的赚钱日,商家促销打折掏空家庭主妇和女白领的钱包,电视台搞女人煽情晚会,为的是插播广告、收取高额热线声讯通话费……

由此看出,每一个时代的妇女解放,都面临着与时代相关的问题,而每一个时代的问题,都比前一个时代往前跨进了一步。这是一个没有终点的过程,只有不断努力,遇到什么问题解决什么问题。

男女平等问题在理论层面上已经得到我们国家高度重视,法律明文规定男女平等就跟计划生育一样是基本国策。而在实践层面上,许多方面还有待完善。比如,这次北京第十二次妇代会上提出的男女同龄退休问题,已经成了网上热议的话题。比较可气的是,"女性要不要跟男人一样六十岁退休"标题下,冷嘲热讽声一片。有网民说:大婶大妈行行好,让出工作岗位来给新毕业的大学生吧!还有的说:让老女人早点退吧!应该让年轻女人多上岗,能够激活男性领导干部的工作积极性。

本来是一个严肃的提案,拿到网上讨论,就变成了恶搞,起哄架秧子。这些匿名调侃代表不了民意,很不正经,实际上也是不堪一击,经不起辩驳。女性比男性提前退休,引发了一系列不平等不合理问题。提前离岗这五年的损失就不说了,五十五岁退休的妇女,距离到六十五岁享受政府的各种免费老年待遇还有十年。而一个六十岁退休的老头,没几年就可以拿着老年证,每天免费坐车、免费出入全市各大公园,把天坛、地坛、颐和园都当成他家操场,整天耗在那里套圈撞树踢毽子玩;一个五十五岁就退下来的身强力壮的老太太,因为坐不起车买不起门票就哪儿也不能去,她要想享受到这种免费待遇的话,则要等上漫长的十年。这到底是为什么呢?

相信这个提案在不久的人大立法会上会予以通过。因为它合理,代表了广大女性公民的合法权益。政府在公共政策的制定上一定会充分贯彻基本国策,体现男女平等原则。对女性自身而言,也更要具备自强自立的平等意识。希拉里·克林顿竞选失败时的演讲说得好:"作为一个女性参选人,大家觉得这很了不起。但如果有了我这第一次,以后人们就会认为女性参选不是什么了不起的事情。我觉得这才是我做的了不起的事情。"勇于去竞争,敢于去参与,才能获得平等。幸福和平等从来都不是毛毛雨,任何时候都不会自己从天上掉下来。这也是丁玲在半个多世纪前所说的:“世界上从没有无能的人,有资格去获取一切的。所以女人要取得平等,得首先强己。”自强与自立,才是女性真正获得平等的第一要义。

2009年3月2日于北京以北

叛逆的骚扰

美国新近有一部电影叫《叛逆的骚扰》，讲述的是公司里人际关系中的尔虞我诈的老套故事。有意思之处在于，它采用了女权主义的视角来重新处理这类故事题材。主宰公司事务的老板不再是下巴剃得乌青溜光的一米八二以上的高个儿男人，遭受性骚扰的也不再是穿超短呢裙和细高跟鞋的白领小秘。故事换成了精明强干的女老板主动去“骚扰”她的男雇员。男雇员不甘心被利用、被当成人际关系中的筹码，所以他要“叛逆”，要“反抗”。这一出“姬别霸王”的演义与我们谙熟的那种古老的男女关系的故事模式恰好相反。

长期以来，我们听惯了“霸王别姬”一类的英雄故事。按照这个男权社会给男人和女人各自定位的方法，男人是“霸王”，居于这个社会的支配地位，是一切事物前进的推动和主宰力量，女人则是“姬”，只是处于附庸的、从属的位置上，只能被男人所掀起的历史潮流裹挟着被动地往前走。英雄必须有美人环绕，帝王必得有三宫六院七十二妃嫔簇拥，这是早已被人们所认定、接受了的社会场景。从来只闻帝王笑，哪里听得美人哭？只闻霸王言别姬，姬女谁敢轻别离？《霸王别姬》这出戏一唱再唱，从古代唱到今天，直至20世纪末了它仍旧余音袅袅，绕梁三日而不衰，足以让那些虽早已称不起“霸王”，但却一直心怀此梦想的男人从中获得极大的心理快感和满足。

而女性自身的心理情状又是如何呢？女性自打一出生的时候就要开始接受这个社会男权标准的评判与审视，甚至在更早的时候，在她们的母亲、祖母以致祖母的祖母那一代，这种评判与接受就已经开始了。男性掌握着这个社会哲学、宗教、道德、法律及一切社会律令的定义和阐释权，何谓“男性”与何谓“女性”，全都由他们来全权注释和标明。在此情形下，女性连决定怎样看待“自己”的权利都丧失了，总是透过男性的目光来对自己进行反观和体认。这种“被看”与“被窥”的结果，同时也养成了女性“展示”自己的心态，所谓“女为悦己者容”是也。从古代的那些个“妾身”“奴家”的闺怨诗（“君是阳光妾是柳”，“奴盼阳光照柳身”之类），到近代现代的种种香艳表演，这一切无不是为了取悦男性。女人在欣赏这类表演时，除了感到浑身不舒服，感到几分齿冷和胆寒，大概不会唤起多少自信和美感。这种文化社会现象的形成，与男权对女性思想的控制，以及对女人人身自由的钳制有着最为直接密切的关系。

历史上男权社会对于女性存在的贬抑，还通过他们故意忽略女性文化价值表现出来。女性对社会发展所付出的诸如生殖、养育等等的辛苦劳作，从来就不被男权社会所量化统计，也不被任何一部史书给予记载。《女儿经》《女诫》等等要告诉妇女的也不过是如何守节的规矩。从父、从夫、从子，便构成了女人一生的生命三部曲。除了不断地“从属”之外，女人哪里还可以寻到她们自己、为她们自己做一回“主”呢?

现代化的妇女解放运动,给女性认识自身开辟了一个新的更广阔的天地。女权运动、女性主义等等一系列妇女运动和思潮的产生,日益将女性从男权视野钳制之下解放出来,教导女性用自己的声音说话,用自己的目光重新打量自己,重新给自己设定美的标准。她们将不再唯男人之命是从,不再唯男人之首是瞻,不再仰男人的鼻息过活。随着妇女经济地位的改善,她们的政治地位也将不断发生变化,在整个社会生活领域中她们的发言所占的份额比重越来越大,成为再不容忽视的支撑起“半边天”的力量。(此“半边天”非指男人因体谅弱小而友情割让出的半边“羸弱之天”,而是实实在在的本属她们统御的整体的“天之一半”。)“霸王别姬”一类的古老观念将要受到深刻冲击,将会得到新的注解,“霸王”和“姬”在概念的外延和内涵上都将是同等意义的。在新型的男女平等的人际关系里,“姬别霸王”和“霸王别姬”都变成了十分正常的现象,“休夫”与“休妻”对于一段不如意的婚姻关系的解体来说,并没有什么身份地位或感情色彩上的差别。妇女将参与到社会生活的各个领域,自由地表达她们真正的、发自内心的意愿和要求,对生活现象发表自己独到的见解,不再只作为男性话语的传声筒。只有在这个时候,女人才真正成为“女人”,男人也才真正成为“男人”。男与女,本来就是作为一种对象化关系,互为参照,互相映衬而存在的。当女人没有独立的人格,而只是男人的附属品时,这个社会的男人和女人的人格都是有缺陷的、不健全的。若是我们这个社会整个都被男性的声音所覆盖,表述的只是男性的要求和话语，你还能说这个社会的生活是健康和正常的吗？

事实上，许多有识之士（男士）都十分赞同和支持妇女自身的解放运动。随着现代化进程的不断加快，人们所承受的社会压力、生存压力都相对增加。传统的所谓“男主外，女主内”模式已经适应不了生活的快速节奏对每一个家庭的要求。单靠一个男性家长独挡门面挑起一个家的想法已经显得非常过时和可笑了。男人们迫切需要家里的“另一半天”把压力分担过去一些，诸如子女抚养、赡养老人、就业、分房、日常人际交往等问题，急切需要同女人一道协商处理。还有最重要的一点，奠定一个家成为“家”的基石，是妻子们那一份并不比丈夫少的工薪收入。妇女经济地位的独立，成了两性关系平等的基础。女性的解放运动，也正是从这里起步的。社会的进步和发展，日益推动着妇女自身的解放，而妇女自身的进步和解放，何尝又不是在推动着社会的进步和发展？！

当然，也不可不正视在我们的经济迅速发展过程中出现的个别的两性关系的倒退现象，譬如说“傍家儿”“养蜜”“金丝雀”等等丑陋现象的出现。但是，不要忘了，人们在给这些现象起这些奇怪的名字时，本身已带有非常轻蔑、嘲笑的态度。任何一个自尊、自强的女人，都不会以当“雀儿”为荣，更不会以此作为人格独立的象征，敢拿去四处张扬和标榜；同样，任何一个有责任感、有道义的男性良民，也不会为自己的如此行为而太感得意，否则他何必要以“惧内”的形象出现，并把这些活动在背地里偷偷摸摸地进行呢？

所以，人心还是自有它的衡量尺度的。每一个正直和正当的男人和女人都知道如何通过自身的不懈努力和奋斗而找到自己在这个世界的理想位置。生活正在不断地向前,谁是霸王谁是姬已经不显得重要了,重要的是,男女之间应该是平等互助、携手共进,双方联起手来,共同把我们赖以生存的这个地球建设、改造得更美好。

1996 年 3 月 25 日于京西浴风阁

廊桥遗梦还是男权梦遗

天气凉了。天儿一凉，所有的曾经沸沸扬扬的“热点”都随之降下温来，即便是再放在微波炉里烘烤，也不过是散发出几丝苟延残喘的余温。比方说“××热”“×××热”“××潇洒热一回”等等，再譬如说我们所要提及的“廊桥热”等等，转瞬便成过眼云烟。在这样一个不冷不热的冬季里，人们也许正积蓄待发，马上准备向新一轮热点冲击。大众文化就是这样一种十分火爆而又十分残酷的文化，昨天还是一个簇新的话题，到了今儿一早，就已经晾得发馊发霉了。没人愿意去嚼被别人嚼剩的馍，也没人愿意去重提被别人说烂了的话题。就像当初的“廊桥热”，曾激起过多少泪、多少怨、多少愁、多少羡，置身于其“热”中的我们恨不能自己就是弗朗西斯卡，彼时彼地正在遥远的廊桥，遭遇到罗伯特·金凯那样的情种的驾幸垂怜，再亲历一番古典爱情的浪漫。可“热”劲儿褪后，我们不得不又恢复起一地鸡毛式的烦恼人生，没人再把浪漫的古典虚设成现实人间，当然也就更无人有暇去回顾反思，我们置身于其中的那股“狂热”究竟有几分的合理性？有几分是我们的迷思？又有几分是我们的迷乱？有几人能够深刻体会并愿意承认，那个廊桥之梦，却不过是古老的始乱终弃故事的模制和翻版？

先说小说里的两个人物。那个男主角罗伯特·金凯是一个已过知天命之年的、自命为“最后一个牛仔”的居无定处的流浪艺术家（这种名衔最容易对女人造成欺骗性，尤其是身处闭塞小镇上的农村妇女）。在男主人公充满自恋性的陈述（或者说是此书作者罗伯特·詹姆斯·沃勒的极具自恋性的描述）中，我们约略能知道一些他的来历和出处：某家《地理杂志》的摄影师。且技艺熟练，能够给女主人公拍出令她终生难忘的美丽照片（一如诗人之会写能够让人公开朗读的情诗，庄之蝶之善造供后人欣赏阅览的情书）；有过妻子，但离婚了（据说责任完全不在他这一方）；在漫漫的为艺术而流浪的征程中遭遇过一些女人，并跟她们上床睡过觉，但不曾为她们当中的任何一个承担过任何形式的责任（可能是由于女人们没向他提出过婚姻方面的要求）。在跟女主人公发生四天四宿不分昼夜如歌如泣的爱情联系后，便开始守身如玉，一直带着难忘的记忆漂泊到死，再也没跟任何其他的女人有染。女主角弗朗西斯卡则是一个健壮、朴实，也堪称是美丽的乡村妇女，在接受罗伯特·金凯的勾引之前，一直与丈夫和孩子生活在农场，享受着一份乡村生活的宁静、单纯和温馨质朴。相比于她那简单的、几乎可以说是空白的感情经历而言，罗伯特·金凯简直可以算得上是猎艳老手。男主角的经验丰富再加之女主角的懵懂无知，恰好是构成一段偷情故事所必备的前提条件。

再说情节。一个流浪中年男子与一个乡村女子一见钟情，在短短四天里恋爱偷欢的故事，构成了通篇小说的主干。这样的故事我们在古今中外文学史上屡见不鲜。从世界上第一部长篇小说《源氏物语》到中国墙头马上的《西厢记》，从俄国《安娜·卡列尼娜》到印度《沙恭达罗》，从那个《包法利夫人》再到《复活》，坏小子勾引良家女的故事简直太多太多，罗列出来，大概可以为当下男子提供一份"勾引指南"或者"偷情大全"。勾引的模式也基本上千篇一律。在偷情的过程中，男主人公的诗朗诵的抒情方式将是不可或缺的，它是将女主人公引向美感和诗意陷阱的首要步骤，也是决定是否能将猎物获取到手的最为关键的一环。光源氏皇子和秀才张生以及那个国王豆扇陀，他们都比较擅长写诗，几句俳句律诗偈语十四行诗一读，女人们立刻就佩服仰慕得五体投地，身体也本能地服服帖帖变软了。罗伯特·金凯自己虽然不会作诗，但是他掌握了诗的运用技巧，"大陆""远游客""古老的夜晚""灰烬""从零度空间落下"这些充满浪漫想象的诗情句式，以及柯勒律治、叶芝、华伦、里尔克这些伟大诗人的名字，都被他利用得娴熟自如，恰如其"氛"。在初期的调情暧昧阶段，他"用他的男中音中区声部像一个职业演员那样朗诵"W. B. 叶芝的《流浪者安古斯之歌》(正与他自身的流浪者身份相符，赞颂诗人就如同赞颂他自身一样)。在已经得手之后进入上床阶段之时，做爱的过程里就要激情背诵里尔克的有关"太阳"的生殖崇拜诗。其次，"跳舞"这种形式也必须充分利用上。舞会从来都是将"授受不亲"的男女之大防摒弃在外的最好场合，给一切男女肌肤相接触提供了最好的借口和最大的方便。尤其是二人贴面舞形式的开发和利用，则更是现代社会的一大进步，简直无异于男女合欢的前奏和预演。那个渥伦斯基正是在沙龙舞会上见到安娜并被她那压抑着生机的舞姿给迷住的。罗伯特·金凯则是挟着弗朗西斯卡将"贴"舞从厨房直跳到卧房，并从卧房一跃而跳到床上。在跳舞的过程中，还要穿插进音乐柔情的慢板，以舒缓的曲子作为背景音乐。当然了，中间还要有美酒佳肴白兰地煮炖菜等等的香味来作为烘托气氛的调料。所有的这些爱情故事的俗套全都被作者拼贴、黏结在了一处，复制出毫不新鲜的合欢幽情场面。

结局。结局是劳燕分飞，男女主人公各奔东西。弗朗西斯卡终于把持住自己，没有被那个流浪艺术家诱拐而去，而是留下来继续操守乡间传统生活。整篇故事又堕入一个老套：荡气回肠的爱情需要有一个男人的意外出现、驾幸垂怜才得以完成；妇女只能待字闺中被动地等待爱情的自动降临；女人必须毫不犹豫地以身相许，自我牺牲，才能得出最终的虚幻而夸饰的大团圆结局。（不信，将男女主角的位置换一下试试：一个老实巴交的男人待守乡中，浪迹天涯阅历丰富的女艺术家途经此地，主动去散发魅力勾引他，并在结尾之处很潇洒地转身离去。那么，这个女人无疑将被读者和批评家谥以“坏女人”“第三者插足”“生活作风不正经”等等恶名，她将不会在纯文学的范畴内被讨论，还会因此而受到道德法庭的评判和制裁。）这就是古往今来爱情故事中的不合理之所在，人们对男女在情爱中所分扮的角色抱有不同的审判标准，对女人是苛刻的、贬损的，对男人则是宽容的、褒扬的。哪怕是祸因他而起，最后的罪责和苦难仍旧要由女人来承担。

《廊桥》的结局初看起来似乎有点新意：一场暴风骤雨般的偷欢式的爱情过后，并没有任何人任何事物因此而遭受损伤，生活仍然在按原有的轨道不断继续。这样，这爱情便在绵绵无期的追忆之中变得愈加浪漫、甜蜜、温馨、感伤，甚至是完美无瑕了。但是，不要忘了，这一切都是以女主人公的内心将要永远陷入痛苦的分裂为代价的。正是伟大的乡村妇女弗朗西斯卡的痴情却又内敛、多情而又专一，才成就了一场伟大的、超凡脱俗的浪漫爱情。与她的纯洁的品格和坚贞的操守相比，那个有过许多次偷情猎艳经历的罗伯特·金凯根本就不算个什么东西，尽管他一而再、再而三地以诗意笔触把自己的人格打扮得绝对完满，但是在妇女纯真无私的爱的奉献面前，他的这种“完满”仍旧显得贫乏、苍白、自私、贪婪、千疮百孔、晦然失色。可怜的弗朗西斯卡为情人供奉出了内心，为丈夫奉献出了肉体，今后她将永远在双重的自我折磨中度日，直至生命的终结。（再跟丈夫做爱时她是否会觉其乏味，将其幻想成情人？思念情人时她是否会对丈夫抱有深深的愧疚和罪孽感？）正是弗朗西斯卡的主动却又无奈的“自弃”，才没有造成罗伯特·金凯有意无意地“他弃”，也才使得故事的结局没有成为传统风格的“始乱终弃”式的悲剧，但同时却造就了一种现代类型的新“传统”悲剧：女主人公因着一次爱情“出位”而导致的，灵魂与肉体永远分裂、永远不再统一的悲剧。妇女将永远是一切爱情运动中的牺牲者（或是牺牲她的外在生活，或是牺牲她的内心世界）。“为女人哭”才是我们从这篇滥套的爱情故事中所得出的真正结论。

1996年2月16日于京西浴风阁

20·30·40

张艾嘉拍了一部有关女人的片子《20　30　40》，很有意思。如果拍一个男人版，也会特别有趣。小女子的二十岁是最无畏的岁月，横冲直撞，有青春的本钱做抵押，似乎可以随便走到哪里，大不了来一个折返跑而已。三十岁则面临青春晚期，焦虑惆怅，熟得几乎烂掉，却迟迟未进仓，不是觊觎着别人家的花心老公，就是跟同龄看不上眼的男子蹉跎。梦醒之后，却拍拖邻居一个丧偶还带着拖油瓶的男子。四十岁的花店老板娘，已然到了更年前期，有一些嚣张和乖戾，在情绪无常之间却也未曾颓废，在明媚阳光大道的晨跑中令人看到了她化蛹为蝶的美丽。

日光流年。当逼人的年龄灼烤放置到男人身上，结果是否一样？

时光向来是公平的。它雕刻在石头上与雕刻在水流上的力度从来都是均等的，然而产生的效果却相当不同。水与石，哪一种物质的着力感受更大、年轮触角的抚碰更敏锐执着？男人与女人，谁更抗得住时光的无情打磨？

刚刚见过一个男性朋友，从国外回来。也就几年的时间吧，对国内的日新月异已然失语。我们曾经在校园里见证过彼此的青春，幸览他那时的明眸皓齿、羽扇纶巾，还有对时事不满的冲动叛逆、理想比天大的青春骄狂。而今，在鬓角白发和脸上皱纹的肌肉牵拉之间，隐约只见落魄的人生与褪色的青春。一晃工夫，在国内打拼的同学朋友都成为成功人士，在国外文化的边缘靠一点酬金过活的人，只好下意识地无数遍念叨夸耀起自己在美国的一儿一女的聪明伶俐，似乎所有的生存努力，全靠闺女儿子将来会出人头地这一信念支撑。

世道残酷而又公平。人们用美丑衡量女人，用成功与失败称量男人。女人无论二十岁、三十岁、四十岁，相貌姿色是老大一个资本，生为美女，就先会占尽大便宜。而生为美男，却不甚重要，无论二十岁、三十岁、四十岁，男人有才方是一切。俗话说，世上无丑男，只有没能耐的倒霉蛋。男人不怕老，也不怕丑，怕的是平生一事无成。女人的焦虑，无非爱情、家庭、自己容颜衰老等等眼前一点小事；男人的焦虑，则是自己事业无成，恨自己不成器。成了小器的，又牢牢盯着眼前一根更大的诱人的胡萝卜。

女人凭借性别的利器，进可以攻，退可以守。在性别整体呈现弱势状态下，她们稍微做一点努力，往前进一步，便出类拔萃，成为女强人、三八红旗手；即便是退，也不丢人，回到家中，自有“女人天生就应相夫教子”足够自我安慰。而男人，进退取舍之间，几乎别无选择。都说“男人四十一枝花”，睁眼看来，完全不是那么回事。市面上摇曳生辉的，不是盘踞在城铁地铁出口、蹬小蹦蹦车的四十左右脸蛋好看的“骆驼祥子”，却常常是面有异相、其貌不扬的成功人士。男人，进一步花开，退一步花落。他们是上帝造就的凡间一群最为可怜的生物。败了就是败了，怎样安慰也没用处。

2005 年 10 月 11 日于北京以北

女人何苦为难女人

台湾地区滚石唱片旗下的四大女将即将来京献艺，其中歌手辛晓琪的一曲《女人何苦为难女人》又将在首都体育馆的圆形舞台上幽怨响起。这样一首曾经响彻祖国长城内外大江南北的“现代怨妇吟”，曾被盛赞为唱出了广大受气（互相受彼此的气）妇女同志的共同心声，辛晓琪也因此而得以被广大歌迷所熟知。

然而，在这种煽情主题的背后，又隐藏着什么问题呢？被众歌迷所忽略的一个基本事实是：辛晓琪的“现代怨妇”版歌手形象，是由滚石著名男性音乐制作人李宗盛度身打造的。由此一来，就引出一个疑问：究竟是谁在辛辛苦苦高歌吟唱“女人为难女人”？是男人？还是女人？在我这个没怎么被为难过的女人听来，那幽怨之声中分明在倾诉着男人的一份臆想，那暗地里的潜台词仿佛是说：“你们女人怎么还不赶快为难女人？女人之间一旦互相掐起来，俺们男人，不就可以从中渔利，有了一份高高在上的好身价，和俯览众女人的好面子吗？”

现代女人，都是走出厨房，出门在外，辛辛苦苦在社会上做事谋生的。怎能设想，她们不去和监管她们的老板、工头、主任、正处长、副主编们斗，不到上司和主管部门那里去争权利讨利益，反而要回过身来，去为难自己身边的一些平日无怨素日无仇，同样是在艰辛打着一份工的女同事?! 这样一种命题，在当今社会，它存在的合理依据是什么?

正如法国女权主义者西蒙·波伏娃所说的那样，女人的“性别意识”不是与生俱来的，而是后天被培养灌输的。女人的“第二性”特质，也是由主宰这个世界的男性权威所规定和命令的。不光是性别特点由男权来规定，这个世界上一切文化、道德、哲学、法律律令，也全都是由男权来决定和命名。女人跟女人之间的所谓“同性相斥”特点，当然也是后天得来，完全是由于男权的一贯挑拨和教唆。不然，我们怎么从来就没听说谁唱过“男人何苦为难男人”?怎么就没有谁宣扬过男人有“同性相斥”特点呢? 相反，从古至今，我们总是听说男人之间有那么美好动听的缠绵情感:桃园结义，歃血为盟，义结金兰……那种宏大叙事中化干戈为玉帛的“和亲”行动，实际上仍是男人们之间“出让女人来换男性权威的稳定与和平”之阴谋表现形式。

从古代帝王的“妻妾成群”模式，到现代婚恋故事中的“三角恋爱”传奇，我们看到，在所有文字记载当中的那些个悲悲戚戚、为争夺男人宠爱而打来打去的总是女人。那些苦命的女人，大老婆小老婆们互相撕掳，掐扯，不是谁把谁逼得挂房梁上吊，就是谁把谁迫害得投井自杀;而那些个被指责为“第三者”到别人家庭横插一足的女人，她们也总是要被那个男人的原配老婆先顺藤摸瓜，找到单位里去混搅臭骂，接下来的场面就是两个女人互薅头发打在一起，女人们的人格脸面和做人的尊严荡然无存。再以后呢? 要不就是那个“第三者”被打败，被逐出场，被整得下岗离职什么的，这些还算是惩罚得轻的，重一点的就要被毁容、毁誉、一辈子都抬不起头来；而那个原配老婆闹来闹去，打跑了勾引丈夫的小妖精之后，道义上好像是胜利了，生活中却也只是留住了男人的身，留不住男人的心，漫长的被男人冷落的压抑生活便缓缓开始……

这就是以往故事中通常所讲述的男女情节，也是那些故事要告诉我们的道德训诫。可是，我们暗中纳闷：故事中，那些惹起祸端的男人呢？他们的下场又是怎样呢？我们无从知道。我们只看到，此时他们正隐藏在故事的背后，作为一种道德背景，男人的面孔显得既端庄又模糊。

这究竟是一个什么逻辑？在《动物世界》节目里，谁看见过有雌性为争夺雄性而打起来的？生物界里一个最基本的生存规则，就是雄性要积极挺身而出，笑傲江湖，打遍天下，从雌性那里争得交配权和繁衍权。现在好了，猴子一旦进化成为人以后，就故意把道理全弄反了。它是违背生物本性的，因而显得不真实，没道理。

这就是一份深重的封建制度留给“我们”——所有中国女性的“精神传统”呵！“女人何苦为难女人”说的就是那些往事，那些旧时代压在女人身上的沉重桎梏和枷锁。而在今天，女人获得精神解放、走出家门以后的今天，可就实在没必要将那老调翻唱，因为，已经没有或很少见到那种“女人互相为难”的现象了。女人就是想互相为难也为难不着，也为难不上。女人再不用依赖在男人身上过活，每个人都有自己的一份活计，过去“挂靠在男人脖子上为生”的那份天然的不安全感不再存在，女人的对手和竞争对象也不再单纯是女人。能彼此构成“为难”关系的，经常是这样一些群体：同行、同类、同族、同乡、同龄人等等,“性别”不再单独构成互相仇视或彼此为难的因子。大凡生意场上、学术场上、情场上、战场上、舞场上,或者是影坛、文坛、艺坛、球坛……凡有竞争的地方,就有“为难”的关系存在,谁为难起谁来都不留情面,谁想干掉谁都毫不客气,无论男人对男人,男人对女人,女人对男人,女人对女人……只要是对手,见面就眼红。哪里还是什么女人见女人就手抖,或女人见女人就手黑啊!

如果你的办公室里有一个好老太太,或是一个好大姐,那可真是你的福分。你能从她身上学到许多:有教养,自信,宽容,善意,体贴,会与人周旋。那是一份“过来人”的明澈和潇洒,真是叫你一辈子受益。如果你再能有一两个可靠的女朋友,那也是福分,做点什么私事儿都可以替你遮掩,就连上厕所都有个伴儿。至于说在情感问题上,现时代的女人没时间跟男人纠缠了,天地无限广阔辽远,好人多着呢,好玩的事情到处都有。都这么忙,都这么累,都有自己的一份事业和情感空间,谁还有时间和精力去为难谁?

1999 年 6 月 22 日于北京双秀

性别之累

我们曾见过多种给文学修史分类的方法:通史、断代史、国别史、世界史、阶级斗争史、艺术审美史、官方史、民间史、个人史、集体史等等,每一种史都已发挥了不同的效用,且都已得到了不同程度的认可。但是以性别来对文学进行划分修史(这个性别是专指“女性”性别,男性文学史已经不用特地强调了),这一新鲜事物,绝大多数人包括我们女性自己,则还是头一次听说。如今,“女性文学史”已经被从整个文学史当中抽离出来进行单独把握和研究,或许大多数男性并不会对此抱有太多的异议,以他们男性的视点看来,这就如同在众多人类公共节日之外,再设立一个“三八妇女节”一样,有关怀弱小群体的趋向。但对女性写作者来说,这种性别文学的划分,却使我们思维深处业已形成的艺术观念遭到了一次不小的震荡,内心的犹疑和惊惧都是十分巨大的。

从前女性一直不知道什么是“女性文学”,在写作上一直处于性别的蒙蔽状态。女性只知道一部作品假如被打上了“女性”的性别标号,那么除了证明它的思想内容和艺术价值都是次一等的,无法跟男性文学相提并论以外,其他的则什么也说明不了。倘不幸而被进一步认为是“小女人”文学,那么结局会更加不妙,所写的文字将根本不会被当成文学作品来看待,顶多会被当成快餐性的、消费性的东西来理解。

女性在一开始写作的时候，全都是按照这个男权社会经久教化出的原则，按照从小到大对男性文学大师的模仿照猫画虎地去写。文学史里并没记载有什么女性大师供我们仿效、临摹，因为编纂历史的权力一直都牢牢地掌握在男性手里。一方面他们刻意规定出我们“第二性”的女性性别，让我们意识到自己是“女性”；另一方面他们不允许我们用女性的嗓音说话，女性要想进入男权文化中发言时，必须用男性的文字，按照男性的思维习惯，用男性的眼光来看待、理解和描画这个世界。久而久之，我们在写作当中渐渐地就把自己的女性身份淡忘掉了，开口说出的话，竟全是模仿男性的粗门大嗓。女性就这样接受着男权审美机制的挤压，在以写作为业的生存中艰难地背负着自己的人格断裂。

即便是有时女性本能地、不经意地在文章中展示出了自己的性别，内心的恐惧也会让她赶紧及时迅速地再写出一篇有关“超性别”创作的阐述文字，以便让那些伤害她性别的批评文章不得出笼，无可指责。因为我们内心最清楚不过了，对女性文章的批评，最终的结果，无一例外是推演成为对女性性别，以及对女性作者人格本身的评判。往往，又是以中伤、诋毁为最后结局。到那时我们不光是个人创作前程将被了断，就连我们的日常生活也要被牵连、骚扰得一塌糊涂。“万劫不复”并不是一个危言耸听的词，在女性写作者身上可能会成为实实在在的现实场景。

所以我们都怀着一种共同的内心忧惧，努力在作品里规避自己的性别。

当有了“女性写作”和“女性文学史”这一标识后，我们仍旧不能够做到浑身松弛，做不到以平静的心态抒写自己的性别。因为撰史者（不光是男性，其中也包括女性修史者在内）依旧利用那套由来已久的、旧的男权评论话语来对女性文学进行评断，并没有建立起一套女性自己的新的话语评论体系。

在那个菲勒斯中心审美机制里，女作家写得细腻纤柔时要被断为“小气”“小女人气”；写得刚烈硬朗一点时要被判为“粗糙”“没有艺术感觉”；专注于写我们自己的内心世界要被说为“疯狂自恋”“来回叨咕她自己的那点事儿”；描绘烦恼人生时要被评为“没有才气”“不具备刻画重大历史事件的能力”。而在新的女性文学史撰写方式中，“小女人气”“粗糙”“自恋自虐”“一地鸡毛”等等以往带有浓重贬义色彩的词汇，如今却都可以转换成褒义词了。这样急遽、突兀的转换，恐怕连批评家本身都会感到有所不适，更何况早已被诋毁惯了的女作家呢？

女性是什么？女性文学究竟是什么？对于一个女性写作者而言，性别究竟是一种自由，还是一种限制？是否她因为具有了女性性别，便可以以女性、中性和反串男性的视角进行自由进击、全方位突围？还是因为她是个女人却要以男性的思维方法表述自己的思考，因此便要身受矛盾、断裂、挤压之苦，从而变得失语了呢？

1995年4月18日于京西浴风阁

知识女性:上下都很艰难

一个溽热的夏日午后,我应邀去参加蓝袜子联谊会的一次沙龙聚会。开会地点设在一间阔大的办公室里。到会的都是在各个学科领域有所建树的先生(当我只能用"先生"这一指称来表达对前辈女学者的尊敬时,我深深体会到了女人没有自己语言的尴尬),其中有社科院的社会学博士,有舞台戏剧的编剧,有出版社、杂志社的编辑,有国家体改委的专家,有社科院外国文学研究专家,还有妇工委的负责同志。午后的阳光懒洋洋地透过薄纱窗帘拂洒进来,罩在女先生们色调明丽的真丝衣裙上,一些小零食:鲜贝酥、旺旺饼干、薄荷糖,以及雪碧、可乐、美年达等等软饮料把这次将要讨论的有关"改革・妇女・进步"的坚硬主题也给软化得柔柔的,到了嘴里就要化了似的。一台古老陈旧的空调正立在墙角发出嗡嗡嗡的声响,吹出温度起伏的冷气,忍不住让人要将喷嚏和哈欠一块儿悠长地打。

人人都仿佛蓄积已久了,有那么多话语抢着要喷发。要讨论的问题真是不老少:妇女在改革中面临何种新情况;在改革的新形势下,如何理解妇女的解放和进步;改革为妇女的进步提供了什么有利条件和新的机遇;妇女如何利用改革所提供的机会促进自己的进步;如何对待改革过程中妇女所面临的特殊问题;知识妇女可以为妇女的整体进步做些什么，等等，都是一些社会学命题。看上去似乎不难达成一致结论。结果却偏偏从一张嘴讨论开始，就几乎要陷入争辩。社会学学者几乎不约而同地认为，单独提出“女性”问题是没有必要的，现在的社会问题已经够多够乱的了，再引进一个女权意识，怕是要造成更大的观念混淆。从事文学评论的学者并不这样认为。她们说整个文学史上女性从来就没有发出过自己的声音，现在刚刚有了一丝话语的萌芽，总不能掐死不让说话吧?! 而从事妇工委工作的同志则始终不渝地大声呼吁：坚持妇女独立，要在各个方面争取妇女与男性同等的合法权益，比方说单位分房、评职称、男女同工同酬等等方面女性都要团结起来集体力争。

尽管不是在同一范畴内的争论导致越说越激动，越说越乱，但在最后，大家还是不得不共同接受了这样一个事实：“妇女解放”只是纯粹观念意义、沙龙意义的东西，它的诸多方面的现实可行性、社会运行机制的配合等等都需要进一步探讨。尤其是联想到我们自身，这些所谓“解放”了的知识妇女，本身却并不具有示范性，并不被社会认为是成功的女性。知识妇女所受的家庭内外“双肩挑”之苦实难倾诉。我们在被“解放”了的同时也多了别样的一层负担。

这样，在回答“知识妇女可以为妇女的整体进步做些什么”问题时，女专家女学者们一方面强调“示范效应”和“观念引导”，另一方面却又为自己的现实处境抱以由衷的感叹。知识妇女，实在是上下都很艰难。

1997 年 8 月 2 日于北京双秀

一间自己的屋子

一间自己的屋子

女人必须要有"一间自己的屋子"！这个由英国19世纪著名小说家弗吉尼亚·伍尔芙提出的论断，当我们在20世纪90年代初第一次从中文译本中看见它时，是多么的振奋而又惊诧啊！那个大胆而又不顾一切的弗吉尼亚·伍尔芙在自己著作的开场白中写道："我只能贡献给你们一点意见，关于一件很小的事——一个女人如果要想写小说一定要有钱，还要有一间自己的屋子。"①当时许多中国能识字的女性，也包括我自己，一下子就被这个理论给镇住了！当时我们这些二十来岁的文学小女青年们，立刻懂得了女人之所以写不出好小说、成为不了文学大师的道理——因为我们没有一间属于自己的屋子！没有自己的屋子，就不能不受干扰地独立思考写作，也就不可能写出好文章；既然没有好文章彪炳于世，当然就不能获得文化上的权利。

可是我们为什么没有一间自己的屋子？伍尔芙那个年代是因为妇女在英国所处的社会地位低下，经济权益低微。而我们却身处90年代的新中国，中国妇女仿佛早已经有了跟男人一样的平等地位，可是我们为什么没有房子呢？其实，在那个计划经济体制时

---

① ［英］弗吉尼亚·伍尔芙：《一间自己的屋子》，王还译，北京，三联书店，1992年6月。

代，不光是妇女不能轻易有房子，就是男人也不能随便得到房子，房子是国家统筹分配产品，多少人都在双眼望穿，希望能够有一间小小的安身立命之地啊！在房源严重匮乏的情况下，国家福利分配住房制度，延继的还是农民式的保全男性重劳动力的方法，大凡单位分房都要以男方为主，妇女先天被剥夺了以个人身份享受国家福利的权利。对此，我们怎么能不抱住伍尔芙的理论不放，并对“房子”理论生出无限的感慨呢！

“房间”从此不光具有了物质的概念，它还成了一个具有强大隐喻意义的象征符码，表明了女人在社会上所受到的歧视或者说是不公正待遇。按照伍尔芙儿子们的说法，从经济角度说，由于母亲们没有职业，没有社会地位，不能开厂或做股票交易所的大经济人，不能留给女儿们可供继承的遗产，或设立研究津贴、奖学金，以供女儿们过优哉游哉的生活，所以女儿们注定没有文化无钱接受教育，注定就要当老妈子，整天柴米油盐在厨房和起居室里打转。否则的话，女儿们就应该跟那些有继承权、受过教育的儿子一样，现在一定会很舒服地坐在沙龙里或写字间，她们谈话的资料会是考古学、植物学、人类学、相对论等等博大精深的理论，她们也会心安理得地写作，而不必为经济上的困窘劳神。她号召女人要争取有“一间自己的屋子”，就是激励女性要为自己的经济权益和社会地位而抗争，其态度应该激烈、亢奋、勇猛、强悍，要成为斗士，哪怕它同时伴随着偏颇、乖戾，也要奋勇斗争，攻其一点不计其余，与占统治地位的男权展开白刃战，坚决抗争到底。

我们为此深受鼓舞，并通过妇联、妇工委等等为女性说话的机构孜孜不倦地为争取跟男人有同等的分房权利、为有一间自己的屋子而斗争。时间跨入新世纪，旧的福利分房制度解体，在新的市场机制下，那些城市里一幢幢拔地而起的高楼大厦，对于购买者一视同仁，根本不问买房者性别如何。妇女不期然被赋予了一个平等的获得房间的机会。后来的结果人们有目共睹，那就是进入新世纪后，一茬又一茬的妇女越发喜欢从事写作了，女人写的好小说一天比一天多了，妇女在社会中的文化地位一天天地上升。这些都不能不说是得益于她们的经济条件和居住条件的改善，她们普遍有了属于自己的自由写作空间，思维因而能够不受阻隔，思想能够向灵的境界飞升。伍尔芙如果能活到今天，并能亲眼来中国看一看，这里有这么多受过教育的知识女性怡然自得地居住在自己的屋子里，驻守着一块自己的精神领地，自由地生存，快乐地写作，为人类贡献着丰富的精神产品，她将会有何感慨？

女人，先安居，然后才能诗意地栖居。这也许就是“一间自己的屋子”延伸到现在的意义。

2003年2月25日于北京以北

回家，回家，听鸟唱歌，同驴说话

某一年的“两会”期间，有人提出应当鼓励已婚女职工，特别是收入不高的女职工主动退下来，回家相夫教子，操持家政。一时间，舆论大哗，惹起了绝大多数女性尤其是白领职业妇女的愤怒和抗议。报纸、电台、电视台竞相就这个问题进行讨论，电视台开口秀节目里还分成“正方”“反方”论辩，看似剑拔弩张，其实是在做一个嘴皮子上的游戏。这一类的电视作秀节目通常如此，目的不在得出结论，而在于吸引公众眼球的注意，没有什么实际效果。

我的看法，这个论点的确是带有一些性别歧视色彩。劳动力就业紧张是一个事实，但不能因为要腾空劳动岗位，就打出这样一个“鼓励”女职工“退岗”以便“相夫教子”的名目，首先撵妇女回家。合情合理的解决办法应该是鼓励或劝退那些不具备劳动能力的人下岗培训或另谋他就，不能一轮到有倒霉的事儿就首先想到从妇女头上开刀。所谓“尊重家务劳动”也不应该采取这种方式，而是要通过完善社会福利、健全社区服务制度等等来达到。在现阶段国情之下，妇女一旦没了经济权，同时也就丢失了其他一切权利。妇女回不回家应当是一个偏重个人化的选择，她们应该有自由选择的权利，譬如有的人喜欢做家务，有的人则喜欢出去闯荡，有人纯粹是为谋生糊口挣钱补贴家用才出门工作的，这些人都应当得到充分的尊重。一个现代、进步、民主、开放的社会里，首先应该懂得对个体权利的尊重，尤其是要充分尊重女性的自由选择权。

中国妇女的现代解放大体上可看作一场自上而下的社会变革。新中国成立后政权建立初期，妇女的走出家庭都带着一定的被动色彩，男女平等与“妇女能顶半边天”高度契合了自现代以来中国妇女内在的自我解放需求。当历史发展到今天，在生产力高度发达与劳动力获得充分解放之后，妇女的回归家庭也成为一种社会现象，她们自己主动不想出去工作是一回事，而被撵回家又是另外一回事，二者不能混淆。此时的回归家庭，应该更加考虑和尊重女性意愿，回归应该成为物质丰裕与精神自由的象征。

互联网发达的时代，有许多年轻的女性自由职业者，选择了另外一条道路，她们既非被撵回家也不是不工作，而是选择了在家工作。她们不必再朝九晚五地为上班而在路上奔波，而是选择了宅在家里就能做的工作，诸如在家做平面设计、画画、写作、开淘宝店等等，收入不菲。现代化的信息社会，给女性提供了在家工作的便利。这一群人多半是受过新型教育、有一技之长的新人类，能够把电脑当缝纫机使，把写作当作织毛衣。年轻时结队去饮酒泡吧，郊游踏青，听听小鸟在树林中歌唱，同田野边上的小驴子打打招呼问个好，优哉游哉，一副怡情山水、陶然忘我的模样；年纪稍长时，再敛气静心、相夫教子，边干着活边拉扯着孩子，圆满女性自己的人生。如此一来，生活事业两不误，“回家”成为女性最理想的选择，成为女性人生中的一大境界，活活羡煞那些在办公室里无趣无味、钩心斗角、奋力打拼的男人。时代的发展和社会的进步，必定给女性提供更大的生存选择空间。今后,对于那些掌握了一定劳动技能的妇女来说,“回家”根本不会令人害怕,“回家”成为一种女性的田园理想。

2001年5月31日于北京以北

抚摸的纯粹感觉

题目是借来的，援引自一位评论家编的小说集。一日正在书桌前与电脑较劲时忽然萌发出一个想法，觉得用它来形容人与电脑之间的互动关系竟是十分地恰切。

从前我们写字只是单纯地用笔写，笔与纸之间的互动是竖着垂直进行的，有时稍微有一点倾斜，但一般不会超过 35 度角。这种书写方式的发展几乎跟人类文明的进程一样悠久而漫长，自从人类创造了文字，这种书写方式就一直生生不息地、毫无变化地沿袭着。整个人类文明的有文字记载的历史，就是一部用“pen”（笔）书写的历史，而在此期间女性却被迫保持沉默，历史充满了男性暴力、血腥、残酷的独白，却很少听到任何一点女性阴柔动听的音响。男性和女性都暗暗地接受了这一“笔”的历史，因为历史只存在这样一种形态，人们根本无从对比和选择。这一支“笔”和那一支“笔”，这一代“笔”和那一代“笔”之间都是相互按照传承，自自然然、亲亲密密地顺序排列。倘若比较，也是一支“笔”跟另一支“笔”的比较，自来水笔跟毛笔的比较，原子笔跟钢笔的比较，只能是在使用性能上、方便快捷程度上进行无足轻重的抉择。在人们固有的观念当中，“笔”似乎是与生俱来的，“笔”的书写方式几乎变成天经地义不可更改。

随着科学技术的发展进步，电脑出现了，“笔”的垂直书写方式受到了强有力的挑战，键盘式的平行敲击抚摸进入了历史书写者的议事日程。“抚摸”式书写具有更进一步意义上的比较纯粹的感觉，人与电脑互为对象化关系而存在，人机之间是一种平等的、和谐的、对话式的互动关系。人机对话时，强调的是彼此的尊重和互相的熟知。“抚摸”式的感觉不能有暴戾，不能有焦躁，不再具有“强迫”“强行进入”的粗暴心态，它要求指尖在键盘上的位移是温柔的、质感的、体贴的，亲情般地关怀和理顺机器的每一个枢纽、每一道神经，让她每一个器官都感到无比舒适和熨帖。这时她才肯和你共同行进，一道运作。你会觉得她就是完全属于你的了，或者此时此刻她就是你，你就是她，你所想的，自然而然就从她那里流露出来，无比畅快，毫无阻塞。这时书写的主体与写作的工具之间将会是一片悦耳的和谐，有一种彼此合一的愉快交响。一旦人对机器施暴或稍微有所不恭，下手重了一点或指令不规范不明确，就会遭到机器最无情的反抗和拒绝，“天书”和病毒就会布满整个屏幕，死机的事情频频发生；并且，一旦人类心存功利，欲要无休止地利用机器时，机器也会用对人身体的损耗来作为回报。人对机器利用越甚，机器对人的损耗越大，倘若你出于某种需要，竟然乐此不疲地把她无休止地敲打下去，她反过来就会让你的视力下降、眼睛暴盲、颈椎劳损、心肌梗死、手指痉挛以作为最有力的还击。

男人造机器。男人造出来的机器终将会改变男人自己。外在书写方式的变化终将会导致人类内心的革命。应该说科技进步的时代是女人翻身得解放的时代，电脑信息时代是男女平等的时代。

对女权主义尚存怀疑或抱有成见的人终有一天会发现，其实，人类历史的男权文化的颠覆和变革，已从书写方式的变化中悄悄渗透进我们的日常生活，人类生存方式和思维观念的更新也由此悄悄地发生了。女权主义不再是一场简单的文学或政治运动，也不单纯是女诗人、女学者们故意玩弄的新潮。男女真正文化意义上的平等，将是人类文明发展的不可逆转的必然趋势。今后，所谓的“尖刀、匕首戳破稿纸”，以及把纸张“揉成一团”这一类带有男权隐喻性质的强悍、粗暴的字眼将迅速地死去，代之而起的，是善待机器、善待自己、善待这个男女共存世界的“抚摸的纯粹感觉”。

1996 年 8 月 7 日于北京双秀

亮出你的肌肉块儿

看了两版报上的关于女权主义的讨论，都是男人在嘀嘀咕咕、嘀嘀咕咕地说话。而女人，在多次被胁迫、被强求着对女权问题发表看法之后，渐渐地，就对讨论这个问题不感兴趣了。因为，事情的结果明摆着：你要不表明自己是个女权（或女性）主义者，新潮女人们就不带你玩；而一旦你申明自己是个女权（或女性）主义者，旧时代男人们又开始不爱带你玩。总之，身为女人，总逃脱不了受夹板气的命运。从前她们只是光说不练，现在她们只练不说。要争女权，做就是了，还嘀嘀咕咕让人知道，让人对你有所防备干什么？

女权到底是什么？各有各的说法。比较能够代表中国一般老百姓看法的，就是新出的一套叫“红风车”的经典漫画丛书，其中专门有一本叫“女性主义”（这是一个客气的叫法，只说“女性”而不叫“女权”）。封面是一位北美或者是北欧地方女郎，头扎白羊肚儿手巾，瞪大贼亮贼亮的凹陷双眼，伸出胳膊，绷紧双拳，在亮肌肉块儿，就像舞台上男性肌肉健美表演时的姿势。

这时人们才恍然大悟：原来所谓“女性主义”，就是一个荷兰牧场的挤奶女工，或是北美农场的粗壮女农民，在瞪大眼睛，牛烘烘地向世人亮肌肉块儿啊！这是一个多么通俗的解释啊！那么在特殊的人眼里，比方说专门研究这方面学问的理论家眼里，“女性主义”又是什么呢？要想严谨地论证明白这个主义，也是要费一些力气。就跟男人们在论主义时的情形一样，女人们一论到主义的事情时，也是互相吵吵来吵吵去，论辩，叫唤，争夺话语霸权。世人眼里的女性主义，多半都是各执一词。依我看，女性主义，就是给女性以充分的生存自由选择权利。比方说，想出去工作就工作，想当家庭妇女就当家庭妇女，只要自己认为活得好，自在幸福，就行了。这要搁在从前，就不行了。像我这个岁数的中年妇女，在过去，如果不出门找一份工作，就要被人笑话死的。新社会男女都平等了，女人若守着锅台转，不走向社会大舞台，那怎么行？当寄生虫等着男人养活吗？真没出息。但是，一旦出去工作，又遇到种种麻烦，不是用人单位“不要女的”，就是体制之下的公家单位“女的没资格分房子”等等歧视措施。“男女平等”以后的女人反正是进路没有，退路也没有。现在好了，多元文化、多种经济形式并存，女人有了在就业糊口上的选择自由。让有能力的女精英和女强人去当白领领袖，去争取参政议政权，让热爱厨房的女人愉快地围着锅碗瓢盆转。愿意做单身女贵族的也可以，愿意做“绝代佳人”的也行，绝不会因为“不孝有三无后为大”而被婆家逼得自挂东南枝。

但是也不要以为女权主义给妇女带来的就全是实惠。想知道时髦男人是怎样利用“女性主义”的吗？比方说，个别狡猾的男性分子，就拉上“欢迎和赞美女权”的大旗，搞一些犬儒主义活动。跟女人一起吃饭不掏钱，还说这是给她一个显示经济实力的机会；聚会到深更半夜不送女性回家，还搭女人打的出租车，他中途屁股一欠不付费就先下了。

真正要想争取女性自身的权益，理所当然就要先修理男人。否则，光练一些表面上的健美功夫，花拳绣腿，根本没有用，一不小心，还容易退回到“女为悦己者容”的老路上，那样，女人就愈加失去自我了。

1996年6月13日于北京双秀

缝纫机哪里去了

从前,刚改革开放国门敞开的时候,不少海外华人回来探亲。在报上看见有一老年华人写文章忆旧,表达他对中国女人的观感和失望情绪时说:“过去的女人,扎两大辫,在煤油灯下做女红,一说话就脸红,最是那一低头的温柔和娇羞,让男人欲罢不能。谁看不说好!现在可倒好,满世界的女人,个个跟刺猬似的,比男人还厉害。过去那些美丽的女人都哪里去了?”

记得这篇文章当时就遭到不少国内女子的反驳,说您提的那都是多少年前的老皇历!男女平权和社会进步都已经多少年,整个社会时尚、社会风貌都发生了翻天覆地的改变,您老的记忆怎么还停留在半个世纪以前呢?

当然,这也怪不得那位老先生,海内外炎黄子孙之间多年的隔阂,乍一见面,互相都看着奇怪也是应该的。就像他老人家本是在海外穿西装的,为回国特地穿一身立领绸缎唐服,走大街上令人以为古装戏剧组的人没卸妆就跑了出来。他看我们的女人穿超短裙露脐装,感觉当然要一时半会儿跟不上。时空的隔阂,造成了老人家怀旧的虚假性。

而当社会发展到今天,物质极大丰富、技术也日益进步之时,国人却也有人提出“缝纫机哪里去了?”“过去那些女人辛勤做女红的美好场景哪里去了?”这些古怪的问题,听起来感觉提问者不是中国人,显出一种矫情。难道提问的人真就一点也不了解国情?不知道电动缝纫机正一溜整齐地摆在集约化大生产的车间厂房里?不知道新式有文化受过良好教育的妇女,早已摆脱简单低级的手工做针线活的方式,而是采取另一种“做活”方法,正手指如飞、轻击键盘、辛勤奋斗在个人电脑PC机——这么个庞大高级的“缝纫机”旁?

过去的针线活为什么让女人在家里做?穷啊,买不起,自己家做的便宜。且得记住,有人在辛辛苦苦喂完了鸡、喂饱了猪、伺候饱了老人孩子和男人后,又得马不停蹄,盘腿上炕纳鞋底、缝制粗布衣,缝了夏天的缝秋天的,缝过了冬天缝春天,直缝出了女人那一双粗糙的老手,简直像老树皮一样。与此同时,却也有另一些女人可以不劳而获,穿绫罗绸缎,摆螃蟹宴,做饮酒诗,百媚千娇,享受美好人生。过去的女红,是不得已而为之,是底层劳动妇女干的事情。你可曾见林黛玉薛宝钗做女红?大家小姐不做,只有下人和丫鬟婆子们做。富人家小姐,练的是琴棋书画,偶尔绣绣花,也是为炫技,表示多才多艺,为出嫁时攒更多资本。

那时的女红,是现今一切时装产业,比如说皮草、皮革、鞋业、刺绣、鸭绒等制造业的低级阶段,它们通常是以个人的方式单独完成。现在则以集约性方式生产,由连锁工厂去做,致使产品成本大大降低,出售价格也让各个收入阶层的人接受得起。过去耗费大量时间和精力缝的棉袄棉裤、书包鞋底,今天只要出钱一伸手就可以买到,比自己在家做要便宜。哪个大妈大婶还那么实在闲得无聊，有空不出去遛弯锻炼身体、不看电视或跟老伙伴们喝茶聊天，而要弯腰驼背、眼睛累瞎了腿累罗圈了，去缝一个根本让孩子们不屑于穿出去的东西?!

现在我们还能勉强看见的“做女红”场景，那已经不是为了实用，而是拿它作秀了。像在江苏省的旅游胜地周庄的一条小巷子里，就专门支起一个门脸儿，找几个不知什么族的老妈妈，围坐在一个古色古香红木八仙桌子旁。她们都穿五颜六色的彩装，彩带缠头，手里拿着针和线，桌上摆着针线笸箩，放上几个绣好的腰带荷包，支好了样子，愿者上钩，等着中外游客前来购买和照相。见那荷包绣得精巧，我们队伍中的一个朋友有心想买，就问怎么卖。老太婆撩我们一眼，回答说50块钱。我们忍不住问她说：“你是看我们不像中国人吗?”

对于新一代女性来说，她们普遍对传统女红缺乏记忆和感受。她们不知道绗被子时如何将被里被面两面穿透，也不知道蹬缝纫机时怎样才能让针脚走直线。对她们来说，所谓做“女红”的形式已经变了，缝纫机变成了PC机，她们在上边织啊绣啊，做文案，写文章，搞策划，画图画，一个字一个字地往里输入，一个线条一个线条的用鼠标绘描。过去时代用针线绣花，虽说也要“心灵手巧”，但是那个“心灵”，灵的只是右脑，是支持躯干活动的大脑右半球中枢；现在用电脑，对左脑的要求极高，要求有逻辑思维和抽象思维能力，不光要手好使，打字速度快，更要求脑子好使，有文化，有思想。想想，做这种女红，跟过去的那种简单的缝缝补补，有了多大的进步和差别!

一切只能说明，社会进步了，妇女劳动力解放了。女人的智慧和生产力，也早已经大大地提高。那么，究竟是谁在怀念“女红”呢？肯定不是那些一辈子都做着它过来、腿已经盘弯得扭正不回来的老妈妈，也不会是没做过它的新一代女子。不管是谁吧，反正，这回，他又像那个海外华人一样，堕入了怀旧的虚假。

1999年7月7日于北京双秀

一唱三叹

每一条大路都在唱着红尘的歌。

每一段流年都在吟着随笔的曲。

歌声打着漂亮的呼哨，愉快而轻捷地在女人的眼角和发梢自由地穿梭跳跃，并掠过她们粉嫩而光洁的额头，把她们柔软的身姿，一段一段地镶进高低不平的五线曲谱里，变成蝌蚪一样起伏婉转的乐音。

一页一页地，瞬息间，她们便给翻唱老了。

有哪一个女人可以拗得过流年吗？

真的，不经意地，流年仿佛是那么样一道随笔，随随便便而又极其刻意，将女人的红颜轻轻重重点画而过，一撇一捺，一横一竖，渐渐粗糙了她们的心情，又好似刀削斧劈，斫乱了她们肌肤的纹理。细腻的，便只剩下她们笔尖的歌声，和丝绸衣裙上一道道水波皱纹了。

除了她们的笔尖上的歌声，袅袅唱着，拼命要挽住时光的脚步外，她们还能够企望些什么呢？

那歌声呵，曾属于女人自己的，年轻美丽的歌声，在阳光炽烈炙烤的白日里，却如一朵朵还未及开放就已枯萎了的花，委屈而又无奈地，弯曲在每一行阳刚的字缝里，羞涩地密闭，紧张地期待着一个怡然贲放的时机。

终于，到了静夜了。阒寂无人的时刻，待她沐浴熏香已过，以一种任意的女性姿势疏懒地横斜。门窗这时都已关好，一盏红红的烛火，也已在期盼中摇曳着闪亮。这时，她便散漫地拾起一张女性的书页，将头轻抵在柔圆的膝上，黑亮亮的眸子，也轻轻地关上，只留下那道心灵的门扉，自由地敞开着，静静地，等着去聆听一股月亮潮汐的轻轻拍岸。

渐渐地，有一种温润的女性文字，便沿着她潮湿的额，汩汩地，一波压着一波，流淌而来。那文字似一群群刚刚获得赎救的小鸟，冲破白日阳刚的牢笼，扑啦啦地，欢叫着，从所有脆薄的纸页里惊飞，把一声声热烈的啁啾，溅击进她眼中融融的蜡泪里。

一簇簇红红紫紫的花朵，也怒然间从字缝子里蹦将出来，骄傲地，绽开她们腰姿的细软，在夜声中舞荡，摇曳，馨香的花蕊，洒了她一头一身，沾了她满满的一衣一裙。

她不由得惊异地瞪大了眼睛，洇着满颊的红潮，以及满脸的激动，张开双臂，毫无顾忌地去拥住她们，与她的同性姐妹们一起羞涩地欢歌共舞。

除此之外，她真的是什么也不能够做了。

她还从没有这样恣意地欢欣起舞！

夜晚是女性的文字真正起舞的时刻。

在白昼过于罡烈的话语之下，那种种动听的阴柔全然都被遮蔽不见了，静谧到人们以为她根本就不存在。夜晚，只有在夜晚，当人们屏气凝神，消除掉白日里的种种狂躁和扈戾，怀着一种开明之心，浸入一种包容之境，只有这时，才能够听到女性文字翩然舞动的无言声响，听到她那衣裙窸窣的动情之音。

鸟儿要获得天空，所以才乘着歌声的翅膀去飞翔；花儿要展示自己，所以才和着夜露的芬芳去开放。开放和飞翔，有谁能够将这种权利予以剥夺？飞翔与开放的美丽，只为能够欣赏这种美丽的人而存在。对于无知无觉者，就只有低低地对他们说一声“遗憾”和“无奈”了。

实在的，同作为女人，我是那么喜欢读你们的文字。你们女性的话语与女人的黑发一样，瀑布般地自由流泻、倾淌。你们丝绸一般的充满弹性与韧度的文字，光滑酥软得如在巧克力酒心里浸过，散着醉人的沁香。必须是在静夜里，以一颗无限体恤怜爱之心，用指尖轻轻地捻起，柔柔地在一团团的氤氲里划过，生怕你们的文字像梦，像一团气，一用力，便惊散了。

品尝你们的文字，带着太多欲望的时候却是不能够。那样注定与你们文字的内涵不相符。女性的文字摒弃欲望，也禁不起阳刚欲望的蹂躏和打击。她只能够接受同道人的激赏和赞叹，也只能够接受同情者的怜恤和呵护。

是脆弱的又带着几许柔韧的坚定，是欢情的却又满是惆怅的低回。是一种说不清道不明，不想说清也不想道明的、随心所欲自由来去的奇异文字。刚一触到你，我便觉出了我与你的内在相通。

那一刻我的心底震荡出微妙的涟漪。

每日里我都在高山峡谷般的雄性文字里攀缘和穿梭，进行着人类通常意义上的灵与智的修行和探索。在一次次疲惫不堪、心力交瘁的上升和跌落里，我都会怔忡地、艰难地喘息着，撇开书页，放平心绪，走进你们的文字里，寻找一份感性的慰藉和休憩。

潺潺地，便有一股溪水缓缓滑过我倦涩的双眼，润过我干燥的胸脾和肺喉，缓缓地将我浸润松弛了。那样一种自由自在、漫不经心的营造句子的方式，那么纤弱、兀奇，又是那么浑圆、有力，任凭生命和情感的急流毫无遮拦地在文字里奔啊奔啊，完全藐视一切现成的人类理性规范。

葳蕤的翠绿与高贵的深紫，青春的大红与爱情的明蓝……所有的颜色都如风铃般，叮叮咚咚地挂在世纪末老树喑哑的枝头，振动翅羽发出嘹亮的欢唱，无比灿烂明媚地萦响出森林的春天。

因为有了这样一笔灵妙隽秀的文字，从前那些古老端庄的文学史都要考虑重新改写了呢。

女性的文字是起舞的文字。

是优雅的、仙鹤的舞蹈，也是凄迷的、苇草的舞蹈。翅膀和枝条都在落日的余晖中孤独地展开，铺散，摇曳、晃动着无比美妙的修长，赏着自己水中的映像，发出眷恋的、感叹的幽咽。每一个字角似乎都已陷进生命的泥沼，无力自拔，挣扎出一章章的哀婉和迷乱。

蓦地，她们又开始莫名地高兴起来，舞点急遽地加快。一捧捧的清波，被快乐地掬起，滴点在结满渴望的唇上。接着她们的嘴角便含满诡秘的笑意，扭动起肢体，与自己的影子幸福地合二为一。

没人能够窥破她们的奥秘，只见她们旋起自己艳丽的羽翼，翩翩欲仙，自顾把身体抖动得像高烧不止，根本不在意旁人投以什么样惊邪的眼光。

有时她们又仿佛一团火，没来由地，就从火山口里喷发出来。那样炽烈而疯狂地燃烧，似乎是想投进文字之中自焚，活活要把自己化成灰烬。火苗儿快乐地炙烤，火舌儿灼灼地欢唱，越燃越旺，越蹿越高，直要去舔舐那天空的胸膛！

更多的日子，她们都是在跳“两棵树”式的暧昧舞蹈，树与树之间总是藕断丝连，缠绵悱恻，渴望靠近而又相互回避，彼此调情而又相互脱离。每一个动作笔画都在向对方发着痴情呼唤，可点睛之处却又戛然透射出冰冷冷的拒斥。

着了魔一样的女性文字！

还有……伤害，这个阳刚的世界中，雌性个体所必不可少要受到的伤害，因为无辜而经受的伤，因为真爱而遭遇到的害，总像一道道黛褐色的阴影，浓重地低垂在她们含泪的睫毛下边。每逢跳到这一小节，她们那些飞扬的神采就全没了，脚步恍惚游移，裙裾扑朔迷离。似愤怒，却又愤怒得十分疲软，似刚强，却又刚强得柔肠寸断，只剩几分无奈，几分无助，几分无望，几分无稽，几分自抑，几分自欺，几分无着无落的痛楚，几分无怨无悔的凄迷。

会跳舞的文字是女性的文字。

女性的文字跳尽了女人的迷思。

迷思中的女人呵，除了将一切情感倾泻于笔端，你还能指望谁会来解颐你无端的黯然神伤，谁会来聆听你赡妄的自言自语？

跳舞的文字是最有生气的文字。这样的文字不受缚于任何僵死的教条。生命中最原始的冲动和活力,焦虑和渴盼,都从她们那腰姿舒软、无羁无绊的文字中一一呈现。

我羡慕那些用肢体和皮肤来写作的女人。她们不是用经过高度驯化的思维着的大脑,而是用每一个毛孔和触须的敏感与细微,用天生的敏锐和才气,细致体味风疏雨骤的时令节气,深刻感受冷暖无常的世态炎凉,用她们一份真诚的生命体验,去自在地描写和抒臆。

我渴望着,能与她们同行。

我期待着能如她们一道,去轻灵地舞动。在夜晚无人的时刻,在水天一色的平整沙滩上,迎着一股扑面而来的腥咸,摇曳着起舞,让文字如潮水一般起伏跌宕,让肢体章鱼似的张开敏锐的触须,急切地穿梭、跳动在一簇簇不安的浪尖里。

或者,隐身在无边无际的莽莽森林中,自由、如意地倒伏下去,如青藤一般虬乱匍匐,任意攀缘、蔓延,没有节奏,不讲究秩序,只按生命自身的节律去颤动、扭曲。

我多么的渴盼着。

只是,我不能。

我的禁锢已久的发肤肢体过于呆板僵化,我的曲压成直的韧带关节过于紧张干涩。它们总是呆呆地、无所作为地搁在那儿,完全成了衬托头脑的摆设。我会在每一个来邀我共舞的人面前感到惶乱和羞涩,总是以一种相当笨拙的表情,仓皇地回避和逃脱。甚至在每一种自然的、友好的、近乎天籁般的感召面前,我的皮肤和血液仍在保持着坚定不移的麻木和僵涩，唯有脑子里在无比激情地跳跃着，瞬息间闪动出亿万种有关“跳舞”的联想，仿佛是一台性能优良设备先进的智能计算机。

这时我便觉得实际上我已经是一个残疾人了。

不会尽情舒展自己肢体的女人还不是一种残疾人吗？不会跳舞的女性文字还不是一种残疾的文字吗？

我自闭在一种悠远而又深长的经年教化里，无意中把肢体自闭出刻板僵化的致命伤。烦躁郁闷的时刻，我十分渴望大声呼喊，用细润的，有些缥缈的女性嗓音，唱一支抒情的罗曼欢曲。

可是，不行。每逢张口，我笔底发出的，却总是一种干硬的拖腔，以及一种奇怪的冷笑。这声音还未及惊惧住别人，倒是先把我自己给慑住了。真的是把我自己给惊慑住了。这难道真是由我发出的声音吗？由我细腻的喉管，柔润的胸腔共鸣所发出的、这么嘶哑、皴裂的干号？像是烟酒熏炙过度的，那种磁性的“中人”的声音，每一个字缝子里都有着沙砾的粗糙。

对一个从事写作的女性来说，意识到自身思维的某种断裂，同时又清醒地意识到这种断裂的不可自我弥合，意识到这只能是一种非A即B的断然取舍，这该是多么的痛苦！又带着多么巨大的无奈和忧伤！

能把一切的责任都简单地归咎于历史吗？古往今来，万丈红尘，有多少人，又有多少事，沉浮兴衰，跌宕升落，却原本也不过是人们自己的主动跟历史唱和！正是我们自己的一次次主动投怀送抱，方才把那一段段历史娇纵、成就了呵！

多么希望我也能如她们一道，构造出轻柔曼妙的诗情文字。但是，不行。理性排斥诗。经过驯化的理性思维已经不能够恢复成诗。多年以前，为了奔赴一种关乎于全人类的宏大的理想，我早已自觉自愿地，满怀着一种无比悲壮的决绝，戒掉了青春，也戒掉了诗，把所有的感官世界一一封闭，把所有的女性细腻触觉彻底抚平，不留任何痕迹和踪影，不断地用粗糙、坚硬的文字，砥砺磨打自己，刮割自己那无比脆弱敏感的女性神经。我是那么坚定地相信并认为，所有的关于个人的、关于女性的内心感觉，都是与那个伟大的理想相忤逆相违背的。所以在我以后未老先衰的文字里，就只剩人在江湖的刀剑相撞之声，挟着北方浓重的黄尘风沙，滚滚扑面而来，根本就不见人影，更遑论男女了。

一部巨大而又苍茫的历史，可容得下我们说上多少声，可许得下我们念上多少遍："青春无悔，青春无悔呵！"

但是，同是在写作着的我的同性姊妹们，我想说，尽管我个人的资质和禀赋都不如你们，尽管我已习惯了以超性别的思维面目出现，但是，我的一颗女性之心，却时时刻刻与你们同在。

与你们同在！

虽然我无缘与你们同行，但是，我会坚定地与你们同往。无论我的脚步伫立在哪里，我都会时刻关注、谛听着你们。

像一枚叶子以细长的微笑，谛听着你们花朵的开放；像一块泥土以朴拙的厚重，钦羡着你们翅膀的飞翔。

也许……

也许月亮注定挣扎不出日光的罗网，潮汐的涨落掩饰了多少心中的黯淡；

也许梦里注定蹁跹不出虚幻的飞翔，醒来却只看见泪已沾湿了风的翅膀；

也许流年注定翻唱不出古老的忧伤，湮灭了青春红尘永远的欣喜与悲凉；

也许，

也许吧

……

1996年1月20日于京西浴风阁

女 球 迷

本已下定决心，这回的世界杯，只管喝酒看球，尽情享受，看我所钟爱的球星小伙子们的集体大规模的进球表演，别的什么也不干，坚决不再拿它出去说事儿，比方说写足球评论文章赚钱，以及在电视里作秀露脸，等等。但是今晚在厨房做饭时，冷不丁听了一耳朵收音机播放的一条消息，说是某某报在世界杯开战前夕，用特大整版篇幅讨论：世界杯期间，男人们看球，女人们该怎么办？结论是忠告男球迷们，要特别注意关心一下自己的配偶，别冷落了“足球寡妇”。

听到这里，我手里端着的碗差点没掉到地上，心说这才叫闭着眼睛胡说呢，用口语表达就是“简直像放屁一样”，用书面语来描述就是“犯了主观主义和经验主义的错误”。难道报纸的编辑们不清楚，自从中国的足球职业化以来，已经有多少女性加入球迷行列里了吗？举个例子：上一期的中央电视台《足球之夜》节目搞了一个球迷现场电话调查，题目是“影响你看世界杯的因素有哪些”，热线开通一小时零四十分后出来统计结果，全国有2000多名女球迷打电话参加了这次调查，而参加问答的男球迷也不过是3000多一点。

2000多名主动打进电话的女球迷啊！（这其中还不包括电话没打进去的我。）这个结果该是多么出人意料！我当时看了这个统坏我们对足球的认知和感觉上的细腻。试想:假如一场爱情的过程不是两情相悦,不是期盼、渴望、纠缠、逃离、背叛、厮磨、团圆、柔情似水、佳期如梦、肌肉和心情的一次次绷紧复又放松……假如不是这些,而是将所有的温存所有的激情,所有的爱意所有的缠绵,都变成了男人"最后一射"的镜头组接,其状真如那些惨不忍睹的毛片盗版碟,这个样的球儿还看得有什么意趣和兴味?!我们的球感,统统都被那些射来射去的东西彻底击毁了。

欢愉,不仅仅是一个动作,它还是一个完满的心理过程。

因此,不妨瞪大了眼睛,去球场上追随他们吧!追随他,就像追随一朵花。用激赏的、晶亮的双眸,目不转睛地去注视英雄的每一个完美的劲射过程。

现在的球迷类型越来越多样了。我见过一种超级球迷,他们几乎能背诵下来世界杯的全部史料,并且能将他们有生之年所看过的球赛细节全部复述下来,其功能大概胜过中央电视台体育部和《足球报》的电脑资料库。他们在评球狂侃的时候,看似眉飞色舞,实则中规中矩,无论是拿足球谈历史还是侃文化,所用的语言词汇基本上都一致,彼此没有太大的差别。还有一种不入册的"另类"球迷大概就像我,纯粹是享乐、胡说八道型的,看球就为了欣赏、休闲,如听一场音乐会、看一场电影、看一场芭蕾一样,要的是全方位的感官享受。在被人问起看球的感觉时,体会到什么,就说什么。除了不爱说"行话"以外,什么话都喜欢说。

评球谈感受时,不跟他们说一样的话,不跟他们用一样的词汇,又有什么要紧呢?我如今就愿意用我自己的眼睛看球,就愿意用我自己的心去体会足球，凭什么，我看球还非得高举你们什么什么足协的旗帜，严格遵守“二流球队”的定位方针，然后再亦步亦趋跟在你们后边鹦鹉学舌呢？说起来，足球的规则也就那么些，有关足球的术语、词汇量也就那么大，但凡脑子没毛病的人，找几本足球杂志来看看，随手抽几张球迷报纸翻翻，不出几个小时，也就背会了。总是盯着人家外脚背、内脚侧做文章，有什么了不起？要想用自己的眼睛来看，用自己的心来体会球，却不容易。我就愿意说马拉多纳肉头肉脑，罗纳尔多像个铁臂阿童木，贝克汉姆酷得天生就是给女人当面首的料，巴乔退役以后，适合演类似于《全蚀之爱》同性恋电影当中的男角，三十七岁的前德国国家队队长马特乌斯本届杯赛将会有上乘表现，因为中国有句古话，叫作“三十如狼，四十如虎”，本届杯赛他正当射得动的壮年，肯定骁勇善战……

君子好逑，而女子好球。我愿意这样说。

我年轻的时候看球，觉得他们个个都是高大威猛的偶像，那一连串响亮光辉的名字，频频闪烁在我少女怀春的梦里；而今我中年的时候看球，却见绿茵场上奔驰的，个个都是大孩子，他们眼神中满是纯真、无辜和善良：马拉多纳腆着小肚寻隙滋事，坎多纳爆踢球迷后痛哭流涕、追悔莫及……这一切的一切，都让人追忆逝去的青春无邪无忧时光。

我个人还有一个很不正确的观点：把爱在球场上闹事的球迷称为“足球流氓”是不公平的，他们也不过是有些过分情绪化，意绪难平之际容易冲动出手而已。相比之下，那些靠政治、金钱、裙带关系操纵足协足联人选，拉选票、争官位的人流不流氓？那些占着茅坑不拉屎、动辄大言不惭的“球人”(足球行业中人)流不流氓?那些受贿的黑哨、黑旗流不流氓? 叫球迷是“流氓”的人,一定是不看足球、不懂足球的人胡乱命名的。

作为一个女性球迷,在世界杯期间,我个人的最大困扰,是如何才能将丈夫寄存掉的问题。如果能像加菲猫那样,一不高兴了,就把身边碍事的娜尔曼猫或奥迪狗,装在一个盒子里,打上封条,远远地寄到加勒比海地区去最好。因为作为“在家上班”、身兼家庭主妇的我,在世界杯期间难免看球看得晨昏颠倒,洗衣煮饭等等家务事肯定有所耽搁,这样一来,如何打点上班族的丈夫就成为一个问题。

两口之家,在我成了球迷后,丈夫对足球的兴趣似乎就锐减。也许是因为我的兴致太高,又是作秀又写文章,反衬得他铁杆老球迷寂寂无声。想想看,当初他是怎样死乞白赖央求我陪着看球来着? 一旦我已入港,他又觉得功高盖主,反而兴趣索然。每逢赛事结束,我跟几个铁杆女球迷在电话里叽叽呱呱神侃,丈夫便一旁新增了一个爱撇嘴的毛病,尤其这回,丈夫见我早早将世界杯球赛转播时间表贴在卫生间门上,将成箱的啤酒费力地运回家来,又将超市上买来的一瓶瓶红葡萄酒塞满冰箱,久已搁置不用的 BP 机也重新开机(因为它有震动定时叫醒功能,不至于影响到上班族家庭成员的夜间睡眠),将录音电话中的主人留言更换:“在世界杯期间,本电话主人按巴黎时间起居作息,如有事,请您留言……”丈夫看着我忙活这一切,嘴又撇得角度很刁,说:“喂,假球迷,又给自己造势呢? 比真球迷还像样呢。”

给自己造势又有什么不好？要过节了，谁还不预先准备准备？与情人幽会之前，与我们的身体一起激动万分的，不正是我们自己的衣柜和化妆镜吗？事先的期待和盼望，也许比届时的会面还要令人怦然心动，令人陶醉万分。

娜拉出走以后，情形很难预料。

还有一个困扰是每天总能接到几个电话，约写世界杯期间的稿子。看足球写稿是最没意思的事情，为此我很同情那些前方的记者，为了别人的阅读快感，而把自己单纯看球的乐趣丢失了。什么东西，一旦成了工作，有了功利因素在里边，登时就变得不好玩，没法松弛。我就有这方面的教训，因为要写一场球赛的述评，结果从场上天气、观众情绪到上场队员表现、几分几秒进的球、用的是身体的哪个部位、进球时是什么姿势……一一猛记，累得几乎要虚脱。连续好几天，那场球都嵌进我眼皮子里、陷进我大脑皮层褶皱深处拔不出来，直到下一周联赛开始，又去看别的球时，才把这场球的痛苦的视觉残留从眼底抹平。

以后就吸取教训，坚决不做这样的事，看球就只管喝酒看球，只要自己单纯快乐。人，总得给自己留一两股单纯快乐的道儿。否则，就活得没滋没味，找不到活着的乐趣了。

因此，我把这一次的世界杯，当成是真正的过节一样，除了看球，什么也不干，什么也不想。世界杯来临的日子，就是葡萄酒和玫瑰的日子，就是身体和心灵都溢满狂喜和充分休憩的日子。我知道，在城市钢筋水泥狰狞耸立的森林里，在暑气未尽、冷露未消的露台上，星夜守在电视机前的我，将不会是寂寞的。至少有两千多颗女球迷的心(她们当中有47.2%的人答“配偶的阻力”是影响看世界杯的第一要素),和我一起,随着屏幕上大男孩们的狂热奔跑而律动。绛紫色的葡萄酒和玫瑰般的粉红,将把这一个由下岗、房改、求职、再就业等等诸多生存烦扰所阻塞的、夏季郁闷的夜空,点染成颤抖的爱情莅临时的嫣红。暗蓝色的夏夜星空下,至少,会有四千多只喝得女狐狸一样酒汪汪的玫瑰色醉眼,乜斜着球场上那些跑动着的男人和他们身上的球,并且在酒汪汪的香气中,陷入幸福的爱情追忆和灿烂如玫瑰的冥想。

1998年6月6日于北京双秀

女足像条龙，男足像堆虫

《足球报》的赵牧先生在约稿电话中说，最好不要一说女足就揶揄男足，“夸女足臭男足”几乎成了女足连胜后众人欢呼鼓掌时的一个固有模式。但是，榜样在前，不说男足又说谁呢？女足越赢，就越令人惦念起男足，它可是唯一跟女足有可比性的同类运动，孙雯、金嫣、刘爱玲她们越踢得好，越频频进球，就让人越发想起那些在场上吐唾沫或不服从裁判而被罚的范志毅他们。在男足身上，曾经倾注了广大球迷几代人的心血和热情啊！殷殷拳拳，盼他们成长，盼他们有出息，盼他们能打出好成绩。结果怎样？就像一群被家长宠坏了的孩子，一有什么需要不能得到满足，就只会就满地打滚撒娇，工资也长了，包机也包了，该具备的外在条件基本上都给伺候到，可成绩就是上不去，出门一见生人就怂，在家里关起门来自己玩时还偶尔能有几样花活。而女足却一直默默待在不被注意的角落里，含辛茹苦，忍辱负重，几乎就是吃着草，献着血，苦练苦修。最终结果，众人都看见了。面对女足姑娘如此骄人的成绩，男足那些总把自己当人的爷们儿，羞不羞呢？

若是按照男人世界话语霸权的说法，不管女足在世界上怎么赢，女子踢的足球，那也难叫个足球运动，现在人们只要一提“足球”，就是专指“男足”。“女足”仍跟女子乒乓球、羽毛球以及女子手球、垒球等等项目差不多，虽然名称变了，但是性质没有变，言下之意，也就是说她们只不过是“弱势”团体的“弱势”运动；而中国女足能在世界杯上打赢，也是因为中国起步早，几乎跟世界女子足球运动同步，她能打出什么样就是什么样，打出一个样来就能成别人的教科书。中国男足起步晚，睁着眼儿到处学也跟不上，就只好就乎着眼前水平踢，从起点上根本就不同，二者没有可比性。我觉得这话挺令人难以信服。当初女排兴盛时，一提起“排球”，众人脑子里只认为是指“女排”，哪里有男排的份儿？这世界的规矩就是这样，胜者王侯败者贼，谁赢了，谁成绩好，谁水平高，谁就成为这项运动的天然代表，不是因为他是男的他就永远挂球迷的嘴边上。不信，等这次女足得胜回朝以后看。若只按“起步”早晚而论输赢的话，中国妇女放开小脚才是这个世纪的事儿呢，跟欧美的妇女解放相差了多少年！人家比我们把自己解放得早，也比我们人高马大，横冲直撞。咱们用的，是咱们男足的技术，可人家用的，也是人家本国男足的技术，远比我们先进，为什么，却就是咱们中国看上去柔柔弱弱的孙雯、高红、温莉蓉、赵利红、金嫣等等能进球能拦球，能拼能赢到最后？关键还是个人技术好，修炼到家，又有吃苦精神，团结奋战，意志力坚强。说穿了，女足踢的，就是一口气。中国女人奋勇爆发出来的一口气。这口气即出时，愣是谁也拦不住，而且气儿还越出越顺。这要是换成中国男足，能行吗？如果让他们也像女足打得这么苦，在天上飞个几万公里，时差倒来倒去，下了飞机就去球场备战比赛，想想结果将会如何？恐怕就会像一大堆雄性软体虫子一样，趴满运动场一地，扶也扶不起来，比阿斗还惨。

中国男足就因起步晚，就可以永远把它当理由，承认自己永远都跟外国男人跟不上趟了吗？听起来多寒碜！还是多从主观上找一找原因，多检查自己的拼搏精神够不够，检讨自己的技术练没练到家，检查自己的职业意识还是否正确树立，检查一下自个儿是不是太把自己当回事儿了。真不好意思说让他们以女足为镜。对于考试总也不及格、有点破罐子破摔的男生来说，说一说邻家女孩学习成绩好，难道还会对他们产生什么刺激吗？难道还指望能由此引发他们的进取心吗？

1999 年 7 月 10 日于北京双秀

两次演讲

鳄鱼与母老虎

——首届“中国——西班牙文学论坛”上的演讲

(2010 年 11 月 3 日,西班牙,马德里自治大学)

欢迎在座诸位女作家,女教授,女同学。当然,也同样欢迎诸位男作家,男教授,男同学。(笑声)很不幸,“女性文学”的议题被放在最后,现在已经严重超时,到了吃午饭的时间了。(笑声)从会议的安排上,就可以看出,女性文学在整个文学格局和人们心目中的地位。(笑声)首先,我要向诸位承诺两点:第一,保证在 5 分钟之内阐述完我的观点,不耽误大家吃午饭。第二,借此机会,我要向前面那些拖延和侵占了我的演讲时间的男性作家和男学者表示抗议和批判。(笑声,掌声)诸位看到,我们这次“中西首届文学论坛”的中心议题是“New Century, New Literature”,叫作“新世纪,新文学”。而刚才,那些男作家和男教授讨论的依然是“旧世纪,旧文学”。(笑声)无论是讨论诗歌、小说,还是探讨文学与现实的关系,他们都显得很认真、很辛苦,实际上很重复,也很可以不谈。(笑声)这不是因为他们谈话水平不高,或者是他们没有思想性,而是因为,同样的话题,他们已经谈论几千年了!(笑声,掌声)自从人类历史上有文学形态存在的那一天起,文学和文化的话语权力就一直掌控在他们手里。他们一直这样说了好几千年,说到今天,已经很难有新意。(笑声)而女性文学,是除了网络文学之外,唯一可

以称得上是“新世纪,新文学”的21世纪新的文学形态。(掌声)

西方的女性主义和女性文学发展到现在,已经有了半个多世纪的历史,中国的女性主义文学的发展,也有了二十年的时间。中国的女性用二十年的时间,走完了西方女性五十年间所走过的路,就像刚才,这位诺尼·贝内加斯(Noni Benegas)女士所讲的一样,西班牙女性写作所曾遭遇的困境,中国女性也同样遭遇过;西班牙女作家所取得的成就,中国女作家也已同样取得。无论是在西班牙还是在中国,女性主义文学现在已经成为一门成熟的文学形态和理论学科,所取得的成绩有目共睹。

然而,仍然有人要反对,要诘问:既然文学的审美形态和终极价值标准都是同一的,文学又不是上厕所,那么,为什么还非要分出个男女来?(笑声)这让我想起,昨天,在塞万提斯学院的论坛上,几位男性作家,在讨论到文学与现实、文学与社会的关系时提出,这种关系就像是“与鳄鱼做爱”和“摸老虎屁股”,(笑声)其结果是“很痛,很快乐”。(笑声)但是,如果换个方位思考,如果站在鳄鱼和老虎的立场上,我们不禁要问:他们这样“做”和“摸”的时候,事先征得鳄鱼和老虎的同意了吗?(笑声)如果鳄鱼和老虎也能开口说话,也能写小说和诗歌,那么,它们会怎么讲?我想,鳄鱼和老虎一定会说:你的快感并不是我的快感,(笑声)我的快感,就是要吃了你!(笑声,掌声)

现在,女性和女性文学就是鳄鱼和老虎,(笑声)沉默千年,她们终于开口说话了!(热烈掌声)如今,掌握了知识和文化的女性,通过文学书写,来建立起她们自己与这个世界的深层联系。她们所运用的语言符码,所表达出的情绪,跟男性作品中所表达出来的,是不一样的,是有鲜明差异的。女性试图从性别差异的角度,来解决女性与男性的关系、女性与自我的关系,最终要解决的是女性与社会的关系问题。(掌声)

在新世纪中国文学批评领域和创作领域里,活跃着一大群优秀的女学者女诗人和女作家。中国的大学文学系里,也像今天在座的情形一样,有三分之二以上是女学生。(笑声)尤其是硕士生和博士生,女生的比例更是达到80%以上。每年一到招生季节,导师们都很发愁,十个报考的人当中通常只有一个是男的,想找到好的男生生源根本找不到。(笑声)这说明,男性的文学想象力和创造力的大幅度下降,另一方面,也充分证明了女性心智的大大提高。(笑声,掌声)在中国的文学创作领域里,活跃在一线的女作家女诗人比男性要多,她们的创作成绩也比男性作家们普遍要好。(掌声)这一点,在座的铁凝主席可以做证。(笑声)铁凝主席的存在本身,也是一个证明。她不仅是一个优秀的作家,同时还是中国文学界的最高领导,是一个Official(官员)和Minister(部长)。(掌声)

女性文学的写作,我认为,要达到三重境界。第一层境界,请允许我借用在座的达西安娜·菲萨克(Taciana Fisac)主任在二十五年前翻译的铁凝主席的一篇小说的名字来做比喻,叫作“没有纽扣的红衬衫”,它所表达的是女性在一般传统意义上的反叛。在全体民众都被迫要求穿着统一的灰色和蓝色工装时,女性要想表达对美的热爱，想要穿一件红色而且还没有纽扣的衬衫，以突出自己的个性，是不被允许的，要冒很大的政治和精神风险。

第二层境界，是“没有衬衫的红纽扣”。（笑声）我看到在座有男士两眼已经冒出绿光。（爆笑）我没别的意思，（笑声）而是说，颠覆之后是为了重建。女性写作要进入自由的境界，要创造出新的美学形态，以及新的属于女性自己的文学表意方式。

第三重境界，是“没有纽扣，也没有衬衫”。（掌声，爆笑）也就是中国佛教禅宗所说的，见山不是山，见水不是水，见了男人也不是男人，（笑声，掌声）真正达到文学的阔大、浩渺、悲悯、虔敬的境界，出神入化，与生活和解，也与这个世界达成和解。（掌声）

最后，我想给诸位推荐手里这本书，刚刚拿到的，新鲜出炉，热乎的，（笑声）是一本翻译成西班牙文的《中国当代女作家小说选集》，里边收录了文坛大鳄铁凝、王安忆、池莉等人的作品。诸位回去可以读一读，看看这些鳄鱼和母老虎是如何处理纽扣与衬衫的关系的。

谢谢大家！

（热烈掌声）

（根据录音整理）

当我们在谈论门罗的时候我们在谈论什么

——第二届“中国——西班牙文学论坛”上的演讲

（2014 年 6 月 24 日，北京，中国现代文学馆）

当我们在谈论门罗的时候我们在谈论什么？我们在谈论“逃离”，我们在谈论对于日复一日年复一年单调重复生活的厌倦、挣扎与反叛，在谈论对于在生活中规定角色的游离和抗拒，在谈论人们尤其是女人们对于命运和宿命的不恭、憎恶和背弃，在谈论梦与现实的距离，在谈论逃离之后究竟会无功而返、继续逆来顺受，还是叫一声“亲爱的生活”假装与生活和解？

“逃离”是门罗一生写作的重要母题，事实上也是她所生活的那个加拿大小镇上人们的真实处境。从古至今，由中而外，怀揣梦想的人们，谁不在试图逃离呢？逃离当下，逃离现实，找到一个合适的端口进入梦境，于是，“画梦”和“造梦”就成为文学的巨大功用之一。门罗所书写的逃离的情境可以上溯到乔伊斯、福克纳和契诃夫，当然，从女性的文学创作谱系上，应该还有勃朗特姐妹的《简·爱》与《呼啸山庄》。门罗以对小镇人物的描写进而透视人类内心，揭示了人类生存的普遍境遇。

短篇小说《逃离》最能代表艾丽丝·门罗的写作主题。多年来，女主人公卡拉和她的丈夫克拉克在小镇上一直过着平静的生活，他们靠养马为生。有一天，卡拉最喜欢的一只小羊弗洛拉丢了,这让她感到很是伤心。无比郁闷之中,卡拉决定离家出走。邻居西尔维娅帮了她大忙。她坐上了开往多伦多的大巴,心里如释重负,想着今后可以永远离开那个难以忍受的马厩和没事就爱冲她发火的丈夫,跟这样的丈夫在一起生活简直要把她逼疯了。大巴离家乡越来越远,她却心里开始变卦,望着窗外的风景开始想起克拉克的种种好来,想到到了多伦多即将开始一段没有丈夫的独自生活时,卡拉崩溃了。神情恍惚的卡拉嚷嚷着要下车并打电话给丈夫说"来接我一下吧。求求你了。来接接我吧"。丈夫回答她说:"我这就来。"结果她的逃离中途作废,最后无功而返,重新返回单调乏味的生活之中。他们夫妻和好,卡拉却再也不想见那位帮助她逃离的邻居西尔维娅。人性的无奈、脆弱、在追求梦境过程中的首鼠两端和无所适从,跃然纸上。逃离是主动的,回归也是主动的,从这一点更显示出人性的复杂性。

2012 年底门罗的封笔之作——小说集《亲爱的生活》英文版出版。这样的题目,乍看起来我们以为老太太要表示与生活和解。但是读过之后却发现,书里的故事仍然延续了她以前"逃离"的母题。《亲爱的生活》讲述了别离与开始、意外与危险、离家与返乡的故事,比如,第一个故事《漂流到日本》是这样开始的:"彼得把她的行李箱一拿上火车,似乎就急切地想要离开。"其他如《火车》《科莉》《亚孟森》主题亦是如此。在《亲爱的生活》最后四篇被归入"终曲"部分,是门罗具有自传性质的小说。从中可以窥见门罗的成长与她的部分世界观。《亲爱的生活》里最后一段文字是这样写的:

母亲临终生病时，我没有回家看望，后来也没有参加她的葬礼。我有两个年幼的孩子，在温哥华没有人可以托付。我们几乎负担不起这趟行程，而且我的丈夫不在意这些繁文缛节，但何必责怪他呢？我和他想的一样。我们常说有些事情不能被原谅，或者我们永远不会原谅自己。但我们会原谅的——我们一直都这样做。

看起来，这似乎也是一种“逃离”——逃离了给亲人送葬时的悲伤和哀戚。表面原因是因为贫穷、年幼的孩子没人可以托付、夫妻支付不起奔赴母亲葬礼的路费，内心里，还是因为有“逃离”的想法在作祟。因为某类人心中所具有的习惯性的“逃离”倾向，可以使他们甘冒人伦之大不韪，连一个最基本的底线都逃掉了。而一旦付诸行动，却又会万分自责，在痛切地自责过后，又能很好地找到借口纾解和宽宥自己——人性的卑劣和自私也在这里。这才是门罗最后这段话的意义之所在。

死者长已矣，生者当足惜。这是门罗的小说的“逃离”哲学。从“逃离”到向生活道声“亲爱的”，说的都是梦不足惜，活着才重要。梦终归是梦，逃离过、去追寻过了，便也罢了，最终仍得回归，回归现实，回归日常。

我们再来看看中国的女性作家怎样书写“逃离”。

文学中的“逃离”，是一个古老的世界性话题。它当然不是门罗的专利。20 世纪初的二三十年代，恰好是门罗出生的那个年代，中国现代文学史上就有一批女作家，先于门罗而“逃离”——这个

“逃离”不仅是文学书写上的，而且是身体力行地逃离。她们所受的影响，就是当时挪威作家易卜生《玩偶之家》中的娜拉出走的启示。中国女性的逃亡生涯先是从反抗封建父权家长制开始，尤其是逃婚，反抗父母之命媒妁之言的封建婚姻，是她们大体一致的出逃线索。

在中国古代社会宗族、宗法、夫权、神权的限定当中，女性在主观上尚不具备完整的自我解放意识，客观上也不具备出逃的条件。偶尔的反叛与言说，也无非是想象当中对爱情及婚姻自主自由的无限哀怨。进入现代社会以后，妇女的逃离，却是要从女性自己的生存遭际出发，将解放的想象变成具体的行动。逃婚、私奔、进城、同居，躲开了封建家长的耳目，去求取婚姻的自主和幸福，二十世纪初的女性本文中呈现出一派胜利大逃亡的景象。五四时期那些激进的女性作者或多或少都有过辛酸痛苦或充满期待与盼望的逃离过程。无论是萧红《生死场》《呼兰河传》的逃离，还是庐隐《海滨故人》《归雁》，冯沅君《旅行》《隔绝》里的逃亡，或者是丁玲《梦珂》《莎菲女士的日记》中的逃离，以及白薇《悲剧自传》的逃亡和谢冰莹逃婚参军的《从军日记》，都是女性从死亡之路走向自我救赎的过程。

例如，在中国现代女性作家的逃离场景当中，萧红的经历是最富有传奇性的，她的作品《生死场》《呼兰河传》也最富有灵性，流传最为久远。她从逃脱包办婚姻离家出走，到落入背信弃义的男人魔爪复又出逃，整个生活似乎就是在不断陷落和逃离之中循环往复。身为女性作家的萧红，她的才气与敏感，她的身体孱弱与言行刻薄，她的文人神经质与北方女子的率真朴拙，她的艺术上的成熟与孩童般的世事未谙……诸种性格奇妙地在她身上杂糅。由叛逆而得的飘零遭际，她不太长的一生中无尽的逃离和奔波，越发加重了她性情中的脆弱和敏感。这一切都使她作品的风格在同辈女作家中显得奇异，如鲁迅在给萧红《生死场》的序中所评价“女性作家的细致的观察和越轨的笔致，又增加了不少明丽和新鲜”。

有过逃离经历的女作家还不止这些。张爱玲的逃离与杨沫的逃离，也给文学史上留下了杰作《倾城之恋》和《青春之歌》。时光荏苒，当历史进入新时代，到了21世纪的今天，妇女们还在逃吗？“逃离”的主题又有哪些变化？

当然，还在逃。门罗小说的女主人公不因时光前移而停止传统的逃离脚步，中国女作家的逃离也不因政治经济上的与男人平权而就有所停滞。铁凝的短篇小说《伊琳娜的礼帽》，发表在2009年，写的又是一段有关“逃离”的故事。小说的叙事者并没有亲自参与逃离，而是旁观或者偷窥了一个女人的逃离。文章写的是叙述者“我”在飞机上看到一个叫伊琳娜的俄罗斯少妇，带着一个小男孩出门旅行。她的随身行李中有一顶大礼帽没处放，邻座一个瘦高的男乘客帮她把礼帽放在头顶的行李仓中。一对男女由此认识并挨坐在一起，整个飞行途中都在打情骂俏摸摸掐掐，看那样子下了飞机就要直奔酒店解决问题了。

妙就妙在小说结尾。飞机着陆后，伊琳娜牵着她的小男孩，拽着行李头也不回地匆匆下了飞机。瘦高个男人发现伊琳娜忘了拿礼帽，急忙追出去给她送。当他找到伊琳娜时，却看见伊琳娜正在和来接机的丈夫拥抱。男人把礼帽递过去,伊琳娜一下子没反应过来。等她明白过来时,就顺手把礼帽扣在自己的头上。但是那顶礼帽却是她为丈夫买的礼物,扣在自己的小脑袋上,把整个脸都装进去了。丈夫见状哈哈大笑,觉得很是有趣。只有瘦高个男人心里明白:这是伊琳娜在跟他划清界限。伊琳娜此时是不想再见他,故意把脸藏在了礼帽里,其身体语言已经明确表示出,他此时的出现十分多余,刚才飞机上的暧昧根本就是逢场作戏,都不算数。她是个有老公有孩子的正经人。他不要再来打搅她。

这个叫作伊琳娜的俄罗斯少妇——实际上是代表了所有的当代的女性形象——在有限的时间和空间里经历了一次“逃离”,与一位素昧平生的男人发生肉体拉扯和暧昧,用以消磨飞行过程中的无聊。然而时间一到,她即刻返回到原有的生活轨道中,并以礼帽遮颜的方式,将飞机上的荒唐与真切的现实隔离开来。女人这时成为主动的一方,感到尴尬和失落的是那个瘦高男人。

与半个世纪前的女作家相比,同样是写逃离,显然,在这里,主客体已经变了。女性已经占了主导地位。

还有一个“逃离”的故事也比较有趣,是池莉 2010 年写的中篇小说《她的城》:白领丽人逢春与懒惰散漫的丈夫周源赌气,到擦鞋店做了打工妹,偶遇前来擦鞋的风流倜傥单身富豪骆良骥。富豪见她年轻貌美,便语言勾引和暗送秋波,搞得逢春五迷三道不能自已。擦鞋店老板蜜姐见状大为不满,果断阻止了逢春的红杏出墙,两个女人起了冲突。后来,当蜜姐得知逢春的丈夫是同性恋后,深表同情,两个女人不打不成交,终成闺密。逢春在蜜姐的开导下,决心走出旧生活，回去跟丈夫离婚。蜜姐又为逢春与富豪二人搭起鹊桥。生活中的矛盾由此得到化解。

这个看似有点“豪奢”的故事却道出了现代性中“逃离”的可能性。无论过去、现在还是将来，当我们在谈论门罗的时候，我们一直都在谈论逃离。无所不在的逃离，正是文学能够赋予我们的一个通往自由和天堂的梦。